| 光明社科文库 |

新诗现代化语境下的
民间化进程批判

吴　凌◎著

光明日报出版社

图书在版编目（CIP）数据

新诗现代化语境下的民间化进程批判／吴凌著．－－
北京：光明日报出版社，2021.9
ISBN 978－7－5194－6229－1

Ⅰ.①新… Ⅱ.①吴… Ⅲ.①新诗—诗歌研究—中国
—当代 Ⅳ.①I207.25

中国版本图书馆 CIP 数据核字（2021）第 160735 号

新诗现代化语境下的民间化进程批判
XINSHI XIANDAIHUA YUJINGXIA DE MINJIANHUA JINCHENG PIPAN

著　者：吴 凌

责任编辑：刘兴华　　　　　　　　责任校对：刘浩平
封面设计：中联华文　　　　　　　责任印制：曹　净

出版发行：光明日报出版社
地　　址：北京市西城区永安路 106 号，100050
电　　话：010－63169890（咨询），010－63131930（邮购）
传　　真：010－63131930
网　　址：http：//book. gmw. cn
E － mail：gmrbcbs@ gmw. cn
法律顾问：北京市兰台律师事务所龚柳方律师

印　　刷：三河市华东印刷有限公司
装　　订：三河市华东印刷有限公司
本书如有破损、缺页、装订错误，请与本社联系调换，电话：010－63131930

开　　本：170mm×240mm
字　　数：280 千字　　　　　　　印　张：17
版　　次：2022 年 1 月第 1 版　　印　次：2022 年 1 月第 1 次印刷
书　　号：ISBN 978－7－5194－6229－1
定　　价：95.00 元

目 录
CONTENTS

绪　论

"现代"与"传统"是一对相对的范畴。"现代"既是一个时间的观念，也是一个具体的历史阶段；而且，现代还应该是一种精神的属性。现代化就是现代所呈现出来的现实形态，而现代性则是以现代为主导的精神内涵。

关于文学的现代化的研究最初是从文学的现代性入手的，从某种程度上来说，某个时期文学的现代化程度取决于人们对其现代性的判断。因此，对文学现代化的研究就是对文学现代性本质和表现形式及其演进过程的研究。但是，不同的研究者却可以立足于影响文学现代化的独特因素选择诸多个性化的视角进行阐释。这样阐释的意义不在于求新求异，而在于可以为文学现代化的研究提供更多的经验或教训，以作参照。

本论著对中国现代新诗的现代化与"民间化"思潮的关系进行思考，重点探讨不同历史阶段典型的民间化思潮、理论和创作现象对新诗现代化进程的影响。

一、中国古代诗歌的民间性和民间化传统

翻检中国古代诗歌史，我们会发现关于民间和民间化对主流和正统诗歌的影响并非在现代诗歌史上才发生的。胡适先生在《白话文学史》中就说过：自秦汉以来"中国的文学便分出了两条路子：一条是那模仿的，沿袭的，没有生气的古文文学；一条是那自然的，活泼泼的，表现人生的白话文学"①。抛开胡适先生这段话所包含的中国文学传统中古文、白话谁为正统不提，其《白话文学史》所描述的中国文学客观存在的"双线"发展线索确实也为我们找寻中国

---

① 胡适. 白话文学史 [A]. 姜义华. 胡适学术文集·中国文学史（上）[C]. 北京：中华书局，1998：23.

古代诗歌的民间性和民间化传统打开了思路。

中国远古时代的诗歌产生于文字发明之前，其口头传承及起源于先民的生产劳动和歌舞活动的特点，使其民间性不言自明。

考察中国古代有文字记载以后的诗歌历史最少要从《诗经》算起。《诗经》是公元前11世纪至公元前6世纪的诗歌总集。作为中国第一部诗歌总集，其中收录的305篇诗歌作品又分为"风""雅""颂"三类，"风"作为《诗经》中的精华包含了15个地方的民歌。因为"风"所展示的丰富内容和灵动优美的品格是"雅"和"颂"所难以企及的，因此可以说，《诗经》的"风"充分说明了民间才是中国古代诗歌最初的活水和源泉。

继《诗经》之后的《楚辞》既是自《诗经》三百篇以后形成于战国时期的一种新诗体，也是指汉成帝时刘向整理编撰的包括战国楚人屈原、宋玉及汉代淮南小山、东方朔等人的17篇辞赋的一部诗歌总集。楚辞这种诗歌形式的产生，除了春秋战国时期南北文化交流的影响外，楚国长期独立发展所形成的民间艺术的影响也十分重要，尤其是楚地流行的民歌形式（如其每隔一句就以"兮""思"等词结尾）和巫觋"作歌乐鼓舞以乐诸神"的充满神秘庄严和戏剧色彩的巫歌，则是楚辞产生的重要基础。所以，与《诗经》相比，起源于战国时期的《楚辞》完全可以被看作是南方楚国民间的"乡土文学"。由于楚地民间艺术的影响，楚辞首先发展了诗歌的形式：它打破了《诗经》的四言形式，从三、四言发展到五、六言乃至七、八言的长句句式，并保留了咏唱中的叹词"兮"等；从体制上看，它突破了《诗经》以短章、复叠为主的局限，发展成为"有节有章"的长篇巨幅，更适合表现繁复的社会生活内容和抒写在较大时段跨度中经历的复杂情感。其次，在创作方法上，楚辞吸收了巫歌神话内涵的浪漫主义精神，开辟了中国文学浪漫主义的创作道路。

汉代前期文人诗歌尚不发达，乐府民歌却十分活跃，汉武帝时大规模扩建源于秦代宫廷的乐府机构，从民间采集了大量的民歌，后世称为汉乐府。汉朝前期的诗歌沿袭了《诗经》"艺术源于民间"的传统，作为时代诗歌精华的汉乐府民歌继承了自《诗经》以来民歌"饥者歌其食，劳者歌其事"①的现实主义传统，富有生活气息。其次，汉乐府民歌最重要的艺术特色是它的叙事性，《孔雀东南飞》

---

① 宣公十五年［A］. 何休注. 春秋公羊传解诂（卷十六）［C］.

是汉乐府叙事诗的最高峰，被誉为"长诗之圣""古今第一首长诗"。

正统的五言诗是中国古典诗歌的主要形式，而五言形式主要起源于文人对民间歌谣的模仿写作，源自民间的汉代乐府民歌对正统的五言形式的形成来说可谓功不可没。

由于西汉乐府民歌的兴盛，模仿乐府民歌的文人五言诗也随之开始产生。有研究者认为：东汉班固的《咏史》是最早的有明确记载的文人五言诗，而模仿乐府民歌的文人五言诗的成熟则经历了一个漫长的过程，直至东汉末年《古诗十九首》的出现才标志着文人五言诗达到了成熟的阶段。《古诗十九首》是文人对乐府民歌的模仿，却不似乐府民歌善于叙事写实，而是更长于抒情，言短情长、委婉含蓄、情调感伤。南朝梁国萧统整合编撰的无名氏的《古诗十九首》可以算是民间歌谣影响文人创作而创造古典诗坛正统的一个经典范例。而东汉末年建安时期的"三曹"（曹操、曹丕、曹植）和"七子"（孔融、陈琳、王粲、徐干、阮籍、应旸、刘桢）则继承汉乐府民歌的现实主义传统，并普遍采用五言形式，第一次掀起了文人诗歌创作的高潮。建安时代的诗，是从汉乐府向文人五言诗转变的关键，曹植是当时的代表诗人，他的诗受汉乐府的影响，但却比汉乐府有更多的抒情成分。

两晋时期留下的诗歌不多，诗歌创作逐渐走上形式主义道路，诗歌内容空泛。但是源于汉乐府的"建安风骨"一直影响到建安之后正始时代的阮籍（210—263）、嵇康（224—263）和两晋时期的左思（250 左右—305 左右）。除此之外，两晋时期颇富特色的就是东晋末年陶渊明的田园诗和谢灵运的山水诗。

两晋时期的文人诗歌创作走向衰退期之后，南北朝乐府民歌的再次集中涌现却迎来了中国诗歌史的又一发展时期。南北朝时期民歌总的特点是篇幅短小，抒情多于叙事。

南朝乐府保存下来的诗歌有 480 多首，一般为五言四句小诗，诗风绚烂，几乎都是谈情说爱的情歌艳曲。南朝宋国诗人鲍照（410 左右—466）之所以被誉为南北朝时期最杰出的诗人，是因为他继承和发扬了汉魏乐府的传统，创作了大量优秀的五言和七言乐府诗，其诗表现了个人的不幸和对不公社会的抗议。

北朝乐府诗歌数量远不及南朝乐府，但内容之丰富、语言之质朴、风格之刚健则是南朝乐府远不能及的。在体裁上，北朝乐府除以五言四句为主外，还创造了七言四句的七绝体，并发展了七言古诗和杂言体。北朝乐府诗歌最有名的是长篇叙事诗《木兰辞》，它与《孔雀东南飞》并称中国诗歌史上的"双璧"。

此外，南朝时期钟嵘《诗品》、刘勰《文心雕龙》、萧统《文选》等诗论和南齐永明年间作为未来格律诗产生开端的"永明体"的四声说、八病说，均对后世文人诗歌的理论建设和诗歌创作、鉴赏实践产生了巨大的影响。但是，无论如何，南北朝时期无论诗坛创作的繁荣还是诗歌理论的升华，都是以乐府民歌的兴盛为基础的，也正是这一时期的积淀才为即将到来的唐代诗歌盛世做好了准备。

隋代因历时过短，诗歌成就很难界定，主要诗人有卢思道、薛道衡等。

唐朝是我国文人诗歌高度成熟的黄金时代，可分为初、盛、中、晚四个时段。但唐代的诗歌盛世也同样伴随着诗歌的民间化进程。在律诗鼎盛的同时，不管是初唐、盛唐还是中唐、晚唐，无论从初唐四杰到李白、杜甫，还是从孟浩然、高适、岑参再到韩愈、孟郊，乐府诗的创作却从未间断过，几乎我们熟知的所有唐代诗人都创作过乐府诗。且不论专倡"新乐府运动"的白居易和元稹、李绅等人创作了多少乐府诗，仅李白、杜甫创作的乐府诗数量就极其庞大，其中李白一人现存乐府诗就多达一百四十九首。不少研究者都认为李白诗歌艺术成就最高者当属他的乐府诗。李白何以偏爱乐府诗？一方面自然与其狂放不羁的、不受约束的浪漫气质有关，另一方面自然也与乐府杂言歌词的形式富有民间化特色，在章法、句式上错落灵动，既扬《诗》《骚》之长又弃其弊不无关系。

唐朝时期，不仅文人雅士热爱诗歌创作，诗人辈出，佳作浩如烟海，唐代的普通民众爱好诗歌也已然成为一种普遍的风气，《全唐诗》中就收录了很多和尚、道士、尼姑、宫人、歌伎以及无名氏的作品。唐代诗歌创作向民间的发展实际上就是唐朝盛世诗歌民间化的一个奇观。具体来说，唐代诗歌创作的民间化主要体现在以下几个方面：一是民间对文人诗歌进行类似于仿写、拼合的再创作。二是根植于生活土壤的世俗化、生活化的民间原创诗歌，包括近体诗和杂言体民歌。唐代民间诗歌创作和传播首先在诗歌领域内产生影响，特别是对中、晚唐诗风的变革影响较大。主要表现为文人对民间诗歌形式和语言上的借鉴，比如杜甫对谣谚的学习与吸收，韩愈、元稹与白居易对敦煌通俗诗程式的采用等；其次是促成了中、晚唐诗风的俗化，比如张籍、王建乐府诗歌的生活化和世俗化，晚唐寒士诗歌的俚俗化等。

而谈到宋代诗歌，和唐朝相比其成就最高的莫过于词。唐代之时，民间的词大都是反映爱情相思之类的题材，所以它在文人眼里是不登大雅之堂的，被视为诗余小道。只有注重汲取民歌艺术长处的人，如白居易、刘禹锡等人才写一些词。

词这种艺术形式始于隋、成于唐、盛于宋。具体来说，词的源头是产生于南朝梁至隋朝之际的曲子词，曲子词原来是配合一种全新的音乐燕乐来歌唱的，而燕乐就是酒席间的助兴音乐。燕乐的来源有二，一是源自边地或者域外的少数民族，即所谓"胡部"的"胡曲"；二是来自民间的土风歌谣。最初燕乐的演奏者、歌唱者主要是下层的乐工歌伎，所以，曲子词的粗鄙俚俗几乎是其天然的倾向，而根据曲子词的唱词和音乐拍节配合的需要，创作或改编出一些长短句参差的曲词，这便是最早的词了，虽然这些词最后逐步脱离曲而形成一种独立的诗歌形式，但是词孕育演化于纯粹民间底层的艺术形式的事实却再次向我们证明：正是民间性、民间化的传统推动了中国古代诗歌从唐向宋的发展与创新。

依据上述从春秋战国时期到唐宋时代的古代诗歌史的简单梳理，不难看出，中国古典诗歌主要形式的每一次生成与革新均与民间形式直接摄取和滋养密切相关，中国古代诗歌的发展史确实具有突出的民间性和民间化的倾向。这是否意味着起始于1917年的现代新诗也必将在民间化的进程之中逐步发展与壮大呢？

二、歌谣与草创期新诗的民间化倾向

相对于传统诗歌，现代新诗从产生之时就与民间有着密不可分的关系。源自北京大学的"歌谣运动"发生于1918年，而新文学运动则起始于1917年，可以说"歌谣运动"的肇起就是以文学革命的发生为前提的，它的出现与新诗的发生完全处于同一时段。1917年2月胡适在《新青年》发表的"白话诗八首"，是现代新诗的开山之作；1918年1月《新青年》发表的胡适、刘半农、沈尹默的新诗九首则是中国新诗运动形成的标志。事实上，起始于1918年的"歌谣运动"是与新诗运动的兴起有着密切关系的。

关于怎样建立新文学，建设怎样的新文学，胡适在《文学改良刍议》诸文中主张建立"白话文学"；陈独秀于《文学革命论》中则提倡以文学革命的"三大主义"来推翻"贵族文学""古典文学""山林文学"，主张创造"国民

文学""写实文学""社会文学";周作人在《人的文学》等文中则要求创建个性主义和人道主义的"平民文学"。综合起来,建设现代的回归人性和平民的新文学是文学革命倡导者们的共同主张。那么建设这样的新文学的生命源泉在哪里呢?新文学的倡导者们自然把目光投向了传统文学之外的两个方向,一个是以西方为代表的外来因素,另一个则是对本土非正统文学的挖掘,而首倡歌谣运动的刘半农、沈尹默等人优先考虑的则是对本土非正统文学的挖掘。

1918年1月,新文学的先驱者刘半农和沈尹默向北大校长蔡元培倡议向全国征集歌谣。刘半农曾在《海外民歌译·序》里回忆道:"这已是九年以前的事了。那天,正是大雪之后,我与尹默在北河沿闲走着,我忽然说:'歌谣里有很好的文章,我们何妨征集一下呢?'尹默说:'你这个意思很好。你去拟个办法,我们请蔡先生用北大的名义征集就是了。'……"① 刘半农草拟好歌谣征集的章程后经蔡元培首肯,即以《北京大学征集全国近世歌谣简章》为题于1918年2月1日发表于《北大日刊》。

按照刘半农在《海外民歌译·序》里追忆歌谣征集发起过程时有关"歌谣里有很好的文章"的说法,不难看出,新诗创作的先行者们发起歌谣运动的首要目的就是为新诗创作寻找可资借鉴的鲜活资源。刘半农喜欢民歌天然自由不加雕饰的形式,更爱民歌质朴自然的情感,他的注视点"始终是偏重在歌谣的文艺方面的"②。从1918年2月1日《北大日刊》发表的歌谣征集简章和1918年3月《新青年》第四卷三号转载的简章来看,歌谣征集最初的负责人主要有沈尹默、刘半农、周作人、沈兼士、钱玄同五人。这些人都是初期新文学的积极倡导者和实践者。而周作人很快成了歌谣征集活动中的主导者,他在1922年发表的《歌谣》③一文中也曾说,歌谣的研究有两个方面意义:"一是文艺的,一是历史的。从文艺的方面我们可以供诗的变迁的研究,或做新诗创作的参考。……"

可以毫不讳言地说,现代新诗草创时期歌谣运动的兴起足以说明以胡适、刘半农、周作人、沈尹默为代表的新文学开拓者一开始确实是从本土民间文化的角度来思考新诗建设和创新的。作为诗之国的中国,草创期的现代新诗怎样才能摆脱传统文人诗词僵化和脱离现实、脱离民众的状态?现代新诗的开拓者

---

① 刘半农.海外民歌序 [J].语丝,1927 – 04,127.

② 徐瑞岳.刘半农文选 [M].北京:人民文学出版社,1986:181.

③ 周作人.歌谣 [A].儿童文学小论 [M].上海:儿童书局,1932:89 – 95.

们不约而同地把探寻的方向投向了歌谣这一民间的鲜活资源，并在现代新诗开创时期就在诗歌建设上走上了一条吸纳民间养分来创造新诗现代形式的道路。这是一次以歌谣为表征的民间化诗学理论创新和诗歌创作实践。这种民间化的创新和实践至少有以下三方面的意义：

其一，是以古证今，证明民间才是新诗创作的活的源泉。

正如胡适所说："文人的新变其实都是从民间的小儿女，村夫农妇，痴男怨女，歌童舞妓，弹唱的，说书的那吸取新风格和新形式的灵感。从汉代、魏晋至唐朝，诗人们不断从民歌中获取生气和生命，借鉴民歌革新诗歌体裁和风格，发展至唐代形成一个成熟而灿烂的诗歌时代。"① 郑振铎在《中国俗文学史》②中也认为：民歌民谣和最初的词曲作为俗文学中的一大类，是循着从民间到正统演进的，并不断为正统文学提供养分，俗文学是中国文学发展的原动力。

其二，是创造新声新韵，推动新诗表现形式的创造。

刘半农早在 1917 年 5 月在《新青年》发表理论文章《我之文学改良观》时就针对传统韵文的变革提出了"破坏旧韵重造新韵""增多诗体"和"提高戏曲对于文学之上位置"③ 的三点建议。而他在 1918 年与沈尹默一起首倡歌谣征集则可看作他对"破坏旧韵重造新韵"的研究和实践的开始：1919 年刘半农回老家途中采集船歌 20 首，并于 1923 年在《歌谣》周刊第 24 号全文刊出；1925年他从欧洲留学后回乡采集民歌三四十首，并于 1926 年编集为《手攀杨柳望情哥词》；留学欧洲之际，刘半农还于 1920 至 1921 年间受江阴船歌影响，采用江阴最流行的"四句头山歌"和江阴方言创作了 60 多首诗歌，选取其中 18 首结集成册，于 1926 年以《瓦釜集》之名出版（其中加入了 3 首 1924 年的诗作），而"瓦釜"之名正表明了他的民间立场，取其与"黄钟"相对之意。

刘半农借助民歌民谣所进行的诗歌研究和创作实践，首先表明发轫期新诗人找到了一条创造新声新韵的道路，因为民歌民谣中的方言土语就是最生动的、活在当下的现代汉语，刘半农和他同时代的同路人在借鉴民歌民谣的创作实践中，把最真实的现代音韵带入了新诗之中，并为新诗全新的以现代口语为基础

① 胡适．白话文学史［A］．姜义华．胡适学术文集·中国文学史（上）［C］．北京：中华书局，1998：155．

② 郑振铎．中国俗文学史［A］．北京：东方出版社，1996．

③ 刘半农．我之文学改良观［J］．新青年，1917 – 05，3（3）．

的表现形式的创造指明了方向。

其三，是吸取民歌自由鲜活的内容，推动新诗创作个性化与平民化。

在模仿歌谣的创作实践中，一方面新诗人在表现内容上吸收了民歌纵情而唱、自然流露的特点，使得新诗的情感抒发更加自由活泼、富有个性。另一方面，正如在歌谣征集中做出重大贡献的常惠所言："歌谣是民俗学中的重要分子，就是平民文学的极好材料。我们现在研究他和提倡他，可是我们一定也知道那贵族的文学从此就不攻自破了。"① 民间歌谣善于表现生产劳动的真实感受和生活内容的特点，既使新诗从产生之日起就远离了传统诗歌表现内容上的贵族化倾向，也使得新诗人们在将普通人的人生纳入诗歌进行诗意化的表现时找到了方法和理由。

三、对新诗现代化、民间化的范畴界定的思考

如前所述，要研究新诗现代化与民间化进程的关系，对新诗现代化和民间化的概念界定是首要任务，这是本论题的基石。

（一）新诗的现代化

新诗的现代化可分为内容与形式两个方面来展开，新诗在内容和表现形式上不断趋近其精神本体和形式本体的过程就是现代新诗现代化的进程。

那么，什么是现代新诗的精神本体和形式本体呢？为便于阐释，暂且将其分而论之。

1. 关于新诗的精神本体：

第一，相较于传统诗词，新诗的现代精神本体是建立在"文学是人学"这个现代文学的本质界定的基础上的，因此，从这个角度来看，新诗的精神本体就是对于现代人的关怀、表现和探究。

第二，相对于散文、小说、戏剧，诗歌是一种更倾向于表现人类精神世界的文学形式，因此，现代新诗的精神本体是由诗人所创造的纯粹的精神世界，这个精神本体既不同于散文、小说、戏剧，更不同于现实世界。正因如此，现代诗歌的精神本体才有其独立价值。在此基础上，现代诗歌的精神本体就是现代新诗在关怀、表现、探究人的过程中所构建的既不同于现实，又有别于散文、

---

① 常惠. 我们为什么要研究歌谣 [J]. 歌谣，1922，3.

小说、戏剧的独立的精神世界。

2. 关于新诗的形式本体:

第一,新诗现代形式本体体现为语言形式的现代性和文本形式的多样性、开放性。

第二,现代新诗的形式既不同于客观现实的表象世界,也不同于散文、小说、戏剧,它是以其形式本体的诗化特征来展示其独立价值的。

所以,现代新诗形式本体的建设过程就是在追求语言形式的现代性和文本形式的多样性、开放性的路途中不断趋近于"纯诗"的过程。

需要特别强调的是:

其一,现代新诗的内在精神和表现形式都是一个变量,它们是随着时代的变化而不断变化的。

其二,在新诗现代化的发展过程中,新诗的精神本体和形式本体是相互关联的,我们既不能脱离诗歌的内在精神来研究形式,也不能离开诗歌的外在形式去描述其内在精神。

其三,从本质上讲,现代新诗的精神本体和形式本体是一个一而二、二而一的问题,因为新诗现代化的最终目的就是追求内在精神本体和外在形式本体的高度融合。新诗现代化的本质内涵就是诗歌的内在精神本体与外在形式表现逐步趋于契合化一的过程。

(二)新诗的民间化

在这里"民间"是相对于庙堂、正统、主流而言的。所以,新诗的民间化实际上就是指现代诗歌的创作者和理论家,在某一特定时期之内,在非正统和非主流的诗歌因素中甚或非诗歌的文学因素中吸取养分,自觉或不自觉地推动诗歌的内在精神与外在形式不断变化的过程。

值得强调的有两点:

其一,新诗的民间因素既包括传统诗词中的非主流因素(比如"以文为诗"),也有外来的诗学因素(比如"直言"),而且随着新诗的发展变化,民间因素在不同历史时期就不能像早期新诗草创时期那样简单界定了,它既可能是传统诗词中的非主流因素,也可能是某一时代特定主导潮流之下出现于民间的革命化、传统化、外来化乃至纯诗化等诗歌倾向所蕴含的元素。

其二,依据前述民间定义,现代诗歌在不同时期的民间因素是相对的,此一时的民间很可能是彼一时的"非民间"。也就是说不同时期的民间因素应该是一个变量，随着民间因素的改变，其于诗歌本体的作用也随之改变。

四、新诗现代化和民间化的关系

关于新诗现代化和民间化的关系问题集中起来可概括为以下几个方面：

（一）民间不等于传统。虽然传统在某些时候可能退守到民间，但是传统在过去曾经就是正统。

（二）民间不等于新，民间化也不等于现代化。在一定的阶段某些民间因素有异于庙堂、正统和主流，代表了反传统和正统、主流之外的因素，但是新的时代，传统往往深埋于民间，也是一个不争的事实。

（三）基于上述两点，民间化与新诗的现代化的关系既有顺向推进作用，也有使其迟滞不前的作用，甚至在某种特定历史条件下，还会起到反向逆推的作用。

五、围绕本论题展开的主要研究内容

在不同时段的特殊历史文化场域和诗学背景中，探讨民间化对新诗现代化的推进与制约作用，应该包括以下相互联系、相互涵盖的主要内容：

（一）新诗民间化思潮的阶段性线索。如：

1. 尝试初期白话诗的民间化取向与对民歌和传统中的非主流的借鉴。

2. 尝试后期自由体建立过程中对非主流与民间化因素的融合。

3. 20 世纪 20 年代中后期革命诗歌和"新月诗派""象征诗派"在非诗化与纯诗化语境中对民间化因素的汲取。

4. 20 世纪 30 年代初至 20 世纪 30 年代中后期民间化背景下大众化与纯诗化的诗歌理论与创作实践。

5. 20 世纪 30 年代中后期至 40 年代的战争需求与民间化浪潮。

（二）辨析民间化思潮在诗学旨归上的变化。包括：

1. 尝试初期的民间化思潮以创建现代新诗形式本体为诗学旨归。

2. 尝试后期的民间化道路以浪漫主义语境之下的自我表现打破传统诗词淡化、隐匿主观抒情的诗学限制。

3. 20 世纪 20 年代中后期革命诗歌的民间化以政治功利需求为目的；而此时

的"纯诗化"思潮对民间化因素的借鉴则以创造新诗"现代化"的形式为宗旨。

4. 20 世纪 30 年代大众化思潮的基本诗学旨归是对贵族化、纯诗化的反驳和对民族形式的追求；与此同时纯诗化思潮对民间与民族形式的借鉴则旨在纯诗艺术的中国化。

5. 20 世纪 30 年代中后期至 20 世纪 40 年代新诗民间化的基本诗学路径包括：战争背景下"七月"派浪漫主义对贴近战争的生命体验的诗化表达，"九叶"现代主义对生命现实存在与心灵世界的智性思考，延安诗派顺应战时需求的革命浪漫主义和非诗化的纯功利倾向。

（三）在民间化的语境之下，探讨新诗形式本体与精神本体的演进。

1. 尝试初期在反传统的旗帜下，由于民间化的普遍推进，纯民间的白话、民歌和传统中的非主流因素使新诗形式的现代要素的集结演化得以启动。

2. 尝试后期的民间化使新诗现代抒情主体得以建立并渐趋多元化，且以自我表现为内在动力形成了现代新诗真正的自由体。

3. 20 世纪 20 年代中后期非诗化诗歌的民间化因素阻滞了新诗现代精神本体的发展，也限制了现代新诗本体的探索；而纯诗化诗潮的民间化因素则有力地推进了新诗现代形式本体和精神本体的生长。

4. 20 世纪 30 年代的大众化与独辟蹊径的现代主义诗歌，既在客观上造成了服务现实的功利主义的快速生长，也从民族化和纯诗化角度推进了新诗的形式建设，民间化对新诗现代化的作用表现为既推动又制约的悖论状态。

5. 20 世纪 30 年代中后期至 20 世纪 40 年代民间化思潮下的三个相互并列的诗学路径对新诗现代化的作用呈现出相互联系与相互抵牾的状态，既有现代化的深化推进，又有新诗现代精神本体与形式本体的失落。

综上所述，笔者认为，要科学地界定民间和民间化及其诗学功能，就不能将传统与主流、现代与非主流简单地等同划一，也不能把传统与现代、主流和非主流绝对地对立；在新诗现代化的语境之下，现代新诗的民间化思潮与现代化进程是相互关联的，民间化倾向直接作用于现代新诗的形式本体和精神本体，民间化思潮对新诗现代化的影响贯穿了新诗发展史的始终；以民间化思潮在特定背景下的现代化和反现代化倾向对现代新诗形式本体和精神本体建设的影响为依据，新诗的民间化和现代化进程的关系绝不是单纯的顺向或逆向的推动关系。

第一篇 01

|民间化因素的集结和现代化的肇起|

（1917—1921）

第一章

尝试初期新诗的先锋性和民间化取向

在文学史家看来，用现代中国人的语言文字及与之相关的文学形式，表达现代中国人的感情、思想和心理的文学就是中国现代文学。而且在今天一般人的眼中，用白话表现今人的思想感情似乎是天经地义的。但是，1917 至 1921 年间，由胡适等人的诗歌理论和创作实践所发起的诗体解放运动却是前无古人的、极具先锋性的行为。

尝试初期的诗体解放运动实际上就是新诗现代化形式建设的开端。在这场运动中，尝试初期诗人站在新的历史的高度，把新诗形式建设的现代性放在首位，毅然选择以白话入诗，并以此为中心去构建一种全新的现代诗歌形式，对传统格律诗词的既成形式法则进行了猛烈的冲击和解构，体现出突出的现代性倾向。

所谓新诗的形式建设现代性或者现代化倾向，所强调的是与传统诗歌形式的非延续性和断裂感。这种现代性的倾向又常常被人称为所谓先锋性的倾向，因为它是凭借这一种理想来推动诗歌形式变革的，并代表着现代新诗形式的未来发展方向。

尝试初期白话诗对旧诗形式的破坏和新诗形式的建设均源于白话入诗。在旧时以文人诗词为正统的传统格律诗词里，白话是不登大雅之堂的，是绝对的非正统和民间的。正所谓"不破不立"，当尝试初期新人以纯民间的、非正统白话入诗之后，必然带来旧形式的崩毁和对新形式建设的迫切需求。而这，就是诗体大解放运动在诗歌形式上的"三破三立"的来源。其中，针对格律诗词的"三破"就是废除文言、废除格律音节结构、废除古音韵，而对应新的形式建设的"三立"则是以白话入诗、使用自然音节、采用现代音韵。

由此可见，尝试初期新诗所汇集的民间化因素除了白话之外，还包括了与之相关的现代自然音节和现代音韵。而诗体解放过程中的"三破三立",实际上就是打破正统、突破主流,向非正统、非主流的白话借鉴,在诗歌语言的民间化的进程中创造新诗的现代形式。

第一节　诗体解放运动的先锋性

但凡论及新诗发展的最初阶段,人们一般把 1917—1925 年看作中国现代新诗的产生期或者尝试期,但却少有对 1917—1925 这一阶段的进一步细分。

以欧洲为代表的西方世界,从古希腊、古罗马德谟克利特、苏格拉底、柏拉图、亚里士多德奠定模仿论到贺拉斯、阿奎那、达·芬奇、布瓦洛等人对模仿论的完善,再到黑格尔的《美学》对模仿论的颠覆①,差不多经历了 2000 年的时间,此后表现论才开始逐步大行其道。而实际上,从现代新诗的自然发展历程来看,现代新诗在 1917—1925 年这短短不到十年的时间里,就跨越了从"模仿论"到"表现论"两个发展阶段。

之所以把 1917—1925 年看成现代新诗的尝试期,是因为这短短的八年左右的时间是中国现代新诗的探索形成时期。从总体上看,1921 年郭沫若《女神》的出版,是尝试期中国现代新诗发展旅程的一个关键节点;1917—1921 年可称为新诗的尝试初期,1921—1925 年则可看作新诗的尝试后期。尝试初期新诗起始于 1917 年 2 月胡适的"白话诗八首"在《新青年》的发表,这是胡适于同年1 月发表《文学改良刍议》后第一次在《新青年》上公开了自己在新诗"改良"上身体力行的尝试。胡适的"白话诗八首"② 包括《蝴蝶》《风在吹》《湖上》《梦与诗》《醉》《老鸦》《大雪里一个红叶》和《夜》,绝大多数后来都收入了《尝试集》。

胡适的《文学改良刍议》③《谈新诗》④ 和《尝试集》⑤ 决定了其在新诗尝试初期的领袖地位。他首开风气的创作实践和理论探索标志着汉语诗歌一个新

---

① 黑格尔．美学［M］．北京：商务印书馆，2000．
② 胡适．白话诗八首［J］．新青年，1917，2（6）．
③ 胡适．文学改良刍议［J］．新青年，1917，2（5）．
④ 胡适．谈新诗［J］．星期评论，1919，双十节纪念专号．
⑤ 胡适．尝试集［M］．上海：亚东图书馆，1920．

时代的到来。

发生于 1917 年的新诗变革是现代新诗与传统诗词发生纵向断裂并向诗歌现代化迈进的起点。胡适提出的诗体解放论是新诗变革的核心，为汉语诗歌注入了新质，彻底改变了汉语诗歌的面貌，推动了现代新诗的诞生。因为他是尝试初期新诗不可替代的代表人物，所以有人把新诗的尝试初期称为"胡适时代"。

从表面上看，无论是胡适《文学改良刍议》中的"文学改良八事"，还是《谈新诗》中有关的"诗体大解放"理论主张，都将新诗变革的侧重点放在了诗歌的形式方面，但是，细读《谈新诗》我们却不难看出胡适诗体解放论的真意。

《谈新诗》中有这样一段话："这一次中国文学的革命运动，也是要先要求语言文字和文体的解放。新文学的语言是白话的，新文学的文体是自由的，是不拘格律的。初看起来，这都是'文的形式'一方面的问题，算不得重要。却不知道形式和内容有密切的关系。形式上的束缚使精神不能自由发展，使良好的内容不能充分表现。若想有一种新内容和新精神，不能不先打破那些束缚精神的枷锁镣铐。因此中国近年的新诗可算得一种'诗体的大解放'。因为有了这一层诗体的解放，所以丰富的材料，精密的观察，高深的理想，复杂的情感，方能跑到诗里去。"①

从上面这段话可以看出胡适要表达的两层含义：其一，以白话入诗，采用自由体，是诗体解放乃至于整个新诗运动的一种策略，它表现了汉语言诗歌站在新征程起点上的一种历史性的决绝姿态，它是现代新诗和传统诗词产生最直观的断裂的决定性因素。其二，诗歌的形式与内容是密不可分的，新诗全新的语言和形式是与现代人全新的思想情感和表达方式密切相关的，以全新的语言和形式为诗歌全新的内容和内在精神的表达服务就是诗体解放运动的目的，认清了这个目的也就看到了新诗尝试初期主张诗体解放的本意！

陈思和教授在一次题为《"五四"文学：在先锋性与大众化之间》的讲演中表达过这样的观点：一个历史时期的文学可分为常态的文学和先锋的文学。常态的文学是与某个历史时期的政治、经济、文化、制度的发展相适应的文学，它随着社会的发展变化逐步地发生变化，因此它是与当时的社会变化相吻合的。

---

① 胡适. 谈新诗［A］. 中国新文学大系·建设理论集［C］. 上海：良友图书公司, 1935.

而先锋的文学是一种区别于常态文学的文学现象，它往往站在历史的前沿，采取非常激进的态度，使文学与社会、传统发生激烈的冲突和矛盾，并与之产生断裂，进而出现文学的解构和冲撞，最后产生新的文学形式和文学运动；先锋的姿态、提出亟待解决的问题、代表未来的发展方向等，是先锋文学的突出特征。① 先锋文学与常态文学最大的不同点就是先锋文学并不是随着文学或社会的变化而自然变化，它是凭借某种理想来推动文学乃至社会的变化，并使之达到这种理想所期待的境界。

1917—1921 年间出现的以胡适为代表的尝试初期的以诗体解放为标志的新诗运动正是这样一种具有先锋性的诗歌运动。投身到这场新诗运动中的诗人除了胡适之外还包括刘半农、沈尹默、刘大白甚至周作人、鲁迅等等。他们既是中国现代新诗运动的开拓者，更是新文化运动的参与者。他们在进行新诗的理论探索和创作实践时往往在创造新文化、传播新思想方面具有自觉的使命意识，在他们的内心深处新文学的创造与新文化的建设是密不可分的。正是这种观念，使其不论在新诗形式的创造还是新诗内在精神的变革上都有了与传统文学决裂的双重自觉。

第二节　尝试初期新诗形式的破与立

千百年来中国古典诗歌作为传统文学金字塔最顶端的文学形式，因其典雅庄严的形式、幽深博大的内涵和丰厚的历史积淀，一直被人们当作不能替代、不可改变、不容亵渎的存在。但是尝试初期新诗人坚信现代人应该创造出现代人的文学，一个时代有一个时代的诗歌，他们冒天下之大不韪，以白话入诗，创造出与古典诗词迥异的全新的现代新诗，经过一代代新诗人的探索，现代新诗走过了长达一个世纪的筚路蓝缕的探索之旅。

使用白话，使得新诗和传统诗歌在形式上通过语言文本的显著差异得以区分，同时也要求尝试初期新诗必须抛开古典诗词延续千百年的诸多不可颠覆的既成法则进行全方位的摸索。这个要求，较之于小说、散文和戏剧难度更大，

---

① 陈思和．"五四"文学：在先锋性与大众化之间［J］．北京大学研究生学志，2006（2）．

因为以白话入文、入戏在古代、近代皆有先例可循，而以白话入诗却前无古人。在新诗人面前，以白话入诗必然面临音韵系统、文法系统、语象世界直至审美标准等等一系列相互关联的多层面的创新与探索。

从诗体解放的角度来说，尝试初期新诗人首先面临的是形式层面的"三破三立"，也就是：废除文言，以白话入诗；废除传统格律诗的音节结构，使用自然音节；废除古音韵，采用现代音韵。这是三个在逻辑上相互关联又相互推进的环节。

尝试初期新"三破三立"的过程实际上就是打破正统、突破主流，向非正统、非主流借鉴，在"民间化"的探索中创造新诗，并直接启动新诗现代化建设的进程。

首先是废除文言，以白话入诗。

在传统文学里，尤其是在传统格律诗词中，古文是官方的、正统的，而白话则是民间的、非正统的。因此，以白话入诗就意味着要把贩夫走卒、卖浆者流的粗俗口语吸纳到诗歌当中。也就是说，新诗白话的第一个来源就是"活在当下"的民间口语。

与尝试初期新诗"三巨头"[①] 相较，刘大白的白话诗创作毫不逊色，以下是从其诗集《旧梦》[②] 中摘取的几首小诗：

一〇
心花，
不论凡猥之境
圣洁之所，
一样能放，
因为有热血灌溉著。

二六
最重的一下，
扣我心钟的，

---

① 指胡适、刘半农、沈尹默。
② 刘大白. 旧梦 [M]. 上海：商务印书馆，1924.

是月黑云低深夜里，
一声孤雁。

九〇
恋人底小影，
只有恋者底眼珠，
是最适当的框子。

以上三首小诗除去其不可否认的诗境、诗意构造的才情不说，其对白话的运用起码包括了对方言方音的规避、对外语句法的借鉴、对部分文言词汇和古诗词传统意象的保留、诗行间适当的省略和跳跃等等创造性技巧，在现代新诗的开创阶段，这些技巧均可作为同时代诗人借鉴的方法，甚至对后来者都是值得继承和仿效的。

新诗白话的第二个来源就是尝试初期新诗人的翻译和创造。1918 年 5 月，刘半农翻译了印度歌者拉坦·德维的《我雪行中》，并将之发表在《新青年》，他在《译者导言》中说了这样一段话："尝以诗赋歌词各体试译，均苦为格调所限，不能竟事。今略师前人译经笔法写成之，取其曲折微妙处，易于直达，然亦未能尽惬于怀。意中颇欲自造一完全直译之文体。"胡适也曾在《尝试集·再版自序》中称其以白话翻译的诗歌《关不住了》因摆脱了古典诗词的局限而成为"我的'新诗'成立的纪元"。

为说明刘半农、胡适为代表的尝试初期白话诗人的译作的示范价值，现将《关不住了》全文展示如下：

我说："我把心收起，
像人家把门关了，
叫'爱情'生生地饿死，
也许不再和我为难了。"

但是五月的湿风，
时时从屋顶上吹来；

还有那街心的琴调

一阵阵飞来。

一屋子里都是太阳光，

这时"爱情"有点醉了，

他说："我是关不住的，

我要把你的心打碎了！"

这原本是美国女诗人萨拉·蒂斯代尔（Sara Teastale）发表的一首题为"Over the Roofs"（《在屋顶上》）的诗歌，以下是英文原作：

Over the Roofs[①]

I said "I have shut my heart,

As one shuts an open door,

That may starve therein,

And trouble me no more."

But over the roofs there came

The wet new wind of May,

And a tune blew up from the curb

Where the street – pianos play.

My room was white the sun

And love cried to in me,

"I am strong, I will break your heart

Unless you set me free."

可以看出，译诗并不完全忠实于原作，在语义、句式、节奏、诗境方面，

---

① Sara Teastale. Over the Roofs ［J］. Poetry（《诗刊》），1916, 3（4）.

胡适都对之进行了适当的改写和创造。在这个过程中，译者借助现代口语的语汇、语句并在糅合英语的句法的同时除却了方言口语中生僻、难懂的语汇，又运用了在书面语中才能见到的象征、隐喻和拟人等手法，初步展示了一种在现代新诗创作中可资借鉴的现代白话的书面语范式。正如胡适所言，其意义是深远的。

新诗白话的第三个来源是清末民初在翻译小说中逐步形成的新体白话。面对民众对西方文学忠实译介的需求，瞿秋白曾说："古文的文言没有可能实现真正的'信'的翻译的。"① 所以严家炎《"五四"新体白话的起源、特征及其评价》② 说：新体白话就是在清末民初的翻译小说家在外文与白话的"对译"中产生。

下面是清末时期周桂笙翻译的侦探小说作品《毒蛇圈》中的一段对话：

> 爸爸，你的领子怎么穿得全是歪的？
>
> 儿呀，这都是你的不是呢，你知道没有人帮忙，我是从来穿不好的。
>
> 话虽如此，然而今天晚上，是你自己不要我帮的。你的神气慌慌张张，好像我一动手就要耽搁你的时候似的。
>
> 没有的话，这都是因为你不愿我去赴这回席，所以努起了嘴，什么都不高兴了。
>
> ……③

《毒蛇圈》连载于清末时期的著名通俗小说杂志《新小说》上，是当时很有代表性的、有较高水准的翻译小说作品。从上面这段对话看，译文除了对话未使用引号外，语言十分流畅，就算今天的读者来读也几乎没有任何隔阂。其在翻译上几乎完全抛弃了文言词汇而完全运用纯粹的口语，而且规避了现代口语中的方言方音、冷僻的俗字俗语；从其关联词的运用来看，对英语句法的融汇使用也已经十分娴熟，正因如此，其对话内容的表现也显得既曲折细密又不

---

① 瞿秋白. 瞿秋白文集（文学编）：第 1 卷［M］. 北京：人民文学出版社，1985.
② 严家炎. "五四"新体白话的起源、特征及其评价［A］.《中国现代文学研究丛刊》30 年精编：文学史研究·史料研究卷［C］. 上海：复旦大学出版社，2009：443－454.
③ ［法］鲍福. 毒蛇圈［M］. 毒蛇圈［J］. 知心室主人（周桂笙），译. 新小说，1903，8.

生涩难解。

再看一段由鸳鸯蝴蝶派小说著名作家周瘦鹃翻译的托马斯·哈代小说《回首》的一段译文：

> ……阴郁寒冷的圣诞节前一天，天上翻腾着片片形云，黑压压的不透一丝天光。地上积雪，足有好几寸厚，好像铺着一条挺大的鹅毛毯子。这时已近黄昏，那一天夜色，却愈腾愈密，愈密愈黑，恰和这满地琼瑶，做了个反比例。那泊洛斯班旅馆半新的屋子，孤立在英国的一个最美丽的山谷边上，瞧去又荒凉、又寂寞。……①

周瘦鹃所译的《回首》是哈代小说在中国的第一个译本。研读这段译文可以发现，译者除继承了清末以来运用现代口语对译现代西方小说作品并适当融合英文句法的传统外，还兼用了一些浅近的文言词汇，整体上看，语言显得明白晓畅、清新圆熟，在当时已是十分难得。

严家炎认为，这种新体白话"与传统白话小说的语言有所不同，它以现代口语为基础，容纳某些文言词汇，避开某些生僻的方言乡音，在语法结构上有时虽略带一些外语的痕迹，却比较顺畅自然，容易为一般读者所接受"②。

清末民初以翻译小说为代表的这种新体白话，包含了现代口语、外域语言、文言词汇三个要素，和尝试初期新诗白话文的第一和第二个来源所包含的创新要素几乎是一致的，这一方面说明从清末民初到尝试初期新文学这段时期内，四大文学体裁各文体在创造书面的现代白话文方面，是互为借鉴、互为支撑的，在方法上也是相通的；另一方面，这也说明尝试初期新诗所创造的诗歌语言和新体白话一样，都是以对现代民间口语和外来语言的吸纳为基本特征的，而现代民间口语和外来语的因素也证明了尝试初期新诗在语言形式创造上的民间化特征；第三，尝试初期新诗所承接的新体白话与传统白话小说是有差异的，这种差异可能更多地体现为两者在现代口语的吸纳度以及在文言句法、词法和外来句法、词法的承传度、影响度的差异上，这种差异更可说明尝试初期新诗作

---

① 哈代.回首 [J]. 欧美名家短篇小说丛刊 [C]. 周瘦鹃，译. 上海：中华书局，1917.
② 严家炎."五四"新体白话的起源、特征及其评价 [J]. 中国现代文学研究丛刊，2006 (1)：61-80.

为先锋文学与"常态文学"的区别。

其次是废除传统格律诗的音节结构，使用自然音节。

尝试初期新诗用白话代替文言之后，必然面临音韵系统的改变。也就是说适应于文言文的音节结构和语音系统已经不再适应以现代口语为基础的白话文，现代新诗必须建立一套与古诗词完全不同的、全新的音韵系统。

中国古典诗词是用文言文写成的，其音节结构也是建立在古汉语的基础上的，在古汉语的自然语流中，由单字单音构成的单音节词和双字双音构成的双音节词造就了古汉语较为稳定的语流节奏，这样就形成了中国古典诗词（包括格律诗词）以单音音节（词）、双音音节（词或词组）为基本拍子的节奏模式。也即五言诗基本以 221、212 或者 122 的节拍为一句，七言诗每一句的基本节拍则是在 2221 的单句节拍模式上演变出不同的节拍类型，而词或曲则是单音词或双音词（或词组）构成的单音拍子和双音拍子在长短不一的诗句中的灵活交互使用。因为古汉语的以单、双音节为主的语汇构成决定了其相对单纯的语流节奏，这种语流节奏和以文言文为表达手段的古典诗词是完全匹配的，因为文言文本身就是以古汉语为基础的。但是，古诗词的节律构造模式却与现代汉语完全不相适应，甚至变成了尝试初期新诗形式创造的障碍。

由于尝试初期新诗人在诗歌创作中对现代口语的创造性采用，现代汉语的语汇构成、语法结构等相较于文言文均有不同，使得中国诗歌的语言形式发生了翻天覆地的变化。一方面，因为尝试初期新诗对现代语汇的吸纳和创造，诗歌语言中的基本语汇不再是由简单的单音节词和双音节词构成，而是在单音节词和双音节词的基础上，大幅度增加了二字以上的三、四、五音节的词或词组，这就形成了一、二音节词和三音节甚至三音节以上的词汇混合使用的情况。长短不一的词汇组合自然形成了错落参差的诗行。另一方面，由于尝试初期新诗人有意识地抛弃了古诗词因追求诗行整齐而对自然语流的工匠似裁剪，让以介、助、形、副、叹词为代表的自然语流的鲜活血肉进入诗歌，使得现代新诗创造出具有自然音节、自然语流形态的真正的自由体诗歌成为可能。

尝试初期新诗人采用白话口语的自然音节对自由体的创造性尝试是比较普遍的，康白情作为"五四"期间北大学生运动的领袖之一，以及新潮社和少年中国学会的骨干，自 1918 年起，在《新潮》《新青年》《少年中国》等刊物上发表了大量的白话诗歌，并于 1922 年由亚东图书馆出版了诗集《草儿》。以下是康白情作于 1919 年的与诗集《草儿》同名的一首诗歌：

> 草儿
>
> 草儿在前，
>
> 鞭儿在后。
>
> 那喘吁吁的耕牛，
>
> 正担着犁鸢，
>
> 眙着白眼，
>
> 带水拖泥，
>
> 在那里"一东二冬"地走着。
>
> "呼——呼……"
>
> "牛也，你不要叹气，
>
> 快犁快犁，
>
> 我把草儿给你。"
>
> "呼——呼……"
>
> "牛也，快犁快犁。
>
> 你还要叹气，
>
> 我把鞭儿抽你。"
>
> 牛呵！
>
> 人呵！
>
> 草儿在前，
>
> 鞭儿在后。①

　　这首诗因加入了介、助、副、叹词，口语味道十足，同时诗行、诗节长短不一，改变了传统格律诗词刻板整齐的外部形式特征，可算作是当时新诗中对

---

① 康白情．草儿 [M]．上海：亚东图书馆，1922．

自由体进行探索的代表作之一。

《窗外》是康白情在 1919 年创作的另一首诗歌：

> 窗外
> 窗外的闲月，
> 紧恋着窗内蜜也似的相思。
> 相思都恼了，
> 他还涎着脸儿在墙上相窥。
> 回头月也恼了，
> 一抽身就没了，
> 月倒没了，
> 相思倒觉着舍不得了。①

朱自清在《中国新文学大系·诗集》导言中，曾将这首诗与胡适的《应该》和湖畔诗人的创作相提并论，认为他们都是"真正专心致志做情诗的"。而中国的传统文人诗词诗歌向来就缺少这种真正意义上的情诗，"有的只是'怀内''寄内'，或曲喻隐指之作；坦白的告白恋爱者绝少，为爱情而歌咏爱情的更是没有"。② 如果从艺术表现力来看，《窗外》在现代新诗早期可以算作是一首真正的情诗了，虽与胡适的《应该》都算作尝试初期的新诗作品，而且也同样使用浅显易懂的白话写成，但其将爱情与月亮巧妙地结合在一起，借着月色的若隐若现，细腻地传达出一种欲罢不能、缠绵悠长的相思之情，其艺术表现技巧和诗意诗境均远远超过了胡适的《应该》。

再次是废除古音韵，采用现代音韵。

追求诗歌的音乐美是汉语古典诗歌十分重要的传统，对平仄、押韵规则的遵循是形成音乐美的基本方法。中国现代新诗作为汉语诗歌历史长河中的一个有机组成部分，不可能完全摆脱汉语诗歌对诗歌音乐美的形式追求，尝试初期新诗人在现代新诗的产生初期更不可能超越这个承传了数千年的诗歌传统。因

① 康白情. 草儿 [M]. 上海：亚东图书馆，1922.
② 朱自清. 中国新文学大系诗集导言 [A]. 中国新文学大系 [C]. 上海：良友图书印刷公司，1935，6.

此，适应于现代汉语的新的音韵系统的创造也是尝试初期新诗人面临的一个重要问题。虽然现代汉语的音韵系统早已存在于日常生活口语之中，但是对它的挖掘和提炼却不是一蹴而就的。

清末民初对现代汉语音韵系统的自觉研究和挖掘是与"国语运动"密切相关的。所谓"国语运动"，是指中国从清末到1949年推行的以北京官话为基础制定并推广汉语标准语的运动。国语运动最早可以追溯到清末桐城古文名家吴汝纶提倡以"京话"（北京话）为标准的"国语"。此后的大致经历包括了以下具体机构和活动：1909年清政府资政院设立的"国语编查委员会"、1911年学部召开的"中央教育会议"、1912年国民政府召开的"临时教育会议"、1913年的"读音统一会"、1916年的"中华民国国语研究会"等等。这些机构和活动或致力于研究编订《统一国语办法案》、词典、方言对照表，或从事读音统一和注音字母的研究使用，或借政府之力促进学校"国文"改"国语"的教育实践，等等。随着这些机构和活动所涉及的问题不断深入，影响不断扩大，国语运动也随之向前推进。

抗战结束以后，"国语运动"在大陆陷于停顿的同时却在光复以后的台湾得以继续，并形成了"国语热"，这对加强台湾当地同胞对两岸同文同种的认知、增强台湾同胞的归宿感、加强两岸交流起到了不可低估的作用。

1949年以后，中华人民共和国的推广普通话运动可以看作是"国语运动"在大陆的延续。在此过程中，由于新文学作家在现代汉语创作实践上的丰厚积累，新文学作家的"现代典范的白话文著作"被确定为普通话的语法规范。

实际上，清末民初以后对"国语"的运用和实践贡献最大的当属从1917年开始的新文学运动。新文学运动的先驱者们以拓荒者的姿态运用白话文在四大文学体裁中进行文学创作，"国语运动"这才开始了真正的实践期，新文学作家创作整理的童话、寓言、散文进入到小学、中学课本，为"国语运动"在全国的推行期做出了巨大贡献。

胡适的早期诗歌创作在现代白话的音韵尝试方面做过大量的探索，其诗作《梦与诗》就是这种尝试的代表作：

梦与诗
都是平常经验，

都是平常影象，
偶然涌到梦中来，
变幻出多少新奇花样！

都是平常情感，
都是平常言语，
偶然碰着个诗人，
变幻出多少新奇诗句！

醉过才知酒浓，
爱过才知情重——
你不能做我的诗，
正如我不能做你的梦。①

众所周知，这是胡适的一首著名的哲理诗。作者在诗的开头两节将梦与诗对举是结构这首诗的关键，有了前两节的对举后，富有哲理意蕴的警句似的第三节才显得自然跳脱。但是，整首诗读来节奏明快、流畅顺达的一个重要原因则是诗歌对押韵的运用和处理：全诗共三节，每一节各行句式长短变化规律一致，以二、四行押韵为主；同时也不像律诗那样一韵到底，而是每节都换韵，一至三节分别为 ang 韵、ü 韵和 eng 韵，在 eng 韵的实际运用中还尝试了 ong、eng 两韵通押；总体上诗行、韵脚显得既规整，且富于变化。大致每节四行，逢偶句押韵，每节换韵，句式长短变化遵循一定的规律，和 20 年代中期新月派诗人的不少著名诗歌的结构模式几乎如出一辙。此诗作为尝试初期的白话诗在诗律诗韵上堪称典范，殊为不易。

此外，《三弦》是沈尹默 1918 年创作的一首诗歌，该诗共三节，其中二、三两节的诗行、诗节变化和押韵模式则与《梦与诗》有所不同：

---

① 胡适. 尝试集［M］. 上海：亚东图书馆，1922.

三　弦

……

谁家破大门里，
半兜子绿茸茸细草，
都浮若闪闪的金光。
旁边有一段低低土墙，
挡住了个弹三弦的人，
却不能隔断那三弦鼓荡的声浪。

门外坐着一个穿破衣裳的老年人，
双手抱着头，他不声不响。①

　　这两节诗的诗行、诗节的排列并不像《梦与诗》那样整齐，完全打破了传统格律诗对于诗歌外部排列形式的规范要求，而押韵则采用了"一韵到底"的方式。

　　然而，不管怎样，尝试初期新诗人们在以白话入诗之后，在废除古音韵、采用现代新韵方面都不约而同地进行着探索和尝试，完全可以把他们的努力看作是新格律诗的最早的探路先驱。

　　总体上看，由于尝试初期新诗的先锋性特征，一些后世研究者常常因把视线集中在研究其极端性方面，从而更多地去谴责其"简单粗暴"，批判其与传统的"绝对割裂"，而较少从冷静科学的角度去研究这些先驱者们在新诗建设方面的客观贡献。

　　不破不立。事实说明，尝试初期新诗在诗体大解放的背景下，以"三破三立"的方式，通过对日常口语、外来语法语汇、现代音韵等相对于传统诗词的非正统、非主流的民间化因素的引入和借鉴，以新诗形式本体的创建为己任，

---

①　沈尹默. 三弦［J］. 新青年，1918，5（2）.

在现代新诗的形式建设上迈出了可圈可点的第一步。

　　当然，尝试初期新诗探路者在创建新诗的现代形式时，以"三破三立"的方式对非主流、非正统的民间化因素进行借鉴，仅仅是一个方面，在尝试初期同时出现的以散文化和民歌化的方式进行的形式创新，则更多地展示了白话诗创作的先驱者们在形式建设方面对民间化因素的倚重。

第二章

散文化："直言"和"以文为诗"的契合

1917—1921 年的尝试初期，胡适陆续发表的包括《尝试集》在内的一系列白话诗作品，在新诗创作实践上有着首开风气的示范作用，而他的《谈新诗》的理论主张则因紧密联系诗歌创作实际而被新诗人们奉为创作理论的"金科玉律"①。在"诗体大解放"的大背景下，从创建一种全新的新诗形式的终极目的出发，尝试初期新诗的开创者们是把对旧诗词的既成规则的破坏放在首要位置上的。然而，在旧的既成规则被打破之后，应该怎样建设新的诗歌形式这个亟待解决的千古难题就不可避免地摆在了新诗人的面前。新诗人在形式建设上除了引进白话和与之相关的现代自然音节与现代音韵之外，找寻新诗形式建设的方向仍旧是一个需要认真思索和努力的问题。

就新诗人面对的客观历史境况而言，以白话入诗，破除旧体格律诗词的既成法则之后，现代新诗的形式建设可资借鉴的路径就只剩下了两个方向：一个是向与传统诗学完全异质的西方诗歌借鉴，另一个则是在传统诗学中去寻找和发现其中"非正统"、非主流的形式建设方法。

具体来说，一方面"五四"时期从西方传入的外来诗学有一种与传统诗歌完全不同的表达形式，也就是直言其事、直言其理、直言其情的方式。由于这种"直言"方式和"五四"时期的新诗人们以思想解放为背景的心理需求是一致的，尝试初期新诗人自觉不自觉地把这种"直言"形式大量地运用于新诗创作之中，为新诗的形式创建开拓了一条全新的路径。另一方面，以胡适为代表的尝试初期新诗人在大量运用"直言"形式的同时，也在自唐、宋以来的古典诗词发展历史中，创造性地发现了一条迥异于传统诗学的"以文为诗"的"非正统"方法论线

---

① 朱自清. 中国新文学大系诗集导言［A］. 杨匡汉，刘福春. 中国现代诗论（上编）
　［C］. 广州：花城出版社，1985：241.

索，并在这一线索中找到和"直言"方法的异曲同工之处，而这种联系更被尝试初期新诗人当成了为新诗"散文化"形式创新"正名"的理论依据。

第一节　"直言"的形式和求真的内容

采用白话以后，现代新诗与古典诗词在语言形式上的不同被一下子凸显出来了。

在尝试初期新诗的创作实践中，抛弃文言文以白话文作诗，其必然结果就是将现代人口语中的自然语流引入诗歌，使利用诗歌的文体形式以现代人的语言抒写现代人的情感成为可能，也使得汉语诗歌文本结构在现代新诗产生的初期就实现了"文言合一"的形式归真。

在形式主义美学看来，在文学作品中，作为文本范畴的语言形式与其所表现的思想、情感为代表的内容之间存在着共生共灭的关系。卡西尔也曾在《人论》中讲道：语言是"走向一个新世界的通道"①。在实现形式归真的同时，现代化和口语化的文法形式自然衍生出散文化的章法结构，直至造成的古典诗词的格律规范瓦解，最终汉语诗歌的语义、语像世界乃至审美标准也发生了革命性的变化。

现代新诗尝试初期的诗人们所追求的诗歌形式上的"归真"，实际上是以诗歌表现内容上的求真意识为基础的。刘半农针对旧诗词里常见的"假诗世界"，在谈及形式变革时特别强调新诗情思与内容的"真"："作诗的本意，只需将思想中最真的一点，用自然的音响节奏写将出来，便算了事，便算极好。"② 言下之意，当然是把诗歌抒情主体的心灵真实放在了诗歌创作的首要位置。强调心灵真实，在尝试初期新诗人那里几乎是一个共识。正如胡适在《尝试集》中所言，初期新诗在"诗体大解放"背景下的形式革新的本意，就是在诗歌当中注入现代人的新生活、新思想，让诗歌能够包容现代人丰富的生活素材和人们对生活的精细观察与体验，使诗歌承担起传播新思想、创造新文化的使命。当然，

---

① ［德］恩斯特·卡西尔 . 二十世纪西方哲学译丛·人论 ［M］. 上海：译文出版社，1985.

② 刘半农 . 诗与小说精神上之革新 ［J］. 新青年，1917，3（5）.

胡适的这段话也更进一步说明了一个事实：尝试初期新诗以形式"归真"为表现特征的形式创新和诗歌表现内容上的"求真"意志是完全一致的，并且是互为依托、缺一不可的。这种统一，集中表现在打破传统文言诗词的继承法则之后，以胡适的《尝试集》为代表的尝试初期新诗人由西方诗歌那里学来的表现方法——直言方式的运用上。

之所以向西方"直言"方式学习，是因为中国古典诗词相对于散文和小说，围绕着对"含蓄蕴藉"的审美目标的追求，它拥有更加规范、更加精细、更加成熟的一套形式体系，其积淀更加深厚。在这样的情况下，要打破传统的形式体系就需要一套相对完备的参照体系，而西方诗学的直言方式，既与"五四"个性解放的表达需求契合，又与传统诗学在形式上完全不同，所以向西方学习是一个十分便捷的途径。这种直言方式可以具体概括为"直言其理""直言其事"和"直言其情"三种类型。

首先是"直言其理"。

胡适的《尝试集》里题为《醉与爱》的诗可算是"直言其理"的代表性作品，全诗如下：

> 沈玄庐说我的诗"醉过才知酒浓，爱过才知情重"的两个"过"字，依他的经验，应该作"里"字。我戏作这首诗达他。
>
> 你醉里何尝知酒力？
> 你只和衣倒下就睡了。
> 你醒来自己笑道，
> "昨晚当真醉了！"
>
> 爱里也只是爱，——
> 和酒醉很相像的。
> 直到你后来追想，
> "哦！爱情原来是这么样的！"[1]

---

① 胡适. 尝试集［M］. 北京：外文出版社，2000：76.

这首诗前面类似于序的文字和正文结合起来，可算是胡适对自己诗歌创作体验的理性解答，而在解答方式上采用的则是赤裸裸的说理。

其次是"直言其事"。

《死者》是胡适的一首充满激情的诗歌。为便于分析，特全文抄录如下：

他身上受了七处刀伤，

他微微一笑，

什么都完了！

他那曾沸过的少年血

再也不会起波澜了！

我们脱下帽子，

恭敬这第一个死的。——

但我们不要忘记：

请愿而死，究竟是可耻的！

我们后死的人，

尽可以革命而死！

尽可以力战而死！

但我们希望将来

永没有第二个人请愿而死！

我们低下头来，

哀悼这第一个死的。——

但我们不要忘记

请愿而死是可耻的！①

整首诗歌共四节。第一节和第二节的前两行以记叙的方式分别叙述了牺牲

---

① 胡适. 尝试集［M］. 北京：外文出版社，2000：81.

和"哀悼"的情节（或者说事件）。后面两个小节则表达了对牺牲者的沉痛哀悼和欲推翻倒行逆施的军阀统治的极度愤慨的情感。整首诗歌在"直言"说事的基础上再以饱满的激情以"直言"说理，从方法上来看完全是一种创新。以郭沫若《女神》为代表的呼告直言正是由这种直言方式发展而来，20年代中后期直至30年代的政治抒情诗更是继承了这种呼告直言的方法。

再次是"直言其情"。

下面这首题名为《一念》的诗歌也出于于《尝试集》，是胡适白话诗中比较著名的作品：

> 我笑你绕太阳的地球，一日夜只打得一个回旋；
> 我笑你绕地球的月亮，总不会永远团圆；
> 我笑你千千万万大大小小的星球，总跳不出自己的轨道线；
> 我笑你一秒行五十万里的无线电，总比不上我区区的心头一念！
> 我这心头一念：
> 才从竹竿巷，忽到竹竿尖；①
> 忽在赫贞江上，忽在凯悦湖边；
> 我真个害刻骨的相思，便一分钟绕遍地球三千万转！②

与《死者》完全采用抽象的说理不同，这首诗以丰富的联想和想象赋予了情感直言丰富的形象因素；这种抒发情感的方式已和所谓的"直接抒情"十分接近。总之，这首诗运用了相互关联的艺术形象和多种艺术手法表现了诗人对人类理性精神的自信，也表达了对以"刻骨相思"为表征的人类情感力量的歌颂。

尝试初期新诗的直言方式在胡适的《尝试集》中得到了非常完整的展示。如前所述，尝试初期新诗以直言为代表的形式"归真"是和其在内容方面的"求真"追求完全一致的，形式上的直言方式必然带来内容的改变，尝试初期新诗的直言就是为新诗表现"五四"思想启蒙背景下的新的生活和思想、情感服务的，或者说这种直言形式是为在现代文学"人的文学"的观念下创造新诗全

---

① 竹竿巷是我住的巷名。竹竿尖是吾村后山名。——原注
② 朱自清.中国新文学大系·诗集［M］.上海：良友图书印刷公司，1935.

新的精神内核服务的。

　　站在发生学的角度看，不管从内容还是形式上，新文学包括新诗的产生都在很大程度上都起到了传达"五四"精神、唤醒民众的作用。一位比较诗学家曾说："白话的兴起，表面上看来是说文言已经变得僵死和无力，事实上它的兴起是负有责任的。"① "白话兴起的使命即是把新思潮'传达'给群众，这使命反映在语言上，是'我有话对你说'，所以'我如何如何'这种语态便顿然成为一种风气。"②

　　由此可见，尝试初期新诗的直言形式本身实际上就是区别于传统诗词的全新的"话语形式"。这个话语形式与传统诗词的拒绝抽象说理、议论和直白的叙述与抒情的话语形式是完全不一样的。传统诗歌的话语形式最突出的特点就是诗人的一切情感和思想都要借助具体的物象来表现，追求的是含蓄、蕴藉之美，而尝试初期新诗的直言形式追求的则是以"五四"思想解放运动为底蕴的更为直接、更为张扬的表达方式。可以说，在"五四"思想启蒙运动的背景之下，尝试初期新诗的形式创造与内容革新是同步进行的；正如现代语言学之父索绪尔所言：语言形式是精神载体，这个精神载体一旦发生变化，新的信息就会逐步地被纳入，审美标准的革命也将会随之而来。③

第二节　"以文为诗"和"直言"的殊途同归

　　如果说在诗歌朝着散文化的方向迈进的时候，尝试初期新诗的"直言"形式来源于对西方诗学的借鉴，那么，与"直言"方式同时出现的"以文为诗"的方法则来源于对传统诗词的"非主流因素"的继承。

　　因为"直言"的方法导致西方诗学具有更重视议论、说理和情感直抒的特点，这与古典诗词往往注重采用借景抒情、托物言志的曲写手法而不注重直写的诗学传统是完全不同的。所以，一般研究者均认为尝试初期新诗采用叙事、

---

① 叶维廉. 中国史学［M］. 北京：生活·读书·新知三联书店，1992.

② 叶维廉. 中国史学［M］. 北京：生活·读书·新知三联书店，1992.

③ 索绪尔. 汉译世界学术名著丛书·普通语言学（沙·巴利·薛施蔼、阿·李德林格合作编印）［M］. 北京：商务印书馆，1999.

议论、情感直抒、引用等散文化手法，完全是因西方外来诗学的影响。这种认知几乎成为人们皆能不假思索地接受的共识。更进一步地，人们甚至可以由此推论：注重与中国传统诗学完全迥异的直言方式，应该是尝试初期新诗力反传统的结果。正因如此，即便是以胡适为代表的尝试初期新诗人提倡的"以文为诗"，也被看成是因西方诗歌影响而导致的反传统表现。

尝试初期新诗的"以文为诗"是否就真与传统毫无关系了呢？

如果联系中国古典诗歌史和现代诗歌发展史并对其进行对照研究，则不难发现，对古典诗学传统"原型"的"重温"几乎潜藏在现代新诗的任何一次重大创新之中，包括尝试初期新诗的"以文为诗"也是如此。冥冥之中，似乎有一种跨越千年的民族文化引力牵引着现代新诗的脚步。

自秦、汉以来文人创作为主的古典诗词发展史上，早在唐朝时期，大诗人杜甫、李白的诗歌中就大量地存在着对叙事和议论的运用，这可算是中国古典文人诗词中"以文为诗"的最早先声。杜诗也影响了以后提倡古文运动的韩愈。

而在宋朝时期，因沿袭所谓"盛唐诗风"而使诗歌的表现形式陷入凝固僵化的弊端，黄庭坚、苏东坡等诗人针对宋代诗词的弊端发起了"以文为诗"的诗歌变革主张。至此，"以文为诗"在古典文人诗歌史上正式被提出来了。当然，宋代的这种"以文为诗"变革也可看作是唐代诗歌变革思想的一个自然延续。

到了清代，"以文为诗"的变革思想则进一步发展成了以"师古"为乐的所谓"宋诗运动"。而清朝时，文言诗词已然走到了传统诗词的末路，而且唐、宋时代"以文为诗"的本意和清代的拟古做法已然相去甚远，所以清代的这种"变革"已经不太可能为文言诗词带来太多的活力。

唐、宋以来形成的"以文为诗"的本意到底是什么呢？其实，如果仔细翻检宋人诗论，是不难解读的。

苏东坡在《书黄子思诗集后》这样点评北宋诗人黄孝先的诗歌："发纤浓于古简，寄至味于澹泊"，并引用晚唐诗论家司空图诗论"梅止于酸，盐止于咸，饮食不可无盐梅，而其美常在盐酸外"[1]，苏轼的这段诗论其意专在讲诗歌的形式，苏轼认为诗歌既重形式又不可拘泥于形式，而且诗歌更应该用简约而又朴

---

① 陶秋英. 中国历代文论选·宋金元文论选 [M]. 北京：人民文学出版社，1999：170.

素的文字表现精微的思想和丰富的情感，因为诗歌更高的境界是在平淡无奇的语言形式中展现引人入胜的诗趣。苏轼的这个观点，也可看作是对宋朝诗人"以文为诗"变革思想的最恰当的注解。

通过苏轼诗论中"古简"之说，可以看出以苏轼为代表的"以文为诗"完全继承了唐代古文运动的"仿古"倾向。但是，无论是唐代的诗文变革还是宋代的"以文为诗"，均不是以"仿古"为目的的。而宋人的"仿古"更是为了超越唐诗，从而创造一种不再拘泥于唐代诗歌的富有新意的表达方法。"以文为诗"的宋诗对于前朝的借鉴并不仅仅限于唐代，不少宋代诗人甚至向"魏晋风骨"学习，因此宋人的诗词就多了一份形式创新上的灵动和张扬。

经过前面对中国古代诗歌发展史的梳理，可以看到，唐、宋以来的古典文人诗词的源流之中确乎存在着"以文为诗"的传统，而这种传统文人诗词与外来的"直言形式"的内在联系正好被以胡适为代表的尝试初期白话诗人所发现。

对于尝试初期白话诗的创作方法，胡适曾有这样的分析和论断："这个时代之中，大多数的诗人属于'宋诗运动'。……认定了中国诗史上的趋势，由唐诗变宋诗无甚玄妙，只是作诗更近于作文！更近于说话。"① 他的这些话充分说明了他对借鉴自唐、宋以来的"以文为诗"的传统的自觉意识，更从一位历史见证者的角度证实了尝试初期白话诗在"以文为诗"的口号下，借鉴散文创作的手法创造新诗形式的事实。

一方面，尝试初期新诗人向西方学习"直言"表现形式和向传统借鉴"以文为诗"的创作方法的背景是完全一致的，这个背景就是：在"五四"新文化运动和思想启蒙的背景下，新诗人们急切地需要一种全新的、更加自由的诗歌形式，以便更加真切地表达他们内心丰富的精神世界。尝试初期代表诗人刘半农对此有着十分清醒的认识，他曾多次涉及白话诗创作的求真意识，为强调"真"对于白话诗创作的重要性，他甚至以清代随园老人"有性情，便有格律，格律不在性情外"② 的观点作为根据。

另一方面，十分值得我们注意的是胡适在主张借鉴欧洲传入的"直言"方式的时候，又自觉地在传统文人诗词的发展线索中去寻找"以文为诗"的方法

---

① 胡适．逼上梁山——文学革命的开始［A］．胡适．尝试集（第四版）［C］．上海：亚东图书馆，1922．

② 袁枚．随园诗话［M］．吉林：吉林文史出版社，2009．

的情形，也十分清楚地说明：即便像胡适这样一个"公认"的"全盘西化"的人，在以反传统的姿态探寻创造新诗形式的路径的时候，也需要在中国古典文学的发展历史中去寻找自身诗歌理论和创作方法的传统依据。他们这样做的目的是极其明显的，这个目的就是：借助"以文为诗"的历史事实为其打破传统诗词形式束缚的"离经叛道"行为的必然性与合理性"正名"。

综合起来看，在尝试初期白话诗那里，不管是以向"传统"的非主流因素学习为标志的"以文为诗"，还是以向外来诗学借鉴为特征的、洋为中用的"直言"，其在借用中国主流诗歌传统之外与散文创作相关的叙事、议论、抒情等创作手法方面，是完全一致的。也就是说，尝试初期白话诗实际上是通过同时对外借鉴、向传统学习两个不同的渠道，采用"直言"和"以文为诗"的方式以"散文化"的方法来创造新诗全新的表现形式的。

在尝试初期新诗人中，胡适诗作"以文为诗"的特点是十分典型的，以其1917年发表于《新青年》的"白话诗八首"① 为例，其中的《赠朱经农》一诗就是非常典型的代表：

经农自美京来访余于纽约，畅谈极欢。三日留之，忽忽遂尽。别后终日不乐，作此寄之。

六年你我不相见，见时在赫贞江边；握手一笑不须说：你我于今更少年。

回头你我年老时，粉条黑板作讲师；更有暮气大可笑，喜作丧气颓唐诗。

那时我更不长进，往往喝酒不顾命；有时尽日醉不醒，明朝醒来害酒病。

一日大醉几乎死，醒来忽然怪自己：父母生我该有用，似此真不成事体。

从此不敢大糊涂，六年海外颇读书。幸能勉强不喝酒，未可全断淡巴菰。

年来意气更奇横，不消使酒称狂生。头发偶有一茎白，年纪反觉十

① 胡适. 白话诗八首［J］. 新青年，1917，2（6）.

岁轻。

旧事三天说不全，且喜皇帝不姓袁，更喜你我都少年，"辟克匿克"①来江边，赫贞江水平可怜，树下石上好作筵，黄油面包颇新鲜，家乡茶叶不费钱，吃饱喝足活神仙，唱个"蝴蝶儿上天!"②

这首诗歌的叙事味道非常突出，整体上是由多个叙事片段构成，而且全诗"以文为诗"的特点不但表现在以叙事为主的书写方式上，还表现在叙事中夹杂议论和情感直抒这两种"非正统"的方式上。

其次是《孔丘》一诗：

子路宿于石门。晨门曰："奚自?"曰："自孔氏。"曰："是知其不可为而为之者欤?"

叶公问孔子于子路，子路不对。子曰："汝奚不曰，其为人也，发愤忘食，乐以忘忧，不知老之将至云尔?"

这两段最可以写孔丘的为人。

"知其不可为而为之"，
亦"不知老之将至"。
认得这个真孔丘，
一部《论语》都可废。③

《孔丘》一诗完全是由引用和议论组成，而引用和议论则是中国古代议论性散文的基本手法，在传统诗歌中不是正统的表现方式。

"以文为诗"的特点在与胡适同时期的白话诗人创作的诗歌作品中也非常突出。沈尹默、刘半农发表在1918年《新青年》的"新诗九首"中的《鸽子》和《相隔一层纸》对这一特点的表现就很能说明问题。

---

① 西人携食物外出，即于野外聚食之，谓之"辟克匿克"（Picnic）。——原注
② 胡适. 赠朱经农 [J]. 新青年，1917，2（6）.
③ 胡适. 孔丘 [J]. 新青年，1917，2（6）.

首先是沈尹默的《鸽子》一诗：

空中飞着一群鸽子，笼里关着一群鸽子，街上走的人，小手巾里还兜着两个鸽子。

飞着的是受人家指使，带着哨儿嗡嗡央央，七转八转绕空飞，人家听了欢喜。

关着的是替人家做生意，青青白白的羽毛，温温和和的样子，人家看了欢喜；有人出钱便买去，买去喂点黄小米。

只有手巾里兜的那两个，有点难算计。不知他今日是生还是死；恐怕不到晚饭时，已在人家菜碗里。①

这种完全按照散文章法分段排列的奇特形式从该诗刚发表到后来不同版本的资料呈现均无改变。从押韵方式上看，每一小段末尾一字都用韵，而且每段换韵，读来节奏感很强。但是，全诗的"以文为诗"的散文化倾向还是很突出的。②

其次，刘半农的《相隔一层纸》也于同期发表于《新青年》：

屋子里拢着炉火，
老爷分付开窗买水果，
说"天气不冷火太热，
别任他烤坏了我。"
屋子外躺着一个叫花子，
咬紧了牙齿，对着北风喊"要死！"
可怜屋外与屋里，
相隔只有一层薄纸！③

---

① 沈尹默. 鸽子 [J]. 新青年, 1918, 4 (1).
② 首先是整首诗的叙事口吻和"总分"式叙事结构模式，第一小段总说诗人观察到的三种不同的鸽子，二至四小段分别写三种不同境况的鸽子；其次是该诗从第二小段起贯穿全诗的对议论的运用。
③ 刘半农. 相隔一层纸 [J]. 新青年, 1918, 4 (1).

　　这首诗除了采用分行排列的方式之外，与沈尹默的《鸽子》很相像，前六行采用的是描写、叙述，并加入了对话成分，通篇押韵，而且运用了"o""i"两个韵脚；结尾两行表达了抒情主体强烈的情感体验，运用了直接议论方式。尽管该诗外形上分行排列并使用了汉语诗歌常见的押韵方式，但是叙述、描写、对话和议论的散文化表达方式使得这首诗以文为诗的特点依然显得十分突出。正因如此，诗歌类似于杜甫诗的贫富悬殊的主题在散文式的"屋里"和"屋外"对比描述中才被表达得既自然又生动。

　　通过对尝试初期新诗的"直言"方式和"以文为诗"形式创造方法的解析，可以看出无论是"直言"还是"以文为诗"，对于以散文化的思路创造新诗全新的表现形式的新诗人们来说是殊途同归的，或者说"直言"和"以文为诗"只不过是新诗散文化的不同表现，是一个事物的两个方面。如果站在新诗对外来诗学借鉴的角度来说，新诗的散文化就是"直言"，而站在新诗对中国传统诗歌非主流因素的继承角度来说，新诗的散文化就是"以文为诗"。

第三章

民歌化：对民歌和"比""兴"的借鉴

正如前两章所述，以建立现代新诗的形式为目的，尝试初期白话诗人除了对西方诗学的直言形式进行借鉴之外，同时也在古代文人诗词的历史中挖掘出了可资借鉴的与传统诗学异质的"以文为诗"的方法，在此基础上形成了以散文化的方式创造新诗全新形式的变革思路。

细究尝试初期新诗形式创新的方法，除了散文化是一条行之有效的路径之外，民歌化则是尝试初期新诗形式创新的另一种选择。这条创新思路在思维方式上与散文化的思路有同也有异。相同的一方面是仍旧在不同的历史时空中寻找"非正统"的因素加以借鉴，不同的一方面则是在不同的历史时空中在文人诗词之外挖掘纯民间因素以资参考。具体来说，体现在以下两个方面：

其一，是对民歌风味的借鉴。

在尝试新诗初期，相对于传统诗词，民歌也是被新诗人当作庙堂之外的、不同于正统的反传统因素来看待的。同时，由于中国民歌的质朴、率真与尝试初期新诗人在诗歌的内在精神本体建设上探求抒情主体的求真意志完全一致，新诗人们在进行白话诗的形式创新时，比较自觉地借鉴了民歌的语言形式和诗境构造方法，使得尝试初期白话诗具有了突出的民歌风味。

其二，是对"比""兴"的借鉴。

"比""兴"是中国古代诗歌和民歌中常见的手法，但是原始的"比""兴"方法在秦、汉以来的文人诗词创作中已经逐步消亡，在"五四"新文学兴起的时期，秦、汉以前以《诗经》为代表的"比""兴"完全是作为一种不同于传统文人诗词的"非正统"的表现手法加以运用的。仔细翻检尝试初期新诗人对"比""兴"的借鉴，其中蕴含的诗学意蕴极其丰富，对后世的影响也极其深远。

第一节 尝试初期新诗对民歌的借鉴

在很多研究者眼中，尝试初期新诗对于诗美的创造是乏善可陈的，不管是理论建设还是创作实践均成果寥寥。虽然尝试初期新诗在诗歌的理论建设和创作成果方面确实显得极端和幼稚，但是，每一个秉持科学的实事求是精神的诗歌研究者，都不得不承认尝试初期新诗人在理论和实践探索上的不凡勇气和高屋建瓴。

不说以白话入诗的这种站在历史制高点的决断，也不谈因散文化创新思路和现代白话的自然音节所指引的绵延近一个世纪的自由诗的道路，尝试初期新诗人对民歌的借鉴本身就具有一种穿越华夏诗国数千年诗歌发展历史的深度和文化远见！

由于中国大地几千年来一直承载着中华民族生生不息的文明之火，因此，无论是现代新诗还是传统诗词虽然在汉民族诗歌史上发生于不同的时段，却都同样会从不同的角度以不同的方式去接受中华诗文化传统的滋养。虽然尝试初期诗人是以"反传统"的姿态去借鉴民歌，但这种借鉴还是以源自远古的原型继承为中心的，也正是这种原型继承和同时期新诗人对远古"比""兴"的借鉴才造就了尝试初期新诗的民歌风味，未来白话新诗发展的动力也因此被注入。诚如西哲所言："谁讲到了原始的意象谁就道出了一千个人的声音，可以使人心醉神迷，为之倾倒。……他把正在寻求表达的思想从偶然和短暂提升到了永恒的王国之中。"①

在尝试初期新诗人中，尝试借鉴民歌形式的绝对不在少数，哪怕是他们最初的尝试之作也有不少闪耀着诗美的光华。

《人力车夫》是沈尹默发表于 1918 年 2 月的作品：

> 日光淡淡，白云悠悠，
> 风吹薄冰，河水不流。

---

① 荣格. 论分析心理学与诗的关系［A］. 叶舒宪选编：神话原型批评［C］. 西安：陕西师大出版社，1987：101.

出门去，雇人力车。街上行人，往来很多；车马纷纷，

不知干些什么。

人力车上，个个穿棉衣，个个袖手坐，还觉风吹来，

身上冷不过。

车夫单衣已破，他却汗珠颗颗往下堕。①

这首诗和传统民歌一样从头至尾押韵，韵脚包括"iu"韵和"uo"韵，全诗由四言、五言句式交替构成多数诗行，使诗歌表现出民歌一般的流畅。更重要的是，诗歌使用对比式的"不露声色"的"实写"的表达方式来表现"对下层生活的同情"，所有内容均由诗歌开头的自然景象的描写导出，透露出了浓烈的现代"国风"韵致。《诗经》里的《小星》一诗可以和沈尹默的《人力车夫》进行比较：

嘒彼小星，三五在东。

肃肃宵征，夙夜在公。

寔命不同。

嘒彼小星，维参与昴。

肃肃宵征，抱衾与裯。

寔命不犹。②

《小星》里的内容包括了两个部分，一个是对自然界景色的描写，另一个则是对人世间景象的描写；其结构特点是：在自然物象的描写之后顺势引出日夜奔忙的下层小吏的艰辛。这种诗境构造的模式和由此传达出的诗意与上文提到的《人力车夫》简直如出一辙！

再看康白情的小诗《疑问·二》：

---

① 沈尹默. 人力车夫［J］. 新青年，1918，4（1）.

② 小星［A］. 诗经·国风·召南. 张克平，等. 诗经注译［M］. 合肥：安徽人民出版社，2003：23.

> 花瓣儿在潭里；
>
> 人在镜里；
>
> 她在我心里，
>
> 只愁我在不在她心里？①

　　这是一首近似于表现"单相思"的情诗。在形式上，诗歌由语句结构相似的四个简单句构成，全诗音节上的"复沓"之美正是由这四个简单句的重复造成；在内容上，思念和爱慕的表现则由自然物"花"来"起兴"，这也是民间情歌里十分常见的一种表达方式。整体读来让人感受到像民歌一样的真挚和朴素。

　　关于民歌形式的成功借鉴，刘半农的影响力在尝试初期新诗人中几乎是被人们所公认的。他曾创作了一首著名的诗歌：

> 天上飘着些微云，
>
> 地上吹着些微风。
>
> 啊！
>
> 微风吹动我的头发，
>
> 教我如何不想她？
>
> 月亮恋爱着海洋，
>
> 海洋恋爱着月光。
>
> 啊！
>
> 这蜜一般的银夜，
>
> 教我如何不想她？
>
> 水面落花慢慢流，
>
> 水底鱼儿慢慢游。
>
> 啊！

---

① 康白情. 疑问・二［Z］. 北京大学、北京师范大学、北京师范学院中文系中国现代文学教研室. 新诗选（第一册）［M］. 上海：上海教育出版社，1979：111.

燕子你说些什么话？

教我如何不想她？

枯树在冷风里摇，

野火在暮色中烧。

啊！

西天还有些残霞，

教我如何不想她？①

　　这首题名为《教我如何不想她》的作品以其流畅的形式一直被人们所称道。诗歌有着排列较为整齐的外在形式。全诗只有四个小节，每五行为一节；同时，每个小节相似的结构，更让诗歌产生了类似于民歌的反复旋律。另一方面，全诗用"a"韵作为贯穿始终的"主韵"，但是，二至四小节第一至第二行分别穿插了"ang""iu""ao"三个不同的"变韵"，诵读起来既琅琅上口又富有旋律的变化。最后一点是，这首诗的每一小节分别以"微云""微风""海洋""月光""落花""游鱼""枯树""野火"等唯美生动的自然物描写"起兴"，把自《诗经》以来善用比、兴的民歌传统发挥得淋漓尽致。此后赵元任为这首诗谱曲，该诗也因被广为传唱而跻身"中华民谣"之列。

　　早期新诗对以民间形态为表征的民歌表达方式的采用是客观存在的历史事实。这充分说明，初期新诗因对传统诗词语言形式的反叛，使其整体上在外在形式上与古典诗词之间发生了较大差异。通过尝试初期新诗人对民歌形式的借鉴，我们确实能够看到现代诗人内心深处依然存活着诸多中华诗文化传统的因素。当早期白话诗人站在同民族的历史文化空间去推动新诗现代化形式建设的时候，其内心深处的传统诗学带来的审美倾向就像一种与生俱来的遗传基因在冥冥之中默默地影响着他们，潜藏于民间的民歌的诗美形式对他们具有一种不可抗拒的吸引力。这种积淀在早期反叛者心灵深处的莫名力量，就像一种来自地心的引力，总是要提防"跳高运动员"因"跳出地球"而发生不必要的"意外"。

---

① 刘半农．教我如何不想她［Z］．北京大学、北京师范大学、北京师范学院中文系中国现代文学教研室．新诗选（第一册）［M］．上海：上海教育出版社，1979：141.

第二节　尝试初期新诗中的"比"与"兴"

长期以来，因为研究界缺少对尝试初期白话诗艺术形式的系统研究，所以人们对尝试初期白话诗表达方式的"浅陋"形成了共识。但是，如果对尝试初期白话诗的艺术形式的探究稍稍深入就会发现，对尝试初期白话诗"浅陋"的表达形式的研究出乎预料地具有原型研究的价值。因为这种研究，起码能够从"新诗形式的起源""新诗中传统形式因素的改变""新诗中外来形式因素的融汇"等角度为现代诗歌形式研究提供有益的帮助。

认真考察中国现代诗歌史的发展初期，我们不难发现，尝试初期白话诗除了向正统之外的民歌借鉴之外，向秦、汉以前远古诗歌的"比""兴"表现方式的借鉴也是一个十分突出的特点。

如果站在尝试初期新诗人所面对的历史文化场域，白话诗虽然打出了"反传统"的大旗，可想要单单通过外来诗学的借鉴来实现白话诗的形式创新还是有相当大的困难的，而且在当时的情况下对外来诗学的借鉴也不可能成熟。对于当时的白话诗人来说，向传统诗歌中的"非正统"、非主流的因素和方法借鉴，应该是一个来得更加便捷、更加得心应手的思路。

而且，由于"比""兴"源于远古时代的诗歌表现形式，早已退出了被视为正统的以文人创作为主流的传统诗词之外，仅保留在秦、汉以前的远古诗歌和不同时代的民歌之中，具有非主流和"民间化"的色彩，所以，尝试初期白话诗人也把"比""兴"手法看成了能够颠覆传统格律诗词表现形式的一个有效手段。

从本质上讲，"比""兴"问题本身其实就是古典诗歌与现代新诗所共有的话语方式的问题。所以，我们并不是站在一个简单的修辞学的层面来研究初期新诗的"兴""比"。

如果仅仅从局部的研究视野来考察，对于古代汉语言诗歌中诸如"赋""比""兴"这样一些耳熟能详的手法，人们往往会把它们当成修辞手段来看待。然而，我们在此所谈及的"比"与"兴"，就其本质而言，实质上是指汉民族诗歌承传自远古时代的话语方式。作为古今诗歌共有的"特殊话语方式"，它具有的第一层含义是：抒情主体在表现其主观情思时为达到独有的个性化效果所借助的与众不同的外在表现形式。它的第二层含义则是指：任意一个民族诗人的创作所不能摆脱的、在其民族诗歌中长期存在的、以某种特定内容与特殊表达形式为表征的"话语原型"。

在汉民族古代诗论里"比""兴"为什么总是同时出现，甚至呈现出一种"互陈"样貌？因为无论是"比"还是"兴"，均为汉民族古典美学的一个十分重要的范畴，它们均保留着汉民族文化古往今来的遗传基因，在继承华夏先民原始的艺术思维的方式和艺术活动的外在表现形式的同时，还在艺术观念上融合了中华民族数千年文明的遗赠。

在人类的童年时代，因为原始思维的缘故，自然界的昼夜往复、山川河流、草木虫鱼、四季更迭、霹雳闪电、飞禽走兽与人类先民的生命活动是密切相关的，他们对这些外部事物既怀有一种亲切熨贴之感，又因其具有无法认知和掌控的神秘力量，而对之心存敬畏。混沌性和蒙昧性是原始思维认知世界的特点，所以原始人类的艺术审美活动自然集中体现了原始生命的狂热冲动和对外部世界的非理性感知。因此，黑格尔曾说："只有艺术才是最早对宗教观念的形象解释。"[1]

追根溯源，"比"与"兴"作为汉语诗歌独特的艺术思维和艺术表现模式，它们最初的内涵也确实是在中国古代人类天人相应的思维方式和原始宗教活动中产生的。

"兴"，起也；"兴"者，有感之词也。"比"者，以此物言彼物也。联系传统诗论对"比""兴"的释义，再从原始先民艺术思维活动的特点加以对照分析，缘物动情，以彼言此，不就是明显地包含着原始思维的混沌性和非理性的突出特征吗？

中华诗文化经历了数千年的沉淀与洗礼之后，"比""兴"的原始思维和非理性的狂热逐步被后世文明洗净、消解，经历漫长的历史沉淀和提炼，"比""兴"也渐渐升华为中华民族诗歌审美文化中占有极其重要地位的"话语原型"。在"比""兴"所创造的诗歌情境之中，让人们体会到的已然是澄明、宁静的"物""我"交融的境界。"比"与"兴"作为一种汉语言传统诗歌的重要审美范畴，早已融现实和历史、感性和理智、体验和认识于一体，一般的修辞学已

---

① 黑格尔. 美学（第二卷）[M]. 北京：商务印书馆，1979：24.

不能概括其本质与功用。

认真查阅尝试初期白话诗，可见，新诗人对于"比""兴"手法的运用还是比较多见的。

首先是"比"。

站在修辞学的角度，"比"只是和拟人、排比、夸张等修辞手法并列的比喻。但是，如果站在方法论的高度，"比"则是比修辞手法高一个层次的审美思维方式或者创作方法。朱自清就曾站在审美思维方式的高度阐释过比喻的思维，他认为"近取譬"和"远取譬"是比喻的两种思维方法，"所谓远近不指比喻的材料，而指比喻的方法"①，"远"就是"在普通人以为不同的事物间看出相同来。他们发现事物间的新关系，并用最经济的方法将这种关系组织成诗"②，而"近"则是用人们所熟悉的比较相近的关联事物来打比方。

当然，中国古典诗论和诗歌创作更注重"近取譬"。孔子在论及施行仁的方法时就说过："能近取譬，可谓仁之方也已。"③ 意思是说：以自己或者自己熟悉的事物进行比较（推己及人），就是实行仁的方法。孔子的这段话可以看作是中国古代典籍中最早的关于"近取譬"思维方式的论述。相反地，"远取譬"在传统诗学里，还真无法像"近取譬"那样受到青睐。正如刘勰所言："比类虽繁，以切至为贵，若刻鹄类鹜，则无所取焉。"④ "近取譬"就是刘勰所说的达到了"切至"关联的比喻。它要求用人们所熟悉的喻体与本体相互之间的关联来建立比喻关系，因为诗情和物象之间的思维距离只有在这种情形之下才能彼此拉近，如此才能使物象的喻指内容能够在作者和读者的思维习惯甚至是直觉之下就被轻松领会，所以刘勰认为，比喻关联的"切至"才是让人感受到自然和亲切的最好方式。

对传统诗学惯用的"近取譬"进行简单的继承和运用是尝试初期新诗比喻的主要思维方式。比喻思维方式相对于传统的改变，只是到了尝试后期才在白话诗中开始出现，而比喻思维方式的整体变异所经历的时间则要更加长久一些。

---

① 朱自清．新诗的进步［A］．新诗杂话［M］．上海：作家书屋，1947．
② 朱自清．新诗的进步［A］．新诗杂话［M］．上海：作家书屋，1947．
③ 论语·雍也［A］．杨伯峻．论语译注（简体字本）［M］．北京：中华书局，2006．
④ 刘勰．文心雕龙·比兴［A］．范文澜．文心雕龙注［M］．北京：人民文学出版社，1958．

关于草创时期的比喻修辞的运用，有人对《分类白话诗选》① 这部现代文学史上第一部新诗总集进行了大略的分类统计：比喻运用占比最高的是写景类（约25%），其次是写情类（约20%），再次是写意类（约10%），最后是写实类（比喻运用几乎为零）。②

这说明，虽然尝试初期新诗运用比喻手法的实例不多，但是稍加翻查研究，终究有例可循。而且这个时期的"比"，对于传统诗词重视"近取譬"思维方式的继承是比较完整的。

以下是胡适"与新妇同至江村，归途在杨桃岭上望江村，庙首诸村，及其北诸山"③ 时写下的一首诗：

> 重山叠嶂，
>
> 都似一重重奔涛向东！
>
> 山脚下几个村乡，
>
> 一百年来多少兴亡，不堪回想！——
>
> 更不须回想！
>
> 想十万万年前，这多少山头，都不过是大海里
>
> 一些微波暗浪！④

作者远眺"北诸山"所见层峦叠嶂的景象在诗歌起首两行就得到了表现，明喻的方法运用在对"重山叠嶂"的样貌进行描写中显得十分明显，在这两行比喻的句子中的本体"重山叠嶂"和喻体"奔涛"之间具有明显的相似性，几乎不假思索就能把握。其次，诗歌最后一行"想十万万年前，这多少山头，都不过是大海里一些微波暗浪！"用"海里的微波暗浪"比喻"山头"，虽是暗喻，但本体跟喻体两者之间的距离也并不大。事实上，比喻的本体和喻体之间的这种直接关联在草创期新诗当中是十分常见的，此期新诗的比喻本体、喻体

---

① 分类白话诗选［M］．上海：崇文书局，1920．

② 李怡．中国现代新诗与古典诗歌传统［M］．重庆：西南师范大学出版社，1994：31．

③ 胡适．新婚杂诗·三［Z］．尝试集（增订四版）［M］．北京：人民文学出版社，2000．

④ 胡适．新婚杂诗·三［Z］．尝试集（增订四版）［M］．北京：人民文学出版社，2000．

相互之间的联系几乎都很直接，都不会超出作者与读者的习惯性思维范围。

尝试初期的新诗里还有一些比喻都是由惯用语、成语构成的。例如"'车子！车子！'/车来如飞。/客看车夫，忽然心中酸悲。……"① 就是胡适《人力车夫》里的句子，诗句中的短语结构"……如飞"应该是汉语中一个比较常见的习惯用法。

另外，以成语的运用形成比喻在尝试初期新诗里也很常见。刘半农的作品《呜呼三月一十八——敬献于死于是日者之灵》就是很典型的例子：

> 呜呼三月一十八，北京杀人如乱麻！
> 民贼大试毒辣手，半天黄尘翻血花！
> 晚来城郭啼寒鸦，悲风带血吹！
> 地流赤血成血洼！
> 死者血中躺，伤者血中爬！
> 呜呼三月一十八，北京杀人如乱麻！
>
> 呜呼三月一十八，北京杀人如乱麻！
> 养官本是为卫国！谁知化作豺与蛇！
> 高标廉价卖中华！甘拜异种作爹妈！
> 愿枭其首藉其家！
> 死者今已矣，生者肯放他?！
> 呜呼三月一十八，北京杀人如乱麻！②

诗歌只有两个小节，"呜呼三月一十八，/北京杀人如乱麻！"这两行完全相同的诗句被安排在每节诗的首尾之处，表达了诗人对军阀暴行的愤怒及其对死难者的沉痛哀悼，而其中的"杀人如麻"这个比喻正是一个成语。

可见，以胡适和刘半农为代表的尝试初期新诗人的作品中的比喻修辞，其思维方式与刘勰在《文心雕龙》中关于"近取譬"的所谓"切至"的要求是完

---

① 胡适. 新婚杂诗·三［Z］. 尝试集（增订四版）［M］. 北京：人民文学出版社，2000.

② 刘半农. 呜呼三月一十八——敬献于死于是日者之灵［J］. 语丝，1926.

全一致的。甚至可以说这些由成语、习惯语构成的比喻，从创作的角度看，可能完全是出于作者不自觉的下意识；另一方面，这样的比喻意蕴，以读者的基本文化素养和直觉也是能够轻松、迅速地把握的。

其次是"兴"。

关于"兴"在尝试初期新诗中的运用，本章第一节"尝试初期新诗对民歌的借鉴"曾涉及的沈尹默、康白情、刘半农的《人力车夫》《疑问·二》和《教我如何不想她》，均可算是早期新诗运用"兴"的手法的典型例子。如对这几首诗"兴"的运用情况加以分析就可以发现，对传统的"它物＋抒情"的"兴"的原生形态的简单借用是其特点。这也是尝试初期白话诗人借鉴"兴"的基本方式。

实事求是地说，尝试初期新诗人对于"比""兴"的运用，很多时候还是比较浅陋的。仅就"比"的运用来说，新诗人们就经常用"那白砂糖似的东西"①"象棉花"②"象面粉"③ 这样浅白的比喻来描写雪，也常用"乐味美深，恰似饴糖"④这种十分俗套的比喻来描写除夕。

当然，我们在这里讨论尝试初期新诗的"比""兴"形态，仅仅是为了证明初期白话诗里确实存在着传统诗学的"原型"影响，并不是为了说明其有多么完备，因为这样的形式并不是现代新诗的"终极形态"。而且，这一时期无论对"比"还是"兴"的运用都已经远远超出了其表层的"修辞学"的意义，从审美思维方式的层面上看，这种运用展现了初期新诗对中国传统诗歌以"比""兴"为源头的独特思维模式的继承，这个思维模式就是所谓借助外物表情达意的模式。

更进一步说，当我们站在"方法论"的高度来认识"比""兴"的时候，"比""兴"的运用也为尝试初期新诗在继承传统的基础上，从创作方法的高度去接纳、融合自西方传入的"象征主义"增加了内在的吸纳力量，奠定了最初的基础，表现了初期新诗在未来的无限发展空间。

---

① 易漱渝.雪的三部曲.［Z］.北京大学、北京师范大学、北京师范学院中文系中国现代文学教研室.新诗选（第一册）［M］.上海：上海教育出版社，1979.

② 易漱渝.雪的三部曲［Z］.北京大学、北京师范大学、北京师范学院中文系中国现代文学教研室.新诗选（第一册）［M］.上海：上海教育出版社，1979.

③ 易漱渝.雪的三部曲［Z］.北京大学、北京师范大学、北京师范学院中文系中国现代文学教研室.新诗选（第一册）［M］.上海：上海教育出版社，1979.

④ 沈尹默.除夕［Z］.北京大学、北京师范大学、北京师范学院中文系中国现代文学教研室.新诗选（第一册）［M］.上海：上海教育出版社，1979.

02

第二篇

现代抒情主体的建立和象征的引入

（1921—1925）

第四章

从"摹仿"到"表现"：现代抒情主体的建立

1921 年郭沫若《女神》的出版，标志着以胡适为代表的尝试初期白话诗的结束，早期白话诗因此进入了尝试后期。

从本质上讲，1917 至 1921 年以胡适为代表的尝试初期白话诗的"非诗化"现象主要源于诗歌抒情主体的"发育不全"。

作为产生在"五四"新文化运动中的尝试初期新诗，由于其自觉地肩负起了传播现代意识的责任，因而具有无可置疑的先锋性特质。但是，这一时期的白话诗人也因急于表达"五四"思想启蒙运动中的新思想、新观念，在诗歌创作过程中常常下意识用"观念先行"的"制作"方式代替有血有肉的诗歌创作，使其作品缺少发自主体心灵的生命体验，进而导致了诗情、诗意的干瘪。由于缺少观念内化带来的源自内在生命的主观激情，尝试初期白话诗的不少作品缺少由内而外的以全新的内在生命体验为基础的内容，所以初期新诗的抒情主体尚处于萌芽状态。

如果说从 1917 到 1921 年以胡适的《尝试集》为代表的尝试初期体现的是以写实主义（现实主义）为表征的新诗现代形式本体和精神本体建设发展的第一个阶段——"摹仿论"阶段，那么，以郭沫若的《女神》为代表的尝试后期，则体现了第二个阶段——"表现论"阶段。

联系郭沫若创作《女神》的时代场域，《女神》作为一个新诗歌时代的标志，它所代表的全新的诗歌精神本体和形式本体经历了一个从边缘到中心、从民间到庙堂的过程。

郭沫若的《女神》所代表的边缘性特征主要有四个方面：一是"五四"浪漫主义在"空间上的边沿性"；二是"时间上的非古典性"；三是"倾向上的非正统性"；四是"倾向上的非现实性"。如果联系郭沫若内心深处的边缘性自我价值确认，从创作心理上来看，郭沫若所谓文艺的"使命"其实就是郭沫若需要在文学创作上以承担发挥批判现实、反映现实的作用来抵消其边缘性身份造成的价值失落。正是居于此，我们认为，郭沫若对自身边缘性身份价值的认知是其在《女神》中塑造自我抒情形象的最原初的、最内在的主观创作灵感。

另一方面，作为一个历史学家，郭沫若所进行的宏大历史背景下的书写对于诗人所处的历史文化场域来讲，是有极高的历史真实度。其对自身醒世、救世的边缘性身份定位和价值的确认，也体现了中国现代知识精英身上普遍存在的儒家入世、济世的优良传统。在郭沫若身上，由于这种传统和历史眼光的存在，他在《女神》中所呼唤追求的一切理想也必将随着中国现代历史文化的发展，和其作者一起最终实现从边缘的民间状态向新的时代主潮和正统的嬗变。

最后，如果说随着《女神》的出版，代表着历史宏大叙事的新时代浪漫主义的"大我"书写和"五四"新思潮一起形成了文坛和思想界的正统与主潮的话，那么，更加精微、更加细腻的，略带感伤的个人化的抒情，就成了容易被忽略的非主流因素。

但是，从浪漫主义自我表现的诗歌本质论来看，假如说强调个体生命主观情感的抒发是浪漫主义的共同特征的话，那么小诗派和湖畔诗派的诗作则是对浪漫主义的一个有益补充。他们和郭沫若及其《女神》的区别就在于他们把更加细致、更加个人化的生命体悟作为抒情主体的新元素加入诗歌当中，使得抒情主体在主观情感的抒发上较之于《女神》显得更加精微、更加细腻。所以，从新诗现代化的角度出发，我们可以把小诗派、湖畔诗派的出现看成是浪漫主义诗学在实现与传统的断裂之后的一次自我完善，是对传统诗学含蓄蕴藉审美倾向的第一次回归，这种完善和回归十分恰当地反映了新诗现代化在批判性之外的另一个属性——反思性！

在新诗现代化的进程当中，批判性和反思性犹如一个硬币的两面，如果批判性主要表现为破坏、断裂和创新的属性，那么反思性则更多地体现为"抹平"、承接和完善的倾向。

第一节　尝试初期的"摹仿"与先天不足

以欧洲为代表的西方世界，其诗歌本体嬗变的的历史大体经历了由最初的摹仿论到表现论再到形式论这样三个发展阶段，它们分别代表了西方诗学历史发展的早期、中期、晚期三个阶段的主要诗学传统。其中，再现论则是从模仿论到表现论之间的过渡。

纵观中国现代新诗的历史，其间的历程虽然仅仅有三十年左右，却走过了西方诗学用数倍时间方能完成的三个阶段。但是，无论如何，不管中国还是西方诗学的发展历史，从其走过的这三个诗学阶段来看，有一个特点却是相同的，那就是这三个阶段的诗学发展似乎都朝着一个不可逆转的大势前行着，那就是中、西方诗文化发展的过程都经历着从注重外部客观社会环境的"外视点"向关注创作的主体与诗歌艺术世界本身的"内视点"的转变。

虽然尝试初期白话诗在形式上的探索所取得的成绩是有目共睹的，但是它在诗歌的形式本体与精神本体的建设方面所面临的困境和不足也是十分明显的。

尝试初期新诗在"诗体大解放"背景下所进行的理论探索和创作尝试，本身就是一种包含了"试错"性质的前无古人的创造。

在诗体解放之后，面对新诗究竟"写什么"和"怎么写"这样两个看似"简单"的问题，胡适作为白话诗的首倡者，曾有过一个极其简短的说明："有什么话，说什么话；话怎么说，就怎么说。"① 如果就这段话来分析胡适的本意，前两句讲的是诗歌的表现内容，体现了内容上的求真；后两句讲的则是诗歌的表现方法，体现的是"文言合一"的形式追求。但是，胡适的这段话由于表达得过于简赅，很容易让人误解，误以为他主张可以把代表人的自然生活和日常思想情感无选择地投入诗歌，同时也会误以为他主张可以用未经诗化处理的生活语言来进行表达。本来，胡适的这个"简单说明"是没有问题的。但是，这个观点却被当时的很多人在错误的理解层面上进行发挥。甚至有白话诗人在创作完成之后，对作品是否真正算得上诗都没有把握。例如，周作人在其《小河》的前记中就说："有人问我这诗是什么体，连自己也回答不出。"② 在诗集《冬夜》的自序中俞平伯也曾说："……惟其自由才能够有真正的真实。我宁说些老实话，不论是诗与否，而不愿做虚伪的诗。"③ 这些言论，既体现了尝试初期白话诗人的探索，也真实地反映了他们在诗美创造上的困惑。所以，1922 年

---

① 胡适. 建设的文学革命论 [J]. 新青年, 1918, 4 (4).
② 周作人. 小河 [J]. 新青年, 1919, 6 (2).
③ 俞平伯. 冬夜 M]. 上海：亚东图书馆, 1922.

梁实秋就曾说:"自白话入诗以来,大半诗人走错了路,只顾白话之为白话,遂忘了诗之所以为诗,收入了白话,放走了诗魂。"①

事实上,如果回归尝试初期新诗的历史场域,一方面,颠覆传统是被当时的大多数新诗人放在首要位置的,他们把"破坏"置于新诗创作的前端位置的时候确实很难从建设的角度静心思考,有些人甚至把最原初的反映"真实生活"的材料和未经过滤的"真实情感"写进了诗歌,认为他们所期待的充满诗意的新诗作品就是由那些"白话的"、无须加工的、参差不齐的口语随意写出来的。在今天看来当然是对"诗体大解放"本意的片面误解。另一方面,客观地说,无论是新诗的理论建设还是创作实践,均不可能仅仅通过尝试初期新诗人的短暂努力就能实现。因此,相当一部分初期白话诗不可避免地存在"非诗化"的缺憾也是极其正常的。

当然,对于后世研究者来说,对尝试初期新诗在新诗建设上的不足进行科学的深入探讨还是十分必要的。

从本质上讲,尝试初期白话诗的"非诗化"现象主要源于诗歌抒情主体的"发育不全"。

在中、外艺术理论、创作实践的研究中,很多人认为:在人类的所有艺术形式中,诗歌是一个最具先锋性和追求自由的活力的种类;诗歌艺术的目的是为人们创造一个相较于现实的更加理想的世界。联系"自我意识随着社会生活的发展而发展"② 这句德勒·托普逊的经典名言,中国现代新诗产生期的现代抒情主体的出现及其逐步成长和完善正好反映了那个时代现代中国人的诗意追求,其发展蜕变的历史既非常直观地表现了现代中国人自我意识的觉醒过程,也反映了中国现代诗歌艺术自主意识逐步确立的过程。

作为产生在"五四"新文化运动中的尝试初期新诗,一方面自觉地肩负起了传播以"人的觉醒"为标志的现代意识的责任,也正是这种责任意识带来尝试初期新诗的无可置疑的先锋性特质,并以"人的文学"的观念推动了新诗现代抒情主体的萌芽。另一方面,承载着文学革命与思想启蒙的双重任务的初期新诗人们,因急于表达"五四"思想启蒙运动中的新思想、新观念,在诗歌创作过程中常常缺少来自创作主体心灵深处的生命体验,致使其诗歌创作失去了

① 梁实秋. 读《诗底进化的还原论》[N]. 时报副刊, 1922-05-29.
② 德勒斯·托普逊. 诗的用途 (The Useof Poetry) [M]. 牛津大学出版社, 1978:103.

应有的血肉，最终只能以"观念先行"的方法来"制作"诗歌，他们的一部分作品也因诗情、诗意的匮乏而显得干瘪乏味。

从尝试初期新诗产生的具体情形来看，面对以新文化运动催生的崭新的新时代，每一个白话诗的尝试者在努力以"五四"新文化运动的全新的现代意识灌注于新诗作品中时，这些现代意识与创作者的心理、行为都会经历一个相互融合的内化过程。苏联心理学家维果茨基的认知发展理论对这种内化机制有过系统的论述，他认为：人的心理机能和行为机能随着社会文化活动的发展而发展。个体的发展方向不是走向社会化而是走向社会机能的个性化。个体行为和心理的发展方向是由外在的群体层面向内在的个性化的人格化层面的转化。[1] 以此为依据，尝试期新诗对现代意识的表达大致应该有三个步骤：第一步是对现代意识的模仿式表达，这种表达是由"五四"时代的新观念由外而内的刺激引发的；第二步则是新观念和作者精神世界、情感世界及个体人格的融合；最后一步才是在第二步内、外融合的基础上对自我和外部世界全新的体验，并由这种体验催生出由内而外的表达需求，这就是所谓"情动于中而发于外"的自主表达的来源。由此可见，尝试期新诗创作只有完成了这个内化过程，在全新的现代意识支配下的生命意识才会生成，而与此相关联的现代新诗全新的内在诗质也才有了生成的可能性。只有在这种情形之下，现代新诗的抒情主体才会变得圆融、丰满。

由于缺少观念内化带来的源自内在生命的主观激情，尝试初期白话诗的多数作品缺少由内而外的以全新的内在生命体验为基础的内容，所以初期新诗的抒情主体尚处于萌芽状态。而现实主义作为从摹仿论诗学向表现论诗学过渡的创作方法，仍然保留了注重客观外部世界的外向型思维模式的特征，它所强调的客观、写实的创作手法也更加符合尚未建立内在抒情主体的尝试初期新诗人的需要。在"观念先行"的创作模式之下，以胡适为代表的草创期白话诗人选择了"写实主义"的创作方法。虽然这种创作方法并不是在其精神本体表达的过程中自然而然地生发出来的，但是由于它借用了传统诗词因强调主客交融而着意隐藏抒情主体的以"客观描写""客观表现"为基本特征的创作方法，在一定程度上解决了草创期新诗所面临的抒情主体尚未圆融丰满的尴尬境地。所

---

① 龚浩然. Л. С. 维果茨基关于高级心理机能的理论［J］. 心理学报，1985，01.

以，以"写实主义"作为在新诗抒情主体生成之前的创作方式的过渡确实是比较合适的。

更为重要的是，尝试初期新诗的"写实风格"也使我们看到，这一时期的白话诗并未真正超越注重客观摹写外部现实的"摹仿论"传统。这是因为，第一，表达和传播"五四"新思想对于尝试初期新诗人来说太过迫切，第二，胡适等人作为新文化运动和"五四"文学革命过程中第一批新诗创作的尝试者，其内心的"五四"新思想并未完成从由外而内的理性接纳到内外融合的内化，再到由内而外的外放过程。由于缺少创作主体感性生命的浸润，尝试初期的很多新诗对"五四"新观念的表达显得生硬、滞涩也是情理之中的事了。所以，尝试初期新诗在力图显现具有"五四"时代"个人主义"为代表的个性心灵和以"人间本位主义"为表征个体人生的时候，不可避免地陷入了"写实主义"的泥淖，而无法进入到以张扬个性和情感直抒为特色的"表现论"的诗歌本体。也正因如此，在新诗的尝试初期阶段，其诗歌本体论最多实现了对现实社会的写实与再现，从而刚好进入到摹仿论的高级阶段即"再现论"阶段。

综上所述，诗体大解放之后，新诗在"放足"后的形式、内容的选择和创造是非常艰巨的。当一位探险家在面对百分之一乃至万分之一的成功率时，倘有人再对其接近于完美表现下的失误与不足进行苛责，就显得有些不近情理了。

在尝试初期，作为将才从传统诗词的窠臼中脱胎出来的新诗，其艺术形式尚处于探索尝试期。白话作为一种前无古人的全新的诗歌写作的书面语工具，是绝对不可能为其提供系统的、可资借鉴的表达体系和方法的。为了寻找一种可行的方式，白话诗需要在极短的时间内，在一万种"不可能"的未知道路上去冒险，其难度是不可想象的。极富创造精神的草创期白话诗人能够通过对西方诗歌形式乃至旧诗词的借鉴化用以及对民歌的模仿和散文方法的借鉴，在创造出现代诗歌相对完整的初生形态的同时，还探索出了比较适合于处于过渡形态的尝试初期新诗的"写实主义"的创作方法，已是难能可贵，殊为不易。

虽然尝试初期的白话诗人完全不可能在三四年的时间内就全方位地完成新诗包括形式本体和精神本体在内的、庞大的、系统工程的建设，但是，这绝不意味着白话诗尝试的失败。相反，由于尝试初期白话诗的成功，到了尝试后期，现代新诗顺利地进入了她最初的生长阶段，并在郭沫若的《女神》开创的浪漫主义诗歌和小诗派、湖畔诗派的深入掘进中，把新诗的神、形的交融推动到了一个十分让令人惊讶的高度，开始克服尝试初期新诗创作"观念先行"的误区，建立了与浪漫主义和自由体诗歌形式相互依存的现代抒情主体。

第二节　郭沫若的"表现论"

中国大陆多数文学史教材都把 1921 年郭沫若诗集《女神》的发表看作一个分界点，并将其看成"中国新诗现代化的开端"。虽说这一观点武断地否定了 1921 年前尝试初期新诗对新诗现代化的贡献，但是把 1921 年《女神》的发表看成是 1917 至 1925 年尝试期新诗发展过程的一个节点却是没有任何问题的。因为《女神》确实以其饱满的个性化的抒情主体实践了郭沫若的表现论主张，并超越了以胡适为代表的尝试初期白话诗的写实主义，现代新诗本体也由此进入了以郭沫若为代表的表现论的建立阶段。

对于任何一位诗人来说了解他对于诗歌本质的认识，都是认知其诗歌的出发点。所以要了解郭沫若的《女神》就必须理解其"表现论"的理论主张。

郭沫若因有留日学医的经历，曾经试图以生物学原理来解析文学现象，他借 1925 年到厦门大学讲授"文学概论"之机，试图以此建立一个全新的文艺理论体系。虽然这个体系最终没能完成，但却留下了《文学的本质》和《论节奏》两篇十分重要的文章。

前一篇《文学的本质》借鉴自然科学的方法，以化学研究和生物学研究都要立足于基本的物质元素和最基本的细胞为前提，主张"我们要研究文学的本质的人，须要求文学上的基本单位，便是文学的原素，或者文学的细胞，然后才能免却许多纠纷，免却许多谬误"[1]。在此基础上，郭沫若以历史学家的视野和方法进一步从原始先民的口头文学（社会层面）和儿歌（个人层面）两个角度来探讨文学的本质。而郭沫若最后的结论是："诗到同句或同一字的反复，这是简到无以复简的地步的，我称呼这种诗为'文学的原始细胞'"[2]，它"包含

---

[1]　郭沫若. 文学的本质 [A]. 沫若文集（第 10 卷）[M]. 北京：人民文学出版社，1958：216.

[2]　郭沫若. 文学的本质 [A]. 沫若文集（第 10 卷）[M]. 北京：人民文学出版社，1958：219.

的是纯粹的情绪的世界，而它的特征是有一定的节奏。……诗是文学的本质……文学的本质是有节奏的情绪的世界"①。总之，郭沫若在该文中认为充满节奏的情绪世界就是诗歌的本质。在情感的自我表现就是诗歌的逻辑基点上，该文自然得出了诗歌是"主观的，表现的，而不是没我的，摹仿的"② 本质特征。

细查郭沫若有关诗歌本质的言论，其表现论的诗学观念实际上在1925年之前就已经开始形成。早在其创作《女神》之时他就曾说过："诗的原始细胞只是些单纯的直觉，浑然的情绪……诗的本职专在抒情。"③ 所以郭沫若在厦大讲学时只不过是试图借助自然科学的原理完善其观点罢了。

郭沫若在其一生不同的时段都曾提及以情绪为诗歌本质的观点，20世纪30年代中期他说"诗是强烈的感情之录音"④；中华人民共和国成立以后，在1959年出版的《雄鸡集》中他又说"诗歌是抒情的"⑤。对诗歌抒情特质的强调，以及对诗歌抒情本质的确认，对于郭沫若应该是他始终坚持的理论主张，也是郭沫若诗歌理论的基础和核心。

如果回溯中国诗歌史展开纵向的对比，郭沫若关于诗歌本质的观点可以在袁枚的"诗主性情"说那里找到渊源。郭沫若接触袁枚的诗论并发生共鸣最早是在其少年时代，此后在欧洲传入的浪漫主义思想的熏陶下这个观点又得到了进一步的加深。

在《三叶集》中，郭沫若在给宗白华的一封书信中对其极具表现论倾向的诗歌理论有过较为明晰的阐释："我想我们的诗只要是我们心中的诗意诗境底纯真的表现，命泉里流出的 Strain，心灵上弹出的 Melody，生底颤动，灵底喊叫；那便是真诗好诗……诗底主要成份总要算是'自我表现'了。"⑥

需要特别指出的是，郭沫若诗歌张弛有致的自由体表现形式是建立在其有

---

① 郭沫若. 文学的本质［A］. 沫若文集（第10卷）［M］. 北京：人民文学出版社，1958：221.

② 郭沫若. 文学的本质［A］. 沫若文集（第10卷）［M］. 北京：人民文学出版社，1958：212.

③ 田汉，宗白华，郭沫若. 三叶集［M］. 合肥：安徽教育出版社，2001.

④ 郭沫若. 论诗三札［A］. 沫若文集（第10卷）［M］. 北京：人民文学出版社，1958：106.

⑤ 郭沫若. 雄鸡集［M］. 北京：北京出版社，1959：13.

⑥ 田汉，宗白华，郭沫若. 三叶集［M］. 合肥：安徽教育出版社，2001.

关情绪的"自然流露说"的基础之上的。

"形式方面我主张绝端的自由，绝端的自主。"①这是郭沫若"五四"时期关于情绪的"自然流露"说的名言。在主张情绪的自然流露的基础上郭沫若首先生发出了关于节奏的理论："抒情诗是情绪的直写。情绪的进行自有它一种波状的形式，或者先抑而后扬，或者先扬而后抑，或者抑扬相间，这发现出来便成了诗的节奏。所以节奏之于诗是它的外形，也是它的生命，我们可以说没有诗是没有节奏的，没有节奏的便不是诗。"②从郭沫若的节奏理论解读其主张情绪"自由""自主"的目的，可以清楚地看到，他是要以情绪的自由打破旧体格律的限制，追求一种以情绪的自然流淌为基础的内在的节奏和韵律。他正是要以这种内在节奏和韵律取代以声韵平仄为基础的外在韵律。在郭沫若看来这种由"情绪底自然消长"③而产生的内在韵律远比以声韵平仄为基础的外在韵律重要得多，因为正是这种内在的韵律决定了诗歌的外在形式。所以，郭沫若认为诗歌的外在形式要服从于诗歌情感抒发的需要："情绪是具有节奏的，故诗不能无节奏，在这里已很容易和言语底音乐性合拍。有诗底内容而有适当的韵语加以表达，准同性质的物相加可以使效果倍增的合力作用底原理，故诗多有韵。但这适当的程度是不容易得到的，言语的音乐成分过多，反足为诗的桎梏，到了这样，倒不如解脱桎梏而采取自由诗或散文诗底形式，反足以维持诗的真面目。"④在郭沫若看来，作为语言形式的外在韵律如果适合于内在情绪的表达则可保留，反之则不能倚重诗歌的外在语言的韵律。郭沫若认为，既然自由诗能够最恰当地表现内心情绪，并能传达出情绪流动的自然节律，那么，每一首诗歌都因其承载的情绪本身具有的自然节律而被赋予了相应的形式——诗歌内在的节奏和韵律不仅是诗歌的内容所在，也是诗歌外在形式的来源。郭沫若谈及诗歌的自由形式时就曾说："有规律的自由是真解放，无规律的自由是狂乱而已。"⑤郭沫若所言"有规律的自由"，就是强调诗歌的内在情绪的节奏应与外在形式达成和谐圆融的状态。

---

① 郭沫若. 文艺论集［M］. 第 6 版. 上海：光华书局，1932：343 - 344.
② 郭沫若. 论节奏［A］. 沫若文集（第 10 卷）［M］. 北京：人民文学出版社，1958：232.
③ 沫若文集（第 11 卷）［M］. 北京：人民文学出版社，1958：106.
④ 郭沫若. 今昔蒲剑［M］. 上海：新文艺出版社，1952：8.
⑤ 诗歌漫谈［N］. 文艺报，1962，5、6 期合刊.

歌德和华兹华斯作为西方浪漫主义诗人都曾强调个性化的主体情感的自然流露的重要性："身内的自然……理会个别，描写个别是艺术的真生命"①，"一切好诗都是强烈感情的自然流露……诗人是以一个人的身份向人们讲话。他是一个人，比一般人有更敏锐的感受性，具有更多的热忱和温情，他更了解人的本性，而且有着更开阔的灵魂"②。

联系早期白话诗的发展历史，站在诗歌本体论的角度来看，从尝试初期的白话诗到尝试后期的《女神》的发展历程，就是从模仿论到表现论的跨越过程。郭沫若的表现论主张和《女神》的创作实践，更为现代新诗开创了新诗自由体形式的成功范例。《女神》以表现论为基础的形式生成是一种前所未有的由内而外的形式获得，这也必然地超越了尝试初期新诗因缺少内在生命体验而带来的"观念图解"及其"写实"的形式。

由尝试初期模仿论到尝试后期表现论的发展变化，标志着新诗现代抒情主体的真正建立。此后，1921—1922 年间出现的小诗派、湖畔诗派则是对《女神》的自然延伸和发展。

第三节　从"边缘"到"庙堂"：论《女神》的"大我"世界

在"五四"思想解放运动中产生的"五四"新文学运动本身是"五四"新文化运动的一部分。新文学初期的作家都有传播"五四"现代意识、创建以"五四"新文学为代表的新文化的自觉意识。以"五四"思想解放运动为底蕴的新文学与传统文学的区别，除了白话文的语言形式之外，最显著的就是以"五四"思想解放运动和"五四"现代意识为精神内核的"人的文学"观的确立。尝试期新诗的现代化进程就是以"人的文学"为中心对新诗精神本体和形式本体进行创造的过程。如果说 1921 年以前的尝试初期胡适的《尝试集》代表的是以写实主义（现实主义）为表征的新诗形式本体和精神本体建设的第一个阶段——"摹仿论"阶段，那么，以郭沫若的《女神》为代表的尝试后期，则代表了第二个阶段——"表现论"阶段。

---

① 伍蠡甫. 西方文论选（上册）［M］. 上海：译文出版社，1979：463.
② 伍蠡甫. 西方文论选（上册）［M］. 上海：译文出版社，1979：309.

尝试初期的结束是以 1921 年郭沫若的《女神》的出版为标志的。《女神》所收集的作品都是郭沫若在"五四"高潮时期创作的诗歌，《女神》也因对"五四"时代精神的反映和对现代自由体新诗的创造，改变了一个时代，所以也有人把从 1921 年至 1925 年的尝试后期称为"郭沫若时代"。

联系郭沫若创作《女神》的时代场域，《女神》作为一个新诗歌时代的标志，它所代表的全新的诗歌精神本体和形式本体经历了一个从边缘到中心、从民间到庙堂的过程。朱寿桐教授曾在《中国现代浪漫主义文学史论》中论及以郭沫若为代表的"五四"浪漫主义在那个时代的边缘性的特质："浪漫主义概念的本质内涵是空间上的边沿性，时间上的非古典性，倾向上的非正统性，风格上的非现实性以及这四种特征的黏合。艺术主体的边沿性心态是浪漫主义诸本质要素中的决定性因素。"① 朱教授的这个论断是有相当依据的，可分述如下：

首先，是"空间上的边缘性"。

对照朱寿桐的论述，此特征是相对于中国本土而言的。一方面，在中国近现代的现实空间里，文学更多地表现为揭露现实与黑幕、哀叹民生和愤世嫉俗的现实主义倾向，"五四"张扬人性的浪漫主义很难在其中找到可资借鉴的对象，具有极强的"外来性"特征；而同时期的现实主义（或者写实主义）诗歌，在明清乃至民初并不缺少可以学习的对象。另一方面，"五四"浪漫主义文学的"执牛耳"者创造社起源于"域外"的日本而非"本土"，与发生于北京、成长于上海的同时期的文学研究会相比较，其空间上的边缘性特征也极其明显。

其次，是"时间上的非古典性"。

以郭沫若《女神》为代表的"五四"时代的浪漫主义诗歌在外在形式方面与古典诗词具有显著的区别，其放弃了从时间上对古典的纵向继承，进而强调从白话的形式和非格律的自由体等方面对民间的语言与文学、外来的诗歌形式等方面进行同时代的横向发掘、借鉴和运用，所以，《女神》"时间上的非古典性"就是拒绝古典，拒绝经典化。

再次，是"倾向上的非正统性"。

相对于古典和传统而言，《女神》所代表的浪漫主义走的是一条"非正统"的、富有独创性的"边缘化"的道路。自由的白话的浪漫主义新诗，不但在语

---

① 朱寿桐. 中国现代浪漫主义文学史论 [M]. 北京：文艺出版社，2004.

言形式上放弃了对文言和古典格律的继承，而且还在内容上表现新时代，在具有现代性特质的意志和精神（也即代表新时代民族的和群体的"大我"）的同时，也包含了创作主体对时代精神所特有的、强烈的个体生命体验；更进一步地，《女神》之后的小诗派和湖畔派诗歌还表现了在新时代背景下高度个人化的情思（也即代表个体生命的更加精微、细腻的情思的"小我"），进而不仅在思想上高度体现了时代的进步，也改变了古典诗词在内在精神本体的构成上以共性表达为主流的传统；这是一种由内而外的叛逆，这样的叛逆也决定了它的"非正统性"倾向。

最后，是"风格上的非现实性"。

在古典文学中浪漫主义诗歌最早的典型就是战国时代屈原及其以《离骚》为代表的诗歌创作，到秦、汉以后的中央集权时代，强调治世功用的儒家文化在诗坛逐步占据主要地位，浪漫主义因与现实疏离的特点而少有人持有，除了李白等寥寥可数的"异种"之外，浪漫主义诗歌的传承几近断绝。"五四"时代以郭沫若及其《女神》为代表的现代浪漫主义新诗，相对于自秦、汉以来的古典汉语诗歌，不再以儒家经世致用的思想为主导，不再承传关注家国现实、上忧君下体民的传统，而是在"五四"时代"科学""民主""自由"思想所带来的个性解放思潮影响下，强调表现自我和内心自然的流露，进而从古典诗词更多关注现实和常常隐匿、规避个人情感的传统中挣脱出来。因此，"五四"时代的浪漫主义诗歌整体上体现出重情感、轻功利、重艺术的倾向。

以上四个特性共同造就了以郭沫若为代表的浪漫主义诗人的边缘性心态。这种边缘性心态，主要表现为对自身的非中心、非主流的认知和定位，或者说是对己身被主流所排斥或不被主流包容的认知与定位。所以，具有这种边缘性心态的人在思想和文化上往往表现出与主流相反的趋向。

郭沫若和鲁迅同为中国新文化运动的主将，他们对封建旧文化和封建旧时代抱持着批判和决绝的姿态，但为什么相较于鲁迅的冷静沉稳和内敛，郭沫若要显得激烈、外向得多呢？郭沫若在文化上的边缘性心态是一个十分重要的原因。

郭沫若自身对"四川文化"的认同，应该是其边缘性心态的最好注释。《峨眉山上的白雪》是诗集《恢复》中的一首诗，作品所表达的甜蜜乡愁正是一个典型的例子：

怕已蒙上了那最高的山巅？
那横在山腰的宿雾
怕还是和从前一样的蜿蜒？

我最爱的是在月光之下
那巍峨的山岳好象要化成紫烟；
还有那一望的迷离的银霭
笼罩着我那寂静的家园。

啊，那便是我的故乡，
我别后已经十有五年。
那山下的大渡河的流水
是滔滔不尽的诗篇。

大渡河的流水浩浩荡荡，
皓皓的月轮从那东岸升上。
东岸是一带常绿的浅山，
没有西岸的峨嵋那样雄壮。

那渺茫的大渡河的河岸
也是我少年时爱游的地方；
我站在月光下的乱石之中，
要感受着一片伟大的苍凉。

啊，那便是我的故乡，
我别后已经十有五年。
在今晚的月光之下，
峨嵋想已化成紫烟。[①]

---

① 郭沫若. 恢复（诗集）［M］. 上海：创造社出版部，1928.

表面上看，这首诗是郭沫若用故乡"横在山腰"的"蜿蜒"的"宿雾""月光下""化成紫烟"的"山岳""银霭笼罩"的"家园"和与大渡河相关的景象等等一系列极富感性的形象来表达所谓忧郁的"甜蜜乡愁"，诗中的抒情形象是一个历经沧桑的游子在回眸、重温象征着故乡的美好景致。但是，在郭沫若的不同作品中，与四川、故乡等地域概念相联系的文字却绝不仅仅有上述例子。其中，最典型的是 1935 年的《初出夔门》、1928 年的《童年》、1929 年的《反正前后》和《黑猫》等一系列自传性作品。综合研究这一系列的回忆性文字中关于四川故乡的书写意义，无外乎两个层面，其一，是指向客观的时代意义，表现清末民初的时代巨变给家乡四川留下的深刻的现代文化变迁的印记；其二，是围绕着一种近乎偏执的主观意志，去建构在一个独特的时代背景和独一无二的地域之中逐步生成的奇异的"故乡文化"乃至"四川文化"，并去书写在这个奇异文化中生长起来的自己。

郭沫若说过这样一段话："我的童年是封建社会向资本主义社会转换的时代，我现在把它从黑暗的石灰坑底挖出来。我不想学 Augstine 和 Rousseau 要表述甚么忏悔，我也不想学 Goethe 和 Tolstoy 要描写什么天才。我写的只是这样的社会生出了这样一个人，或者可以说有过这样的人生活在这样的时代。"① 作为一个历史学家，这段话提及了所谓"时代"，这就把他的地域书写纳入到了国家民族这样一个宏大的叙事框架之中，更重要的是，在他的这段文字和类似的其他文字中，郭沫若强调的是在故乡文化的独特环境里生出了怎样一个特殊的自己。

比如，关于自己的出生和童年，郭沫若是这样描述的："这是甲午仲冬之战的三年前，戊戌政变的七年前，庚子八国联军入京的九年前。我的童年不消说就是大中华老大帝国最背时的时候。"② 连续三个"……年前"的重大历史事件和一个国家"最背时"的时间段，将出生、童年这样非常个人化的叙述投射到了家国民族的宏大叙述之中，既赋予了个体人生的特殊意义，表现了叙写的主观色彩，更以国家极弱"背时"、传统行将崩溃的特殊背景突出了书写者个人在

---

① 郭沫若. 我的童年·前言 [A]. 郭沫若全集·文学篇·第 11 卷 [C]. 北京：人民文学出版社，1992.

② 郭沫若. 我的童年·前言 [A]. 郭沫若全集·文学篇·第 11 卷 [C]. 北京：人民文学出版社，1992.

新旧交替时代的"边缘化身份"。

郭沫若的诗歌及其自传性作品在四川、家乡的书写中，在宏大的时代背景之下有关特殊的故乡文化的展现和在这种文化中奇异自我的生成，实际上表现了郭沫若的边缘性心态，这种边缘性心态在认同不断震荡的时代背景下独特的"故乡文化""四川文化"的同时，凸显了在边缘性的时代和边缘性的文化中催生的边缘性的自我。

一方面，对自我边缘性属性的认同在郭沫若内心深处形成了对自身价值的"与众不同"的"特殊性"确认，并使其产生了在黑暗的现实与"主流社会"中"知音难觅"的主观思想。另一方面，这种自我价值确认表现在《女神》的具体诗歌创作中，则是诗人投射自我形象、实现自身诗意价值的内在驱动力。

也许正是由于郭沫若在包括诗歌在内的文学创作当中的这种边缘性身份及其自我价值认定的投放，早期的郭沫若在接受外来的浪漫主义创作方法影响时，在面对唯美的非功利和现实的功利之间的艺术态度时才显得极其矛盾。比如，他曾经强调天才和艺术的非功利性："德哲 Schopenhouer（叔本华）说，天才即纯粹的客观性……所谓纯粹的客观性，便是把小我忘掉，溶合于大宇宙之中，——即是无我。即是没有丝毫的功利心……这没有功利心便是艺术的精神。"① 但是，他也常常认为艺术是有功利的；他曾说，"反抗精神，革命，无论如何，是一切艺术之母"②，他认为艺术的两种基本"使命"是"统一人们的感情，并引导着趋向同一的目标去行动……提高我们的精神，使我们的内在生活美化"③。

如果联系郭沫若内心深处的边缘性自我价值确认，郭沫若所谓文艺的"使命"从创作心理上来看，其实就是诗人试图通过文学创作承担批判现实、反映现实的作用来实现边缘性处境的价值升华。表现在《女神》的一些具体诗作中，就是抒情主人公将自己与在黑暗的现实生活中同样被统治者剥夺的"边缘化"的普通民众和劳苦大众等同合一，并鼓动、指引其朝着共同的目标采取行动。这是早年郭沫若在创作心理上的"潜在自觉"，所以，《女神》的一些诗歌中，抒情主人公

---

① 郭沫若. 文艺论集［M］. 第 6 版. 上海：光华书局，1932.

② 郭沫若.《西厢记》艺术上的批判与其作者的性格［A］. 郭沫若古典文学论文集［C］. 上海：上海古籍出版社，1985.

③ 郭沫若. 文艺之社会的使命——在上海大学讲自然与艺术［N］. 民国日报·文学，1925－05－18.

"我"直接变成了中国最底层、最广大的"边缘化群体"的代表。《女神·序诗》中就有这样的诗句：

> 我是个无产阶级者
> 因为我除个赤条条的我外，
> 什么私有财产也没有。
> 《女神》是我自己产生出来的，
> 或许可以说是我的私有，
> 但是，我愿意成个共产主义者，
> 所以我把她公开了。
>
> 《女神》哟！
> 你去，去寻那与我的振动数相同的人；
> 你去，去寻那与我的燃烧点相等的人。
> 你去，去在我可爱的青年的兄弟姊妹胸中，
> 把他们的心弦拨动，
> 把他们的智光点燃吧！
>   1921 年 5 月 26 日①

正是基于此，我们认为，郭沫若对自身边缘性身份价值的认知是其在《女神》中的塑造自我抒情形象的最原初的、最内在的主观创作灵泉。而"五四"时代的现代意识与其内心边缘性价值确认的碰撞交融，则是《女神》构建"大我"世界的外在驱动力，更是郭沫若诗歌的抒情主体从边缘和民间的状态走向新时代的主流和"庙堂"的客观契机。

其一，张扬的自我和解放的人性

因为诗歌是一种更加倾向于表现人的精神世界的文学形式，所以，在以"人的文学"为中心的前提下如何超越尝试初期新诗在表现时代精神时产生的观念先行的误区，怎样表现现代人的思想和情感，并使现代人的个体生命体验以

---

① 郭沫若. 序诗［A］. 女神［M］. 第 8 版. 上海：泰东图书局，1928.

最鲜活饱满的形态与之融合，是尝试后期诗歌面临的首要任务。

应该说，尊崇个性、张扬自我来表现自我和内心是以《女神》为代表的尝试后期浪漫主义诗歌的精神追求。对"自我"的发现及其对自我价值的肯定也正是浪漫主义诗人对"五四"时代个性解放的呼声的表现。而对于《女神》来说，郭沫若对自身"边缘性"价值的认同直接投射到了诗集诸多作品对个性精神的赞美和描述之中。

《女神》中的著名诗歌《天狗》最初是发表在上海《时事新报·学灯》之上，此时正值 1920 年 7 月，还在留学日本的郭沫若正处于系统地学习和吸收西方人文观念与现代科学思想的关键时期，这个时期也是其新诗创作的高潮期。在"五四"时代精神的影响下，郭沫若把自己对世界、对自我、对人生的全新解读和感悟写成诗歌，并不断地邮寄给身居国内的挚友宗白华，时任上海《时事新报》编辑的宗白华也将这些诗歌不断地在《时事新报》上发表。其中影响较大的一首是《天狗》：

一
我是一条天狗呀！
我把月来吞了，
我把日来吞了，
我把一切的星球来吞了，
我把全宇宙来吞了。
我便是我了！

二
我是月底光，
我是日底光，
我是一切星球底光，
我是 X 光线底光，
我是全宇宙 Energy 底总量！

三

我飞奔，

我狂叫，

我燃烧。

我如烈火一样地燃烧！

我如大海一样地狂叫！

我如电气一样地飞跑！

我飞跑，

我飞跑，

我飞跑，

我剥我的皮，

我食我的肉，

我吸我的血，

我啮我的心肝，

我在我神经上飞跑，

我在我脊髓上飞跑，

我在我脑筋上飞跑。

四

我便是我呀！

我的我要爆了！①

　　诗歌当中，"天狗"原本是中国古往今来的神话传说中一个具有灾难性意蕴的象征性符号，对于后世中国人来说其本身是一个象征着大自然神秘魔力的、具有"自在性"含义的"原始意象"。诗人为它灌注了抒情主人公自我觉醒之后个性极度张扬的意蕴，将"自在"之物化为"自为"之物，象征了一个时代觉醒的个性精神，这个象征形象也是一个极其渴望冲决黑暗世界的罗网、破坏阻挠生命自由的一切旧物的强悍形象。在这里，力大无穷的"天狗"既代表了

---

① 郭沫若.天狗［Z］.女神［M］.第8版.上海：泰东图书局，1928.

一个时代对于个性解放的强烈呼唤，其所展现的昂扬的生命情态也有郭沫若青春激情的投射。

具体来说，《天狗》全诗共四节，第一节展示"天狗"吸纳日月星辰等宇宙万物是其突出的生命特征，"吞"是其中的关键词。而这"天狗"是谁呢？它就是郭沫若自己！因为身在异国的他，正以世界优秀的思想文化为珍馐，"吞"斯宾诺莎、达尔文、哥白尼，"吞"尼采、歌德，又"吞"老庄、王阳明。正是这样的鲸吞海吸，造就了郭沫若这样一个思想丰富、具有强烈的现代意识的中国现代知识精英。他虽身在异国，自视为正统之外的边缘化异类，却具有强烈的个性意识和自我价值意识，又有寻求济世救民真理的文化担当。这一节在"天狗"鲸吞之后，抒情主人公高喊"我便是我了！"这个"我"，既是那个时代觉醒了的中华民族中的任意一个个体生命的象征，也是诗人青春激情的投影，是抒情主人公的动态写真。

《天狗》的第二节，是对吞下全宇宙的"天狗"的"能量展现"。在宏观上"天狗"是"日底光""月底光""星球底光"；在微观上"天狗"是"X光线底光"，因此它是"全宇宙Energy底总量！"假如第一节写的是静态的能量储备，第二节则是动态的活力的闪现。经过这两节的描写和表现，一个力量无穷、能量无限，具有巨大的创造潜能与不可估量的未来的巨人形象成功地展现在了读者的面前。

《天狗》的第三节是全诗最具诗性光彩的部分。海吸鲸吞，积聚了巨大能量的"天狗"，通过烈火般的燃烧、大海般的狂叫、电气一样的飞跑甚至是最彻底的自我吞噬，实现了最终的涅槃。在这里，诗歌实际上表现了抒情主体在不断的毁灭过程中的自我创造和自我展现；以非理性的笔触，展现了一个茕茕孑立于世，又异常强大，充满无限的激情和创造力的"大我"形象。

到了诗歌的第四节，经历了自我的生成、狂乱与升华之后，诗人以"我便是我呀！"的呼喊表达了激情之后的自我体认与还原，他惊诧于如此神奇的自我的发现，他甚至惊喜于对这个因力量爆满而必将拥有无限未来的自我的确认，所以，诗人在最后一行才会用"我的我要爆了！"的狂叫断然结束全诗。

总之，《天狗》中所展示的抒情主人公就是《女神》诸诗中常见的所谓"大我"形象，这个"我"既是当时每一个觉醒的个体生命，更是诗人自我的投影和自况。

《女神》中的《浴海》与《天狗》一样,同样是对自我形象的书写,也同样是围绕自我个性解放而进行宣泄的诗。不同之处表现在两个方面:一方面,这种个性解放是以男性青春力量为表征的,以大海的浪潮、"太阳的光威"的洗礼来表达个性的解放和个体生命的新生。所以诗歌中有这样的诗句:"太阳当顶了!/无限的太平洋鼓奏着男性的音调/万象森罗一个圆形舞蹈","我的血和海浪同潮,/我的心和日火同烧,/我有生以来的尘垢、秕糠,/早已被全盘洗掉!"① 另一方面,这种个性解放不限于抒情主体本身,而是将个体生命的解放作为国家、民族解放的前提。所以诗中还有这样的诗句:"弟兄们!快快!/快也来戏弄波涛!/……/快把那陈腐了的旧皮囊/全盘洗掉!/新社会的改造/全赖吾曹!"②

宗白华极度欣赏郭沫若的诗歌创作,他回忆在《时事新报》的编辑生涯时曾说,阅读"每天寄来的一封封字迹劲秀,稿纸明洁,行列整齐而内容丰满壮丽的沫若的诗!"③是最高兴的事情。《天狗》就是见诸报端的其中一首,诗中的"天狗"是郭沫若自我觉醒与青春勃发的生命情态的形象写照。诗人借助神秘的、无所不能的"天狗"意象来隐喻自我生命的蓬勃与绽放,写出了抒情主人公在风云际会的新的历史时代对于生命个体的现代性觉醒的高峰体验。

其二,叛逆、反抗和创造、进取的精神

郭沫若灌注于《女神》之中的叛逆和反抗精神,是以其对自身边缘性身份的价值认同为基础的。如前所述,在郭沫若的相关回忆性文字中有着对新旧转换时代和旧中国积贫积弱的黑暗现实的宏大书写,正是这种历史的宏大书写赋予了郭沫若对自身边缘性存在的认知——这种边缘性的身份既不同于传统,也不同于黑暗的现实,这是一种既超越传统又超越现实的存在。所以,这样一个双重超越的边缘性身份是其叛逆和反抗精神的来源。

在《女神》之中,叛逆、反抗的意志经常在反传统、反权威和反现实的主题中得以表现。其中《匪徒颂》和《我是一个偶像崇拜者》等诗是典型的代表。现将《匪徒颂》全文抄录如下:

---

① 郭沫若. 浴海 [Z]. 女神 [M]. 第 8 版. 上海:泰东图书局,1928.
② 郭沫若. 浴海 [Z]. 女神 [M]. 第 8 版. 上海:泰东图书局,1928.
③ 宗白华. 欢欣的回忆与祝贺 [N]. 时事新报,1941 - 11 - 10.

匪徒有真有假，庄子《箧篇》里说："故盗跖之徒问于跖曰：'盗亦有道乎？'跖曰：'何适而无有道耶？夫妄意室中之藏，圣也；入先，勇也；出后，义也；知可否，智也；分均，仁也。五者不备而能成大盗者，天下未之有也。'"像这样身行五抢六夺，口谈忠孝节义的匪徒是假的。照实说来，他们实是军神武圣的标本。物各从其类，这样的假匪徒早有我国的军神武圣们和外国的军神武圣们赞美了。区区非圣非神，一个"学匪"，只好将古今中外的真正匪徒们来赞美一番罢。

（一）

反抗王政的罪魁，敢行称乱的克伦威尔呀！

私行割据的草寇，抗粮拒税的华盛顿呀！

图谋恢复的顽民，死有余辜的黎塞尔（菲律宾的志士）呀！

西北南东去来今，

一切政治革命的匪徒们呀！

万岁！万岁！万岁！

（二）

鼓动阶级斗争的谬论，饿不死的马克思呀！

不能克绍其裘，甘心附逆的恩格斯呀！

恒古的大盗，实行"布尔什维克"的列宁呀！

西北南东去来今，

一切社会革命的匪徒们呀！

万岁！万岁！万岁！

（三）

反抗婆罗门的妙谛，倡导涅槃邪说的释迦牟尼呀！

兼爱无父，禽兽一样的墨家巨子呀！

反抗法王的天启，开创邪宗的马丁路德呀！

西北南东去来今，

一切宗教革命的匪徒们呀！

万岁！万岁！万岁！

（四）

倡导太阳系统的妖魔，离经叛道的哥白尼呀！

倡导人猿同祖的畜牲，毁宗谤祖的达尔文呀！

倡导超人哲学的疯癫，欺神灭像的尼采呀！

西北南东去来今，

一切学说革命的匪徒们呀！

万岁！万岁！万岁！

（五）

反抗古典三昧的艺风，丑态百出的罗丹呀！

反抗王道堂皇的诗风，饕餮粗笨的惠特曼呀！

反抗贵族神圣的文风，不得善终的托尔斯泰呀！

西北南东去来今，

一切文艺革命的匪徒们呀！

万岁！万岁！万岁！

（六）

不安本分的野蛮人，教人"返自然"的卢梭呀！

不修边幅的无赖汉，善与恶疾儿童共寝的丕时大罗启呀！

不受约束的亡国奴，私建自然学园的泰戈尔呀！

西北南东去来今，

一切教育革命的匪徒们呀！

万岁！万岁！万岁！①

　　联系《匪徒颂》正文和正文前类似于序的文字，在郭沫若眼里有真假两种"匪徒"。首先，"身行五抢六夺"却又"口谈忠孝节义"的"军神武圣们"好像是假匪徒，可暗地里他们才是窃国夺民之"大盗"。而诗中所颂扬的以克伦威尔、马克思、释迦牟尼、哥白尼、罗丹、卢梭为代表的，人类历史上敢于在政治、哲学、宗教、科学、艺术等人类文明的领域赤裸裸不加任何掩饰地离经叛道、反抗一切传统和权威的先贤们可谓是真匪徒，但是在郭沫若眼里正是因其叛逆、反抗、破坏才给予了人类社会不断改朝换代、超越自身的原动力。因此，这些真匪徒又是"假匪徒"，他们是真正的奉献者和创造者。从整首诗看来，所

---

① 郭沫若. 匪徒颂［Z］. 女神［M］. 第8版. 上海：泰东图书局，1928.

谓"匪徒"是"假中含真，真中带假"。结合郭沫若对自身边缘性身份的价值确认，因其所歌颂的真匪徒们的叛逆、反抗行为具有不同于既成法则和传统并与现实规则相疏离的特点，确乎能让我们察觉到潜藏于抒情主人公内心深处的、与"匪徒们"的行为特征相联系的"边缘性身份的价值同构感"，这种"边缘性身份的价值同构感"也正是本诗产生的基本动因。

在诗集《女神》之中，在叛逆、反抗的意志之下，如果说《匪徒颂》等诗代表的是反传统和反抗权威的精神的话，《女神之再生》则表现了反现实和创造进取的精神。

诗剧《女神之再生》和《女神》中的其他取材于中国古代神话传说的作品一样，是有其神话来源的。这个来源就是女娲补天和共工、颛顼大战的传说。古籍有云：

> 天地亦物也，物有不足，故昔者女娲氏炼五色石以补其阙，断鳌之四足以立四极。其后共工氏与颛顼争为帝，怒而触不周之山。折天柱，绝地维。故天倾西北，日月星辰就焉；地不满东南，故百川水潦归焉。①

另外《淮南子·天文训》《山海经·西次三经》等文也有类似记载。

《女神之再生》最初发表在上海《民铎》杂志第二卷第五号，此时正值1921年2月末，其诞生之时正值中国南北军阀割据的时代，诗人感觉中国的现实就如同一个黑暗的大牢笼，黑暗的现实和国家、民族深重的苦难激发了诗人反抗现实的决心和创造新世界的理想。诗人借助于我国古代共工、颛顼大战和女娲补天的神话题材来象征、演绎其反抗现实的决心和对未来新社会的期盼。正如郭沫若所言："《女神的再生》是在象征着当时中国的南北战争。共工象征南方、颛顼象征北方，想在这两者之外建设一个第三中国——美的中国。但我自己的力量究竟太薄弱了，所表现出来的成果仅仅是一副空架子。"②

作为《女神》之中表现叛逆精神的代表作品，《女神之再生》中反抗、破坏的革命意志和创造、建设的理想激情仿佛一对同体双生子，所以诗剧开篇即引用歌德《浮士德》结尾部分的诗句：

---

① 列子·汤问篇［Z］. 杨伯峻. 列子集释［M］. 中华书局，1985.
② 郭沫若. 郭沫若全集（12）［C］. 北京：人民文学出版社，1990.

Alles Vergaengliche 一切无常者

ist nur ein Gleichnis；只是一虚影；

das Unzulaengliche，不可企及者

hier wird's Ereignis；在此事已成；

das Unbeschreibliche，不可名状者

hier ist's getan；在此已实有；

das Ewigweibliche 永恒之女性

zieht uns hinan. 领导我们走。①

引文中"虚影"的"无常者"，正是指残暴的现实统治者和他们所争夺的权倾一时的权力和富可敌国的利益，是黑暗时代的象征，是诗人所反抗和抛弃的；而"不可企及者"和"不可名状者"是诗人所要追求的，也是郭沫若心中未来理想社会的象征。

进一步地解析该诗剧展开的内容，我们可以发现，全诗对以共工、颛顼为代表的"武夫蛮伯之群"的争斗和残暴统治表现得十分具体，同时更对"血汗已熬干"的"农叟"、不知河水几时清的黄河以及牵羊逃走的愤慨的"牧童"着力进行了刻画；而在表现"女神"们所创造的新的世界时却十分模糊，除了十分明确地表达了对遭遇破坏和毁灭的黑现实世界的抛弃之外，对新世界的创造仅用离开神龛的"女神"们将要创造的"新的光明""新的温热""新的太阳"以及除去了"旧皮囊"的"新造的葡萄酒浆"来表现。

以上剧情特点可以说明：其一，"女神"们对黑暗世界的态度是决绝的。这种决绝代表了抒情主人公对黑暗现实的不满和抛弃。其二，作品对现实黑暗的刻画是饱满的。其三，新的世界是朦胧和不确定的。正如郭沫若所说：破坏和建设"在初自然是不分质的，只是朦胧地反对旧社会，想建立一个新社会。那新社会是怎样的，该怎样来建立，都很朦胧"②。

更加值得重视的是，以上剧情特点也在很大程度上表现了创作主体对自身主观思想的投放：首先，"女神"们对黑暗现实的统治者和统治秩序的反抗与抛

① 郭沫若.女神之再生［Z］.女神［M］.第8版.上海：泰东图书局，1928.

② 郭沫若.郭沫若全集（12）［C］.北京：人民文学出版社，1990.

弃，是郭沫若对自身的边缘性身份的投射。因为创作主体在作品中与"女神"们是合二为一的，"女神"的所作所为就是作者的所思所想，或者说作者的所思所想决定着"女神"的所作所为。所以，"女神"们对于现实的抛弃乃至对新世界的创造都是郭沫若这个具有边缘性身份的创作主体对现实、权威的反抗及其对理想的期待和象征。而"女神"们对神龛的抛弃、抒情主人公对下层民众的同情和认同，则在很大程度上表现了郭沫若与其边缘性身份相联系的无政府主义思想和民粹主义思想——因为一方面无政府主义的基本立场是通过反对包括政府在内的一切统治和权威，以小的、民间自治的团体重组来实现个体最大程度的自由和平等，"女神"们所抛弃的"神龛"就是现实中的一切统治秩序和偶像权威的象征；同时，因为"民粹"既是一种对历史和现实权威的否定态度，又是一种对"祖国人民"的情感——民粹主义对于未来自由和平等的期待是建立在对民众自治的期待和信任的基础上的。所以，作品中的抒情主人公对与统治者对立的民众力量的认同也表现了民粹主义的价值取向。

综上所述，诗剧《女神之再生》借助神话传说十分全面地体现了反抗现实的意志和创造进取的精神。当然，《女神》中还有诸多作品也从不同的角度表现了这两方面的主题。

比如，诗歌《我是一个偶像崇拜者》就通过对自然与社会中存在的一切象征生命力和创造力的事物的崇拜来否定现实生活中一切压抑生命、扼杀人的创造活力的黑暗统治和封建权威；《立在地球边上放号》则通过对仿佛能推倒地球的大洋伟力的赞美，来表达不断的毁坏、不断的创造才是推动万物万事变迁发展的永恒法则的思想；《笔立山头展望》更通过人类社会与大自然相互交融的壮丽图景来讴歌20世纪的科技文明和求异图新的进取精神。

其三，对大自然和祖国的歌颂。

郭沫若的边缘性身份也决定了《女神》中的不少诗歌以对大自然的歌颂和对祖国的歌颂为内容。

如前所述，郭沫若在其自传性的文学作品中是在国家、民族积贫积弱的宏大历史书写中确定自己的边缘性身份的，这种宏大的书写背景决定了郭沫若深味现实的黑暗，并将自己置身于腐朽现实之外，有一种茕茕孑立于浊世的情怀，这种情怀反映在《女神》诸作品之中，就是抒情主人公对自然的歌颂和沉醉，并在这样的歌颂与沉醉中得到心灵的释放和纾解。《女神》中的《晨安》《光海》《日出》等诗即是这方面的代表作。诗人在《光海》中唱道：

> 无限的大自然，
> 成了一个光海了。
> 到处都是生命的光波，
> 到处都是新鲜的情调，
> 到处都是诗，
> 到处都是笑：
> 海也在笑，
> 山也在笑，
> 太阳也在笑，
> 地球也在笑；
> 我同阿和，我的嫩苗，
> 同在笑中笑。

> 翡翠一样的青松，
> 笑着在把我们手招。
> 银箔一样的沙原，
> 笑着待把我们拥抱。
> 我们来了。
> 你快拥抱！
> 我们要在你怀儿的当中，
> 洗个光之澡！

> 一群小学的儿童，
> 正在沙中跳跃：
> 你撒一把沙，
> 我还一声笑；
> 你又把我推翻，
> 我反把你揎倒。

我回到十五年前的旧我了。

十五年前的旧我呀，
也还是这么年少。
我住在青衣江上的嘉州，
我住在至乐山下的高小。
至乐山下的母校呀，
你怀儿中的沙场，我的摇篮，
可还是这么光耀？
唉！我有个心爱的同窗，
听说今年死了！

我契己的心友呀！
你蒲柳一样的风姿，
还在我眼底留连；
你解放了的灵魂，
可也在我身旁欢笑？
你灵肉解体的时分，
念到你海外的知交，
你流了眼泪多少？……

哦，那个玲珑的石造的灯台，
正在海上光照，
阿和要我登，
我们登上了。
哦，山在那儿燃烧，
银在波中舞蹈，
一只只的帆船，
好象是在镜中跑，
哦，白云也在镜中跑，

这不是个呀，生命底写照！

阿和，哪儿是青天？
他指着头上的苍昊。
阿和，哪儿是大地？
他指青海中的洲岛。
阿和，哪儿是爹爹？
他指着空中的一只飞鸟。

哦哈，我便是那只飞鸟！
我便是那只飞鸟！
我要同白云比飞，
我要同明帆赛跑。
你看我们哪个飞得高？
你看我们哪个跑得好？①

　　该诗作为郭沫若最早的诗歌作品创作于 1920 年，并于同年发表于上海《时事新报·学灯》上。据说是得益于郭沫若在日本留学时与他的第一个儿子和夫在博多湾游戏时对儿童的细心观察。和夫出生于 1917 年，是郭沫若与其日本妇人安娜所生。由于当时经济窘迫，郭沫若只能自己抽时间带孩子。这样的生活为他在游戏中面对面地对儿子进行细致入微的观察创造了条件。在此期间，郭沫若写下了大量具有儿童心理体验的诗歌。《光海》就是其中一首。

　　在《光海》一诗中，郭沫若借助儿童的感觉印象观察、摹写光、色作用之下的大海和世界，并混合着儿童的想象和成人的回忆加以叙写和抒情，在类似于印象主义的色彩斑斓的画面中呈现出大自然奇幻的美的同时，在强烈的光色印象中引发抒情主人公对宇宙自然永动不止、生机勃勃的力量本质的认识，也表达了诗人在自然力的感召下，对人生创造不息、不断进取的感悟。

　　从《光海》创作的具体境况来看，郭沫若身处异国，跳出了国内落后封闭

---

① 　郭沫若. 光海［Z］. 女神［M］. 第 8 版. 上海：泰东图书局，1928.

的环境，又受到新的科学精神与人文理想的洗礼，这种空间上的边缘性身份使
其更能看清和体会在两种不同生存环境下的个体生命的生存状态，开放的环境
外加与儿子的游戏和某个偶发的自然景象的触动，等等，这一切均在机缘巧合
之下达到了对创作主体心灵一瞬间的升华与净化。正如郭沫若所说："诗是表情
的文字，真情流露的文字自然成诗。新诗便是不假修饰，随情绪之纯真的表现
而表现以文字。所以作诗——尤其是作新诗——总要力求'醇化''净化'……
作一诗时，须要存个前无古人后无来者的心理。要使自家的诗之生命是一个新
鲜的产物，具有永恒不朽性。这么便是'创造'。"①

应该说，郭沫若最初在创作像《光海》这样的赞颂自然的诗歌的时候，他
虽然还未成为国内公认的诗人，但这些诗的创作完全出于一种"自然生成"的
状态，个体生命的过往与现在的积淀都能完美地与大自然发生神奇的律动和融
合。可以说，郭沫若在此期间的诗歌作品具有较高的艺术价值，并被人们广泛
推崇和传颂。当宗白华最初读到到郭沫若从日本寄来的《光海》的诗稿时，就
曾情不自禁地称赞说："《光海》诗意境艺术皆佳，又见进步了。"② 20 世纪 90
年代，著名作家沙汀谈及《光海》对青年时代自己的影响时曾这样说道："那时
我在四川省立第一师范学校读书，每每星月流辉，我从南门大桥府河边走过时，
便情不自禁地吟颂起《女神·光海》篇来。"③

诗集《女神》，除了上述歌咏自然的诗歌外，歌颂祖国、表达爱国之情也是
十分重要的一个内容。虽然在《女神》的诗作当中歌咏自然和歌颂祖国、表达
爱国热情往往呈现出合二为一的状态，但是单纯地表达爱国情感的诗歌还是有
相当数量的，《凤凰涅槃》《炉中煤》《黄浦江口》《上海印象》等诗可算是这方
面具有代表性的典型作品。

《炉中煤》就是直接抒发爱国主义情感的一首诗歌：

---

① 郭沫若．樱花书简（唐明中，黄高斌编注）［M］．成都：四川人民出版社，1981.
② 三叶集·宗白华致郭沫若［A］．郭沫若全集第十五卷［C］．北京：人民文学出版社，
1990.
③ 沙汀．深切的怀念［J］．郭沫若学刊（增刊），乐山，1993，3.

炉中煤
——眷念祖国的情绪

（一）

啊，我年青的女郎！

我不辜负你的殷勤，

你也不要辜负了我的思量。

我为我心爱的人儿燃到了这般模样！

（二）

啊，我年青的女郎！

你该知道了我的前身？

你该不嫌我黑奴鲁莽？

要我这黑奴底胸中，

才有火一样的心肠。

（三）

啊，我年青的女郎！

我想我的前身

原本是有用的栋梁，

我活埋在地底多年，

到今朝才得重见天光

（四）

啊，我年青的女郎！

我自从重见天光，

我常常思念我的故乡，

我为我心爱的人儿

燃到了这般模样！①

---

① 郭沫若. 炉中煤 [Z]. 女神 [M]. 北京：人民文学出版社，1957.

诗歌十分明显地采用"拟物"和"拟人"两种手法，拟物是将抒情主人比拟为"炉中煤"，拟人则是把祖国比拟为"年青的女郎"。但是，一"物"、一"人"怎样碰撞、交流呢？随着诗歌的展开，诗人进一步再将"炉中煤"拟人化，将"黑奴"这个充满苦难意蕴的象征性形象与之联系起来；由此，一个"黑奴"对一位年轻女郎的充满激情的表白便构成了这首诗歌。如果抛开作品的副标题，仅从诗歌外在形式上看，这首诗更像一首爱情诗。

《炉中煤》作于1920年1至2月，距"五四"运动爆发已近一年。诗人内心因这场反帝爱国运动的冲击而激情涌动，对祖国的未来也充满了希望，但因身处异国他乡，这种空间上的边缘化处境更激发了他对祖国的思念。联系郭沫若的创作心理，诗中的"黑奴"这个象征性形象更多地投射了郭沫若的边缘性身份，这种边缘性身份的投射集中体现在两个方面：其一，"黑奴"的形象既是一个象征着中华民族苦难历史的形象，更是一个内心充满苦难意识和反抗意志的形象，而这种苦难意识和反抗意志正代表了诗人对民族苦难的体验和觉悟；其次，诗中"年轻的女郎"是中华民族新生的象征，而一个"黑奴"对一个"年青的女郎"的追求，则代表了诗人对民族复兴的渴求，表现了诗人弃旧求新的责任与担当，而这种责任和担当也体现了诗人对自身在新旧交替时代的边缘化身份的价值确认。

综上所述，郭沫若的《女神》在"五四"时代精神的统摄下，其表现内容主要集中在"张扬的自我和解放的人性""叛逆、反抗和创造、进取的精神""对大自然和祖国的歌颂"三个方面。这些表现内容在很大程度上是与郭沫若自身对其边缘性身份的价值认同相关的。而郭沫若关于自身边缘性身份的价值定位又与其对自身成长的特定时代的宏大历史背景的书写紧密关联。他所进行的宏大历史背景的书写常常以积贫积弱的中国历史现实和新旧转换的时代特征为内容，而他对自身边缘化身份的认定则把他自己强行地从其身处的黑暗年代脱离出来，同时这样的脱离，也为其茕茕孑立于浊世并终将改变这浊世的价值确认创造了条件。

客观地说，作为一个历史学家，郭沫若所进行的宏大历史背景的书写对于其所处的历史文化场域来讲，是有极高的历史真实度的。其对自身醒世、救世的边缘性身份定位和价值的确认，也体现了中国现代知识精英身上普遍存在的儒家入世、济世的优良传统。在郭沫若身上，由于这种传统和历史眼光的存在，他在《女神》中所呼唤、追求的一切理想也必将随着中国现代历史文化的发展，和其自身一起，最终实现从边缘的民间状态向新的时代主潮和正统嬗变。

就拿以科学、民主、自由为表征的诸多现代意识来说，在清末民初这个新旧交替的时代，确实是经历了一个从非主流到主流、从"边缘"到"庙堂"的蜕变过程。

具体来说，1915 年以《青年杂志》为先导发起的新文化运动确实为中国现代思潮的集结、演化和传播提供了一个十分重要的契机。但是一开始，新文化运动所提倡的全新的现代意识并未完成从非主流到主流的蜕变。包括从 1915 年到 1919 年间通过新文化运动和文学革命集结起来的先进分子和知识精英，他们在绝大多数的情况下仍然主导不了整个中国社会的意识形态，虽然他们持有的先进思想已经开始向几千年来一直占据主导地位的封建意识形态发起了前所未有的冲击，并必将在不久的将来取代旧的意识形态的统治地位。所以，包括郭沫若在内的先进分子作为新思想和新文学的先驱，他们必然要经历一个从边缘化的民间状态向新时代的正统和庙堂转化的过程。

就郭沫若"五四"时期的诗歌创作来说，在《女神》出版之前，诗人是以一个完全边缘化的现代知识精英的身份来创作《女神》之中的具体作品的，而且正是这种边缘化身份的价值确认给予了郭沫若创作的精神动力。这种源自诗人边缘化身份体验的精神动力，因充分吸纳了创作主体的生命体验，满溢着个体生命的内在激情，与《女神》中的具体诗歌作品所表达的"五四"现代意识血肉相连、不分彼此，其生命体验和"五四"现代意识共同构成了尝试后期新诗的融圆饱满的精神内核，使得现代新诗的抒情主体初步建立，并以张扬的自我表现和情感的直抒为根基，获得了以自由体新诗为表征的浪漫主义形式。正因如此，以郭沫若为代表的尝试后期新诗完全超越了以胡适为代表的尝试初期白话诗观念先行的写实主义的窠臼，现代诗学从此由"摹仿论"阶段进入到了"表现论"阶段。

1921 年诗集《女神》面世，其作品以最全面地表现"五四"时代精神和首开浪漫主义诗风的面貌出现在世人面前，《女神》所承载的现代意识据此完成了从民间的边缘到正统的庙堂的过渡。因为，经历了包括新文化运动和文学革命对现代意识的传播，更经历了以"五四"反帝爱国运动为代表的一系列重大政治历史事件的助推和新文学传播，新文化、新文学（包括新诗）所代表的现代思想和现代文化在意识形态领域已然洗尽尘垢，"荣登大宝"，真正实现了从"边缘"到"庙堂"的华丽转身。

第四节　从庙堂到"民间"：论小诗、湖畔"小我"的圆融天地

从文学现代化的立场来看，1917 年至 1921 年的尝试初期新诗，正处于"五四"运动的高潮时期，也属于新文学运动的初期，而新文学运动作为"五四"新文化运动的一部分，它实际上也是以新文化运动为代表的社会变革思想和文化革新思想发展到一定阶段后，对文学现代性的追求。这种现代性的追求，对于新诗来说，首先表现在诗歌形式本体的建设上，这方面的具体建设从时间顺序上看，是以白话入诗为开端，而后经由以胡适《尝试集》为代表的写实主义到郭沫若的《女神》的浪漫主义的出现为终结的；其次，对新诗的现代性追求还表现在诗歌精神本体的建设上，这方面的建设是建立在"文学是人学"这样一个现代精神本体界定的基础上的，在创作内容上则具体表现为对"五四"时代的新生活、新思想和新感情的表现与抒发。

就尝试初期新诗的现代化建设而言，新诗形式本体和精神本体两者是互为表里、互为支撑的，表现在具体的诗歌作品中，理应是一个融圆互通的整体。但是，以胡适为代表的尝试初期新诗在以白话入诗之后，虽然在新诗的形式建设方面开了先河，并在诗歌的表现内容上也大量纳入了"五四"新时代的新思想、新观念，却终因"观念先行"的创作缺陷，导致神与形无法融圆结合而坠入了"写实主义"泥沼。

直到 1921 年郭沫若的《女神》为代表的浪漫主义诗潮崛起之后，一方面，郭沫若奉持的自我表现的艺术本质观使《女神》将个体生命体验和"五四"现代意识融合在了一起，构建了尝试期新诗的融圆饱满的精神内核，使得现代新诗的抒情主体得以初步建立；另一方面，又因郭沫若在《女神》的创作实践中奉行"自然流露"的艺术形式生成观，创造了与主观情感的自然流动相呼应的浪漫主义热情奔放的外在形式，从而开创了现代新诗真正的自由体的先河。从此，尝试期新诗从以胡适为代表的"摹仿论"阶段进入到了以郭沫若为代表的"表现论"阶段。

如果仅从表现内容的角度将《女神》与尝试初期白话诗相比较，在展现以科学、民主、自由为特征的"五四"时代的新思想、新观念方面，两者几乎别无二致，因为他们都代表了"五四"思想文化启蒙的精英思想，都代表了时代前进的方向。然而，从现代新诗抒情主体建设的高度来说，《女神》把个体生命体验融入到时代精神的书写之中却显得尤为重要，因为个体生命体验的融入使新歌抒情主体显得更加圆融饱满，并以"表现自我"的浪漫主义诗学为根基，为现代新诗在内在精神的现代化方面打开了一条表现和探寻人的心灵世界的道路。

"五四"新文化运动所代表的启蒙时代是一个新旧交替的时代，也是一个新的世界体系和文化体系生成的时代。随着时代的发展，当《女神》出版之后，并经过文学的自我构建，《女神》所承载的"五四"新思想一下子突破原来的边缘性时空限制，从原先的某个阶层和群体的思想、意志跃升为新时代的主流思潮，这个主流的思潮也代表了新时代的"最强音"，成了高居"庙堂"之上的新的"正统"。如前所述，这个"正统"与诗人郭沫若的个人生命体验一起构成了《女神》的激情彭拜的抒情主体，也成就了《女神》之中的"大我"形象。这样一种从边缘到主流、从民间到庙堂的变迁，一方面使新诗在现代性建设上体现了对传统的批判性，另一方面，这种批判性自然会带来诗学承传上的断裂，而断裂也必然带来新的局限，以及由这种局限引发的新的创新需求的产生。也就是说，1921 年之后，如果说《女神》所代表的"时代精神"和"大我"是新诗在表现内容上光耀一时的主潮和庙堂之上的新正统的话，那么那些尚未在新诗中得以充分表现的、代表着更加鲜活的个体生命形态的个性化的心灵世界，就是这个"庙堂"之外、散落于民间的非主流。

细查 20 世纪 20 年代初至中期以前浪漫主义诗歌的发展历史，可以看到，郭沫若的《女神》所代表的反映时代精神的狂飙突进式的浪漫主义，并不能够代表此期浪漫主义诗歌的整体形态。联系浪漫主义的诗学主张，代表时代、"正统"的"大我"也确实并不是强调表现"内心要求"、轻功利、重艺术的浪漫主义诗歌的全部内容。

从浪漫主义自我表现的诗歌本质论来看，假如说强调个体生命主观情感的抒发是《女神》和小诗派、湖畔诗派的共同特征的话，那么小诗派和湖畔诗派诗作与《女神》的区别，就是他们把更加细致、更加个人化的生命体悟作为抒情主体的新元素加入诗歌当中，使得抒情主体在主观情感的抒发上较之于《女神》显得更加精微、更加细腻。所以，从新诗现代化的角度出发，我们可以把小诗派、湖畔派的出现看成是浪漫主义诗学在实现与传统的断裂之后的一次自我完善，这种完善十分恰当地反映了新诗现代化在批判性之外的另一个属性——反思性！

在新诗现代化的进程当中，批判性和反思性犹如一个硬币的两面，如果批判性主要表现为破坏、断裂和创新的属性，那么反思性则更多地体现为"抹平"、承接和完善的倾向。

所以，小诗派、湖畔诗派的出现，实际上是对以"自我表现"为根基的浪漫主义诗学的完善，这种完善一方面代表了对浪漫主义诗歌所主张的自我心灵观照的拓展，另一方面，从某种程度上讲，这种完善也是对旧的诗学传统扬弃之后的一次"抹平"和复归。

如果我们将 1917 年到 1921 年看作"五四"的高潮时期的话，那么 1921 年到 1925 年间，可算是"五四"的落潮时期，这个落潮期也是小诗派和湖畔诗派兴起的时间。

具体来说，1917—1921 年间，中国文化领域以科学、民主思想为特征的思想解放运动达到了顶峰，与此相应，中国社会现实也是风雷激荡，新旧势力之间的生死博弈此起彼伏，中国社会因此迎来了一个激情彭拜的浪漫时代。郭沫若《女神》的大多数作品均创作于"五四"高潮时期，其作品的内在精神因承载了乐观向上的时代激情，展现得更多的是民族国家的未来理想和复兴解放的希望。

1921—1925 年间，经历了短暂的浪漫和狂热之后，思想文化界精英们发现，曾经的民族国家的浪漫梦想并没有实现，社会现实仍然一如既往地黑暗。在这样的背景下，"五四"高潮时期的浪漫激情开始衰退，文学创作也开始注重对现实和心灵的冷静观照。一部分作家在对现实的严肃审视之中，走向了现实主义；另一部分人则由对时代最强音的呼喊和高歌猛进转向了面对主观心灵世界的低吟浅唱。所以，此期的小诗派和湖畔诗派的创作虽然与《女神》同属于浪漫主义，但其所选择的"表现自我"的形式却有别于《女神》：他们更多的时候是立足于"身内自然"，表达灵魂深处的情感震颤和生命体验，展示纯粹的、个人化的"小我"世界，对于承载时代话题的"大我"人生则少有涉及。

从过去到现在的一段时间里，研究界对《繁星》《春水》这两个冰心的代表作的研究，习惯以"爱的哲学"来概括其思想内容，并将其划分为母亲、儿童、自然三个方面。应该说这样的归纳确实从外在的题材表现的角度抓住了冰心诗歌的主要内容，但对冰心小诗的内在精神而言，研究者却遗漏了冰心个性化表现内容的成因。由于多数研究者常常仅从宽泛的"爱"的主题入手研究冰心小诗的表现内容，极少联系"五四"时代的影响、早期冰心的宗教情结和以仁爱为表征的儒家济世思想等三个相互关联的因素来考察，因此对冰心小诗更具个人化精神内核的认知就不可避免地流于浅陋。

伴随着封建伦理桎梏的松解和思想的解放深入，"五四"时代个性与生命觉醒的思潮引发了以宣扬和表现"爱"为主题的文学创作潮流，并使流派倾向不同的各类作家对之进行争相表现。比如，文学研究会的重要成员鲁迅，早在留日期间对中国国民性进行反省时就认为本民族缺少"诚"与"爱"，所以其开始文学创作的初期，即以自己的译品和文学创作来启发国人的理性①，灌注合于人道的精神，他说："我现在心以为然的，便只是'爱'。"② 再如，创造社的郁达夫则从"性的苦闷"题材以自叙传小说的形式，表达了对"爱"的渴求。此外，把表现"爱"和"美"作为文学创作主题的还有叶圣陶、王统照、许地山等人。

但是，由于冰心在"五四"高潮时期深度卷入反帝爱国运动，因此其在此期间的文学创作对社会问题高度关注，她在"五四"高潮时期的文学写作并没有一开始就顺应"爱的创作潮流"，而是把更多的精力集中在了"问题小说"的写作上。究其创作动因，主要是因为"五四"高潮时期狂飙突进式的积极浪漫主义时代风潮的影响，使儒家"济世救民"的思想在冰心内心占据了主要地位。

直到1921年以后，"五四"退潮时期到来，感时伤逝的时代苦闷形成了笼罩在时代上空的低气压，冰心作为女性作家所特具的细腻和温婉风格在她的文学创作中才得以彰显。这一方面表现在她问题小说的创作风格的转变上③，另一方面则表现在她的小诗的创作上。

---

① 鲁迅在自己的小说创作中一直力图消除人们之间积存的历史和文化等方面的隔膜，实现心灵的沟通；他的译述也多从这个角度着眼，可参看他译介爱罗先珂、安特莱夫和阿尔志跋绥夫等人的作品时写的序、跋．

② 鲁迅全集（第1卷）[M]．北京：人民文学出版社，1981：133.

③ 冰心1921年以前的问题小说以正面触及社会问题、时代弊端并直接提出"解决方案"为特点，1921年以后则以慰藉时代苦闷青年为目的。

而且，冰心内心强烈的宗教情结决定了其对待人生的宗教式的悲悯与神秘态度①，所以把人的生命看作是宇宙生成的生命是她的小诗常常表现的一个内容②，同时人赖以存身的宇宙的浩渺无边③、人的生命相对于人生宇宙舞台的渺小脆弱和迷茫无知④等等这一切，均让人感慨命运的无常和它任意左右生死的权威，由此，面对世事的失望、恐惧不禁油然而生⑤。正因如此，在自己的观察与思考中，冰心的小诗极易发现幼、弱者的不幸。一忽儿水面上小虫面临鱼儿威胁的画面会让她刹那生出内心的悸动⑥，一忽儿生机稚弱的小花触动胸间的柔软又会令她心生怜悯⑦……《春水·不忍》的最后一节就把冰心怜悯万物的心怀表现得十分彻底："上帝！在渺茫的生命道上，除了'不忍'，我对众生，更不能有别的慰藉。"⑧

但是，面对生命的渺小和命运的无常，冰心并没有以犬儒主义的态度对待生活。

一方面，正处于青春期个体生命意识迅速觉醒状态的冰心"五四"个性解放时代充满青春朝气的氛围有着强烈的契合与共鸣。正因这种共鸣的存在，冰心在《繁星》与《春水》中感受到人在宇宙中生存的渺小身份时，不但没有自我放弃，反而更加珍惜自己的青春与生命。所以，《繁星》是这样呼唤同龄人的："青年人啊，为着后来的回忆，小心着意的描绘你现在的图画。"⑨ 而且，似乎《繁星》《春水》中的一系列富含哲理感悟的诗篇都可以视为对这个呼唤的回应，因为那些都是冰心自觉把握人生的多种努力。在这样的时代氛围中，无论生命自然给予的是痛苦还是快乐，冰心都能心平气和地领受。

另一方面，由于宗教情结与儒家的仁爱济世传统的结合，"五四"退潮后人生的忧患和苦痛被冰心更多地关注，并在其小诗中对之竭力抚慰。这些抚慰，在她的小诗中体现为诸如以下充满慈慧之心的劝慰：人的心里总是隐藏着一颗

---

① 冰心所接受的宗教影响是多样的，既有早年接受的基督教教义，又有佛教和泛神论的思想。
② 冰心．繁星·一四［Z］．哈尔滨：北方文艺出版社，2014.
③ 冰心．繁星·一［Z］．春水·六〇［Z］．哈尔滨：北方文艺出版社，2014.
④ 冰心．繁星·九九［Z］．哈尔滨：北方文艺出版社，2014.
⑤ 冰心．繁星·一〇六［Z］．繁星·一一　［Z］．哈尔滨：北方文艺出版社，2014.
⑥ 冰心．春水·一〇四［Z］．哈尔滨：北方文艺出版社，2014.
⑦ 冰心．春水·一二一［Z］．哈尔滨：北方文艺出版社，2014.
⑧ 冰心．春水·不忍［Z］．哈尔滨：北方文艺出版社，2014.
⑨ 冰心．繁星·一六［Z］．哈尔滨：北方文艺出版社，2014.

烦恼的核①，人的苦痛、忧患就在于人们对本不分明的人生非要求的一个分明②；如欲解脱忧患、苦痛，不如亲近与顺应的自然；……。所以冰心醉心于童心的表现和描写全因童年的生命更近于自然。冰心不但发现了童年这份接近自然的因子，更认为儿童的细小的身躯里包裹着伟大的灵魂。③ 更进一步地，冰心小诗对永恒的母爱、唯美的自然的歌唱，都可从"自然回归"的本意上来理解。

冰心的小诗在立足于自我心灵表达的过程中，集中凸显了三方面的抒写内容，也即是宗教式的悲悯情结、生命的坚韧和忧患人生的抚慰。值得强调的是，冰心小诗的抒情主体的表现方式，较之于《女神》直接体现时代巨变的"大我"表达，具有天渊之别；其"自我表现"模式的特点是：关注抒情个体真实的感性人生，立足于"小我"的表达立场。这种"小我"立场，是对《女神》之后新诗抒情主体的有效完善与丰富。

湖畔诗派与小诗派几乎同时出现在 20 年代的诗坛。湖畔派尽管在表现母爱、童真和自然美方面的实际成就不如冰心和宗白华，在抒写现实与关注下层民众方面也赶不上写实诗派，然而，湖畔诗派与小诗派一样，都产生自 20 世纪20 年代初中期中国"新诗最兴旺的日子里"④。这是一个王纲解纽的时代，人们的视野和脑海填满了以不可阻挡之势冲击而来的新的观念。湖畔派诗歌与小诗派的诗作都同样具备为时尚所推崇的童真元素，尤其是他们以少年天性对内心情感的纵情歌唱与"五四"时代个性解放的审美观念正好相符。他们以童真的心唱出了与小诗派同样优美的歌。

另一方面，湖畔诗派的爱情诗在表现内容和表达方式上却与以冰心为代表的小诗派的含蓄蕴藉的诗风大异其趣。

湖畔派诗歌表现青春时代个体生命对爱情的真实体验和追求，诗中尽显热情青春和年少迷狂，心中的挚爱以童真的纯洁心灵进行袒露，海誓山盟的情愫用直言、呼告来表达。湖畔诗歌不仅在抒情话语方面超越了传统文人隐晦的"思夫""寄内""忆内"诗和赏玩女性（以不平等的态度）的香艳诗，更以

---

① 冰心．春水．一四六［Z］．哈尔滨：北方文艺出版社，2014.

② 冰心．春水·解脱［Z］．哈尔滨：北方文艺出版社，2014.

③ 冰心．繁星·三五［Z］．繁星·四三［Z］．繁星·七四［Z］．春水·六四［Z］．春水·一六九［Z］．哈尔滨：北方文艺出版社，2014.

④ 朱自清．新诗［A］．朱自清全集（第四卷）［M］．南京：江苏教育出版社，1990：208.

"理直气壮""堂而皇之""光明正大""毫无顾忌""坦率的恋爱告白"① 的方式超越了"五四"时代的前辈诗人。

由于青春年少湖畔诗派的诗人们不像他们的师长在心灵的下意识里还有较多的束缚，因而可以用毫无羁绊的心歌咏爱情。所以冯文炳曾说：湖畔诗人"真是可爱，字里行间没有染一点习气"②，湖畔的诗是"没有沾染旧文章习气的老老实实的少年白话新诗"③。从以少年心性表达一己真情来看，湖畔诗派与小诗派一样，都是以"小我"的真实体验构造抒情主体，与小诗派一起对早期浪漫主义以《女神》的"大我"形象为代表的抒情主体进行了开拓与丰富。

综上所述，1921 年至 1925 年的新诗尝试后期，随着郭沫若《女神》的出现，现代新诗的本体因经历了从尝试初期的社会的、群体的艺术观到个体的人的艺术观的变化，从而摆脱了摹仿论写实、客观的传统并成功地发展到了表现论阶段，对抒情主体在诗歌中的地位与作用更加强调。在此基础上，1921 年至1923 年间兴起，盛行至 20 年代中期的小诗派和湖畔诗派，则是表现论时期继郭沫若的《女神》之后的自然延伸和发展；因为抒情主体从"大我"到"小我"的转变，使得现代新诗在表现论之下抒情主体得到了进一步成长和完善——相较于以"大我"形象为表征的抒情主体，以"小我"为表征的抒情主体对个性化心灵的展示显得更加丰富生动，也更加精微细腻。

总之，由于个人的、个性化的抒情主体的确立，初期新诗的现代诗歌精神本体已经初步建立，这个精神本体是以人的个性化生命体验和真实情感表达为核心的。与此同时，无论是《女神》所进行的气势磅礴、慷慨激昂的浪漫抒情，还是小诗派居于自我心灵世界的精细刻画和琐碎的记录，抑或湖畔诗派对青春的纵情和对爱情的歌唱，都因个人的个性化抒情主体的确立而派生出了与之适应的风格各异的自由体形式。现代新诗也因之获得了灵动的生机，从此插上了在现代诗艺王国自由奋飞的翅膀。

---

① 汪静之．爱情诗集《蕙的风》的由来［N］．文汇报，1984－05－14．

② 冯文炳．谈新诗［A］．冯文炳文集［M］．北京：人民出版社，1985．

③ 冯文炳．谈新诗［A］．冯文炳文集［M］．北京：人民出版社，1985．

第五章

象征的引入："比"与"兴"的变异

1921 年郭沫若的《女神》出版以后，新诗自尝试初期进入到了尝试后期。新诗的现代化建设也从草创期进入到了初步建设时期。

1921 年前，在反传统的民间化思维模式下，初期白话诗的开创者在传统文人诗词主流之外，从以民歌和《诗经》为代表的非主流资源中借鉴了"比"与"兴"的表现方法，为草创时期新诗的形式建设服务。从 1921 年至 1925 年的尝试后期新诗，则进一步拓展了新诗形式现代化建设的思路，新诗人们在尝试初期新诗向民歌和传统诗歌非主流因素借鉴的基础上，把目光投向了域外，向西方象征主义和现代主义文学思潮进行借鉴，引进以"象征"思维为主的艺术表现手段，并以此对传统的"比""兴"思维进行了改造。

本章将主要论述在西方象征主义思维模式与创作方法的影响之下，中国诗歌的"比""兴"传统与外来的非正统的"象征"的融合与变异。

从表面上看，"比兴"与"象征"似乎只是一个艺术形式的问题，但是"象征主义"作为一种全新的思维方式与创作方法，在与"比""兴"融合之后，适应了现代历史文化背景下中国现代诗歌抒情主体更加丰富、细腻，精微地表现个性、表达心灵的需要，为现代新诗创造更加深邃、多变的诗美世界提供了广阔的艺术视野，也带来了现代新诗审美思维方式的巨大变化。这种变化主要有以下两个方面：

首先，在象征主义的影响之下，一部分白话诗中的"比"在思维方式上发生了改变，这些新诗在"比"的思维方式上由过去所熟稔的"近取譬"转向了"远取譬"的方式，传统的比喻思维的空间因思维方式的改变得到了拓展。

其次，"兴"的传统在"象征"融入之后也产生了两个显著的变化。一个是新诗在吸收了象征的思维方式之后，"象征性语境"的构造取代了对原始"兴象"的简单借鉴。另一个是，"缘物起情，随物宛转"思维方式下产生的"托物言志"的传统手法经过"象征"的改造，形成了"整体象征""局部象征"和对抽象事物象征这三种全新的表现手法。

由于"象征主义"对传统的"比兴"审美思维方式的改造，以及"象征主义"神秘、幽深、超验的美学特征对现代新诗未来可能发生的影响，我们似乎可以预测：象征主义浪潮的兴起与掘进必将导致中国现代新诗"纯诗化"追求新时代的提前到来。

第一节　象征对"比"的改造

新文学初期从西方传来的"象征"的概念和中国传统诗歌中的"比""兴"的概念一样，其本身不仅是一个普通的修辞学概念，同时还具有审美思维方式的方法论含义。

象征在西方世界最初是从宗教起源的，但是象征不同于中国的"比""兴"，因为西方哲学中没有"天人合一"的思想。

在"天人合一"思想的影响下，主体对客体的尊重是"比""兴"的特点，让审美主体达成"忘我"的、"物我交融"的"澄明"境界是传统的"比""兴"思维的追求。在西方，由于象征产生于宗教，它要求审美主体主动地沉浸在宗教氛围之下的"迷狂"之中，审美主体必须充分调动与信仰相关的想象力对"象征体"进行抽象和变形，而后获得一个虚拟的、"有意味"的、富有"神谕"色彩的隐喻和暗示。

在西方古典哲学的早期，从毕达哥拉斯以数理思考世界的本源，经苏格拉底对"理性神"的引入，到柏拉图对"理念世界"的向往，使得西方后世文化在此基础上形成了注重纯粹的逻辑抽象和世界理性的终极追问的特征①。所以，对"世界理性"的强烈追求和人与自然、人与上帝的矛盾对抗贯穿了西方文明的发展进程。人类用自己的智慧和力量战胜自然、改造自然、利用自然的历史就是整个西方文明的发展史。而西方人文发展史的一大特点就是：代表人类理

---

① 这方面在西方古典哲学家那里常常体现为对所谓世界本体或"理式"的阐述，其特征常常表现为精确地描述和掌控世界本质的企图。

性的精神力量在不断成长和强大，直至最终企图利用规则超越世界理性。在这样的文化传统基础之上，西方早期象征艺术宗教似的主观"迷狂"（笔者将之叫作"对于上帝或真理的崇拜"）及其强调主体意志以"象征思维"对外物展开抽象、变形（笔者将之称为"对于上帝或真理的猜测与谋逆之心"）的矛盾得到了统一。由此可见，正是宗教信仰的传统和抒情主体主观意志的结合产生了西方诗歌的象征艺术。而西方后来的象征主义也完整地继承了象征艺术的早期特征，十分强调抒情主体的联想与抽象能力。

西方近现代时期象征主义在 19 世纪中叶起源于法国，此后"象征"的艺术思维模式就被大量地在文学作品中加以运用，从 20 世纪 20 年代起象征主义迅速地发展成了波及全球的现代主义文学浪潮。至此，"象征"早已不能按照一般的修辞学的范畴来理解，它已经发展成为一种统御了诸如比喻、联想、拟人、通感、夸张等众多修辞手法的审美思维方式。我们也正是在此高度之上将"象征"与"比""兴"看成东、西方诗学中可以进行比较研究的两种审美范畴。

关键是，借助具体的外物来表现主体的思想和情感对"比""兴"与"象征"而言是完全一致的，所以二者在表达方式上是极其相似的，而这种相似也最终变成了外来的"象征"被新诗里的"比""兴"所容纳的条件。当然，这样的容纳也可看作是"象征"对传统的"比""兴"思维的改造。

由于审美起源的同源性，在中国传统诗论里"比"和"兴"常常是两个"互陈"的范畴。当然，在尝试后期新诗接纳象征的过程中，"比""兴"作为两个不同的审美范畴，它们与象征的融合还是存在着明显差异的。

前述第三章第二节论及朱自清曾把"比"的思维方式划分为"近取譬"和"远取譬"两种。诚如朱自清所说，在中国传统诗歌当中"比"更多的时候采用的都是"近取譬"的思维方式。一般情况下西方诗人运用比喻时却并不强调"近取譬"和"远取譬"孰轻孰重、孰好孰坏，这与中国传统诗歌的"比"更注重"近取譬"的思维方式有较大区别。然而，在西方诗歌里当比喻作为一种修辞手法服务于象征主义的审美思维方式时，比喻的思维方法就必须符合象征艺术对审美主体主观能动性的要求，比喻思维将因主观联想和抽象的想像的需要而更多地倾向于选择"远取譬"的思维形式。这就是为什么我们读西方现代诗歌会感到它们的"喻体"和"本体"之间的关联常常会因超出了习惯性思维而显得难以琢磨。正因为对比喻思维"近"与"远"的不同要求，导致了西方现代诗歌对比喻的主观联想力和抽象的想象力的强调。波特莱尔作为法国象征主义诗歌艺术的开创者，其十四行诗《相应》（Correspondances）对象征主义的"远取譬"比喻思维模式进行了最为形象的解读：

大自然是座庙宇，有生命的柱子
不时发出隐约的语声，
人走过那里，穿越象征的森林，
森林望着他，投以熟悉的眼神。

如同悠长的回声远远地汇合
在一个幽暗深邃的统一体中
广阔得如同黑夜连接着光明——
香味、颜色和声音交相呼应。

有的香味新鲜如儿童的肌肤，
柔和犹如洞箫，翠绿犹如草场，
——有的香味呢，腐败、浓郁而不可抵御。

像无极无限的东西四处飞扬，
如龙涎香、麝香、安息香和乳香
那样歌唱心灵和感官的狂热。①

　　诗歌起首第一行以"大自然"和"庙宇"构成了一个比喻句，如果使用"近取譬"的思维就会发现无法找寻本体和喻体之间的联系，因为本体"庙宇"和喻体"大自然"之间的关联超出了"近取譬"的思维模式。在"远取譬"的思维模式之下，诗人主观抽象思维的强烈介入是大自然和庙宇相互关联的基本条件，而且也正由于"远取譬"思维模式才使得全诗在思维方式上具有了"象征主义"强调审美主体主观能动性的特点。也因为对审美主体主观思维能动性

①　法国文学史［M］. 北京：人民文学出版社，1981：317－318.

的调动，该诗中的比喻都已不再是修辞学层面的比喻修辞，其中的比喻已经上升为以比喻为表征的象征主义的审美思维方式，诗中的通感、联想、夸张等等修辞手法均为被"比喻思维"所统摄，并和比喻一起服务于象征性意蕴的传达。

正因为如此，诗人不仅在第二小节把"象征的森林"之下由众多奇景组成的犹如一个"幽暗深邃"的生命"统一体"的奇幻世界和"大自然"这座"神庙"关联在一起，而且还在全诗第一至第四小节中以比喻的方式将作为表象世界的"象征的森林"和"悠长的回声"，广阔的象征世界和连接着黑夜与光明的空间，生命的味、色、声和肌肤、洞箫、草场，"无极无限""四处飞扬"的生命气息，各种迷醉人心的香味等等一组组本体跟喻体联系起来，透过自然表象以夸张、联想、象征、通感等修辞手法将主体与客体之间神秘而细腻的、丰富多彩的多重交互感应表现得淋漓尽致。

整首诗歌把比喻当作表现象征性意蕴的核心手段，以缤纷的色彩和充满感性诱惑的隐喻性描写将"远取譬"的魔力凸显无遗。

上述例证说明，在"象征"这一独特的审美思维的作用之下，在西方诗人那里，比喻修辞的思维方法和我们习惯的传统方式有着极大的不同。当比喻修辞服务于象征主义的审美思维的时候，比喻思维的"远取譬"方式更加符合象征主义的创作方法对主观抽象和主观想象的要求。

1921 年至 1925 年间，随着西方诗歌象征主义、现代主义诗潮的传入，"远取譬"比喻思维逐步被借鉴到新诗创作之中，使得现代新诗逐步远离了传统诗词偏重于"近取譬"的比喻思维模式。

郭沫若发表于 1921 年的《女神》中险奇乖张的比喻就已引起诗坛的注意。诗集以"远距离"的令人耳目一新的比喻思维传达了作者丰富的主观感受和情绪。

《凤凰涅槃·序曲》中有如下诗句："茫茫的宇宙，冷酷如铁！/茫茫的宇宙，黑暗如漆！/茫茫的宇宙，腥秽如血！/……"[1]；"……/宇宙呀，宇宙，/我要努力地把你诅咒：/你脓血污秽着的屠场呀！/你悲哀充塞着的囚牢呀！/你

---

① 郭沫若. 凤凰涅槃 ［Z］. 北京大学、北京师范大学、北京师范学院中文系中国现代文学教研室. 新诗选（第一册）［M］. 上海：上海教育出版社，1979：37.

群鬼叫号着的坟墓呀！/你群魔跳梁着的地狱呀！/你到底为什么存在？/
……"① 这些诗句表现了对旧世界的诅咒。无论是第一小节中"宇宙"和"冷酷
如铁""黑暗如漆""腥秽如血"等喻体的比喻关联，还是第二小节里喻体"囚
牢""屠场""地狱""坟墓"等喻体和本体"宇宙"之间的关联，均已脱离了
传统诗词所熟悉的"近取譬"的思维模式，形成了"远取譬"的关系。因为上
述诗句首先将"旧中国"这个特定的含义赋予了"宇宙"这个象征本体，所以
诗句中的所有喻体都表达了诗人对于"旧中国"的主观认知，而这些主观认知
是通过充分调动抒情主体的联想和想象才呈现在和本体"宇宙"的比喻关联之
中的；也就是说，在上述比喻句中，原本和本体"宇宙"不存在联系的喻体是
在诗人主观能动思维的作用之下才和本体"宇宙"发生了关联。这种建立在抒
情主体个性思维上的比喻关系就是我们所说的"远取譬"的比喻关系。

《凤凰更生歌》是诗剧《凤凰涅槃》的高潮部分。诗人采用了系列排比句
来赞美"凤凰"的新生："一切的一，更生了！/一的一切，更生了！/我们便是
他，他们便是我！/我中也有你，你中也有我！/我便是你！/你便是我！/火便
是凰！凤便是火！/翱翔！翱翔！/欢唱！欢唱！""光明便是你，光明便是我！/
光明便是'他'，光明便是火！/火便是你！/火便是我！/火便是'他'！/火便
是火！/……"②

乍看起来上述诗行主要是由一些颠来倒去的陈述句、判断句构成，其中的
诗意实在是难以解读，但若结合"五四"时期郭沫若独特的思想状态，将郭沫
若在"五四"思想启蒙运动激励之下对个性精神和民族精神觉醒的期待联系起
来，并将郭沫若创作《女神》时正旅居日本且深受欧洲泛神论思想和老庄哲学
双重影响的思想状态也作为一个重要背景的话，解读这些诗句并不十分困难。
在这一系列排比句中，由"一"和"一切"之间，第一、二、三人称之间，第
一、二、三人称与火、凤凰、光明之间乃至火、凤凰、光明相互之间的交互关
系所喻指的象征寓意，实际上融合了郭沫若在主观思想上对理想的个性精神和
民族精神的歌颂与理解，在泛神论和老庄思想的烛照之下，那是一种我他无间、

① 郭沫若．凤凰涅槃［Z］．北京大学、北京师范大学、北京师范学院中文系中国现代文
学教研室．新诗选（第一册）［M］．上海：上海教育出版社，1979：37 - 38.
② 郭沫若．凤凰涅槃［Z］．北京大学、北京师范大学、北京师范学院中文系中国现代文
学教研室．新诗选（第一册）［M］．上海：上海教育出版社，1979：44 - 45

个性与共性相融、个体和群体和谐相交的、激荡着澎湃生命活力的状态。

由于《女神》中诸多诗歌对"象征"的采用，在"比喻"的方法中加入了"远取譬"的思维方式，"比喻"的思维空间得到了前所未有的拓展，从本体到喻体的联想空间变得更加广阔，所以，在《女神》代表作《天狗》当中，抒情主人公"我"与"天狗"之间的联系完全是通过"远取譬"的方法建立起来的，"天狗"形象赋予了抒情主体无穷的力量和吞噬日月星辰乃至整个宇宙的能力，更使得抒情主人公"我"升华转化为"五四"时代觉醒的个性精神的象征。除了《凤凰涅槃》和《天狗》之外，在《女神》的其他诗篇之中到处可见这样的诗句——"我这瘟颈子上的头颅/好像那火葬场里的火炉"[1] "你高张的白领如戴雪的山椒"[2] "倡导太阳系统的妖魔，离经叛道的哥白尼呀！/倡导人猿同祖的畜牲，毁宗谤祖的达尔文呀！"[3] "你（指黑暗的夜[4]）是贫富、贵贱、美丑、贤愚，一切乱根苦蒂的大熔炉""月儿呀！你好象把镀金的镰刀。/……/白云呀！你是不是解渴的凌冰？"" 我饮一杯水，/我知道那是你的乳，我的生命羹"[5] ……

《女神》中对"远取譬"的比喻思维的运用可谓比比皆是。在《女神》中，中国传统的以"近取譬"为代表的比喻思维已经被外来的以"象征"艺术为中心的"远取譬"的思维模式大大改造和拓展了。继此之后出现在新诗史上的诗歌现象和流派也在不同程度上继承和发展了"远取譬"的思维方法。

我们仅从时间上离《女神》比较近的"湖畔派"诗人的诗歌作品里就可以看到这种影响。短诗《伊的眼》是湖畔派诗人汪静之的著名诗作：

> 伊的眼是温暖的太阳；
>
> 不然，何以伊一望着我，
>
> 我受了冻的心就热了呢？

---

① 郭沫若. 火葬场 [Z]. 女神 [M]. 第 8 版. 上海：泰东图书局, 1928.
② 郭沫若. 电光火中·三（赞像——Beethoven 的肖像）[Z]. 女神 [M]. 第 8 版. 上海：泰东图书局, 1928.
③ 郭沫若. 匪徒颂 [Z]. 女神 [M]. 第 8 版. 上海：泰东图书局, 1928.
④ 笔者注.
⑤ 郭沫若. 地球，我的母亲 [Z]. 女神 [M]. 第 8 版. 上海：泰东图书局, 1928.

伊的眼是解结的剪刀；

不然何以伊一瞧着我，

我被镣铐的灵魂就自由了呢？

伊的眼是快乐的钥匙；

不然何以伊一瞅着我，

我就住在乐园里了呢？

伊的眼变成忧愁的引火线了；

不然何以伊一盯着我，

我就沉溺在愁海里了呢？①

为了表现处于热恋中抒情主体的敏感和迷狂，诗歌以抒情主人公的心理感受为基础将"太阳""剪刀""钥匙"和"引火线"四个看似无关的喻体与本体"伊的眼"关联起来，形成了一连串别有韵味的比喻，生动地表现了"当事人"意乱情迷的心境。如果作者不发挥抒情主体的主观感受，四个喻体和本体之间新颖独特的比喻关联就不可能建立。而且这样的"远取譬"的巧思也只在近现代少数民族民歌中才能见到，其独创性完全超越了此前汉民族的古典诗歌。

"远取譬"还被汪静之运用到他的许多脍炙人口的诗作之中，像"悲哀是无边的天空，/快乐是满天的星星。/……/深深的根是悲哀，/碧绿的叶是快乐。/……/海中的水是快乐，/无涯的海是悲哀。/……悲哀是无数的蜂房，/快乐是香甜的蜂蜜。/……"② 这样的诗句在汪静之同期作品里随处可见。而《时间是一把剪刀》一诗更是公认的经典：

时间是一把剪刀，

生命是一匹锦绮；

一节一节地剪去，

---

① 汪静之. 伊的眼 [Z]. 北京大学、北京师范大学、北京师范学院中文系中国现代文学
　教研室. 新诗选（第一册）[M]. 上海：上海教育出版社，1979：143.
② 汪静之. 无题曲 [Z]. 寂寞的国 [M]. 北京：人民文学出版社，1985.

等到剪完的时候，

把一堆破布付之一炬！

时间是一根铁鞭，

生命是一树繁花；

一朵一朵地击落，

等到击完的时候，

把满地残红踏入泥沙！①

诗歌由两个小节组成了简短的结构。每小节的一、二行以相似的比喻句在"时间"和"剪刀""铁鞭"、"生命"与"锦绮""繁花"之间建立了比喻关联，并在此基础上将其对置于每一小节之中，深刻地表现了抒情主体在"时间"与"生命"的对抗之中体味到的人生虚妄的悲剧感受。正是由于作者主观生命体验和抽象的想象力的介入，才把看似无关的本体和喻体联系到了一起。

另一方面，检查尝试后期的新诗，可以发现继郭沫若的《女神》之后，中国诗歌传统的"近取譬"方式仍然被不少诗人的作品保留了下来。像"童年呵！/是梦中的真，/是真中的梦，/是回忆时含泪的微笑"② "我们都是自然的婴儿/卧在宇宙的摇篮里"③ "这些事——/是永不漫灭的回忆；/月明的园中，/藤萝的叶下，/母亲的膝上"④，等等，都是冰心的诗集《繁星》《春水》里保留了"近取譬"方法的诗句。这样的"近取譬"让诗歌充满了一种温软安适的不以张扬疏离为特点的温婉气质，同样显得诗韵十足。

那么，我们应该怎样看待西方的象征艺术对尝试期新诗的影响呢？

一方面我们要看到西方象征主义的思维方式确实对尝试后期现代新诗的比喻方法产生了深刻的影响，这种非正统外来因素也在很大程度上促进了尝试期

---

① 汪静之. 时间是一把剪刀 ［Z］. 寂寞的国 ［M］. 北京：人民文学出版社，1985.

② 冰心. 繁星·二 ［Z］. 北京大学、北京师范大学、北京师范学院中文系中国现代文学教研室. 新诗选（第一册）［M］. 上海：上海教育出版社，1979.

③ 冰心. 繁星·四一 ［Z］. 北京大学、北京师范大学、北京师范学院中文系中国现代文学教研室. 新诗选（第一册）［M］. 上海：上海教育出版社，1979.

④ 冰心. 繁星·七一 ［Z］. 北京大学、北京师范大学、北京师范学院中文系中国现代文学教研室. 新诗选（第一册）［M］. 上海：上海教育出版社，1979.

新诗的现代化建设，另一方面，我们也应该看到传统的"近取譬"的比喻方法并未从此消亡。在此后的新诗发展历程中，经由从"新月诗派"、象征诗派到"现代诗派"的探索，"远取譬"和"近取譬"这两种比喻思维方法逐步得到了融合，并在不同的艺术探索方向上产生了更为精美的艺术表现形式。

关于象征对"比""兴"的改造，要强调的重点不仅仅是它的"反传统意义"，更值得注意的是，在客观上这种"改造"的完成使得一种"新的话语形式"逐步输入到了现代新诗中来。而新的话语形式的输入，让新诗增加了无限的艺术表现活力，并使新诗在艺术形式上与老旧的传统诗歌有所区别，从而也使现代新诗在表现令人复杂多变的思想情感时显得更加得心应手。

第二节　象征和"兴"的融合

以"兴"为代表的艺术表现方法在中国传统诗学中确实经历了由因"比""兴"而产生的"物化"，再到"缘物起情，随物婉转"的发展路径。在这一发展过程中，关键是主体与客体的交融。

站在文化人类学的角度，先民的生产、生活确实与"兴"的起源密切相关。闻一多在其研究中国古典诗歌与神话关系的论著《诗与神话》中，就将原始隐语与"兴"结合起来进行考察，完全摆脱了从训诂等典元文化探讨"兴"的老套，真正地触及到了"兴"的起源的本质。

在早期人类那里，审美活动与艺术创造的浑朴性是其共同特征，在那时原始的艺术审美活动是集狂热的生命冲动与对外物的非理性感知于一体的，因此远古先民的诗歌创作也往往和音乐、舞蹈等艺术活动相伴随，强烈的原始生命意识的表达就是诗。正如格罗塞所说："最低级的抒情诗，是以音乐的性质为主，而诗意不过是次要的东西。"① 从时间上看，与绘画等造型艺术相比，人类历史上诗歌出现的时间是比较晚的。诗歌在与音乐舞蹈相伴时，往往是以一种立体状的生命冲动呈现出来，以发声宣泄为主很可能是早期诗歌的一大特征，那时诗歌的表义也可能是从属性的，因为在劳动或集体宗教祭祀活动中出现的

---

① 格罗塞. 艺术的起源 [M]. 北京：商务印书馆，1985：266.

诗歌只是一种充满感性的节律性歌词。而所谓"兴",它的原始雏形可能就是这种节律性的歌唱向诗歌转化的最初中介。

从"兴"与先民的原始音乐、舞蹈的关系,似乎可以推测传统诗歌音乐元素的来源。宋代郑樵在《通志·昆虫草木略序》中说:"诗在于声,不在于义"①"夫诗之本声,而声之本在兴。"②认真考察《诗经》、乐府诗和传统民歌中使用的"兴"就会发现,诗歌中用于"起兴"的诗句在传达情、义方面一般都没有十分明确的意蕴,这说明最初的"兴"确实起源于原始先民声音与舞蹈混合的活动,在这样的活动中,声音与舞蹈只是为了引发宣泄。

而"兴"对承传千年的中国诗歌到底带来了怎样的影响和传统呢?

《说文解字》讲:"兴,起也。"③依据这一解释,"兴"是中国早期诗歌最基本的引发情志的方式。在华夏远古时代,"兴"产生于先民集原始歌舞为一体的艺术活动,原始生命的活动也因"兴"的艺术表现方法的出现得到了升华:在原始的歌舞活动中先民通过"兴"的语言形式缘心感物——诗歌由此获得了独立的语言形式。这样的升华既使人能真正认识到艺术的源泉就是生命与情感,又能使人了解到先民的生命冲动是怎样在"兴"的推动之下走向艺术的形式之美的。

艺术并不等于情感与冲动,原始的情感与冲动作为源于生命深处的狂暴力量,往往还与暴力、恐怖、丑恶相伴随。生命冲动与情感要转化为艺术之美,除了后天的理性精神的内在要素外,"使情成体"的表现形式的获得必不可少。"兴"让先民内在生命的感性情思和外部世界亲切熟稔的物象产生了联系,使情感与语言构筑的诗意形式(物象)融为一体。正所谓"欲先言情,必先咏物":在先民最初的艺术活动过程中,通过"兴"将客观对象主观化,让物象凝聚人生的丰厚意蕴,此即所谓的"物化",也即主观经由"兴"的形式融汇于客观过程。"物化"的过程即内在的生命情感与冲动获得外在的艺术形式的创造升华过程,这也恰好证明了康德关于"美在于形式之中"的论断④。

中国最早的诗歌总集《诗经》中隐藏着许多原始"兴象"。"先言他物以引

---

① 郑樵.昆虫草木略序 [A].通志 [M].杭州:浙江古籍出版社,2007.
② 郑樵.昆虫草木略序 [A].通志 [M].杭州:浙江古籍出版社,2007.
③ 许慎.说文解字 [M].北京:中华书局,2001:五九下.
④ [德]康德.判断力批判 [M].宗白华,译.北京:商务印书馆,1964.

起所咏之词"的原初模式往往是这些原始"兴象"的表达方式。在《诗经》中"兴"以先民日常生活里常见的山川河流、鸟兽虫鱼为"兴象"的居多，如《邶风·燕燕》《卫风·有狐》以鸟兽起兴；《郑风·野有蔓草》以草木起兴；《陈风·衡门》则以鱼类起兴。《诗经》中一部分诗歌的"兴象"也会出现比较少见的带有明显想象特征的虚拟动物，这是原始宗教在先民意识里的反映，如《周南·麟之趾》《大雅·卷耳》等便属此类。

《诗经》中的原始"兴象"，在具体诗歌表情达意中虽然仅仅是起到最简单的"引起所咏之词"的"起兴"作用，却生动地保留和再现了先民主观情志"物化"（对象化）的最初形式。

今天"兴"的原始宗教成分与原始生命的宣泄色彩，随着中华文明与理性精神的发展逐渐消退了，而"缘物起兴，随物宛转"这种由"兴"逐渐发展起来的主观情感的"物态化"模式，则早已成为传统诗词最基本的表达形式之一。也就是说，先民们以"他物＋抒情"的"兴"为代表的简单抒情方式，在融合"天人合一"的哲学观念以及心物一体的审美观念之后，在后世已经发展变化为借助外物表达情感、主体与客体相交融的独特的情感抒发方式。这种抒情方式的最小表意单位是"意象"，它的最高艺术形式就是对"意境"的构造。意象是某一特定的主观意念与某一物象相结合的产物，代表了传统诗学建立在心物一体、物我交融基础上的审美观念。而意境则是传统美学的最高范畴，在"天人合一"哲学理念之下，意境也是传统诗艺范畴中颇具魅力的精神之美。

由上述可知，在后世文人诗歌中涉及"兴"的单一的"他物＋抒情"手法的运用是比较少见的。"兴"的最初形态已经渐渐地退出了文人诗歌，只是在后世的民歌当中"兴"的最初形体才有比较完整的保留。"兴"在正统的文人诗歌中已经退隐成一种潜在的话语原型，而以它为起点的"缘物起情，随物宛转"和"托物言志"的审美思维方式在古代文人诗词中却大行其道。

一、从原始的"兴象"到象征性语境的构造

翻阅初期白话诗的发展历史，可以发现，初期新诗对"兴"的原始手法的借鉴即使在尝试初期的一些新诗人那里，也已经不再是唯一的方式。"兴"的审美思维与"象征"的融合在尝试初期就已开始出现，而缘起于"兴"的"缘物起情，随物宛转"和"托物言志"的抒情方式在尝试后期的新诗中与"象征"

的融合更是大量出现，"象征"对于"兴"的传统的改造，在尝试后期的新诗里也得到了进一步的加强。

其实，即使是新诗尝试期的初期，面对一些白话诗的作品，到底哪一首诗运用的是传统的"缘物起情，随物宛转"的方式，哪一首又是运用的"象征"手法，人们对此已经很难分清，因为这些诗歌已经综合地运用了这两种方式。

早期白话诗人中，沈尹默以诗歌凝练含蓄、构思好、意境美而著称，其诗作《月夜》在当时备受称赞，现特将其摘录于下：

> 霜风呼呼的吹着，
> 月光明明的照着。
> 我和一株顶高的树并排立着，
> 却没有靠着。①

"与树比高，不倚不靠"的独立人格是这首诗歌的主要内容，符合"五四"时代的个性解放思想。但诗人没有选择直接抒情或者是议论的方式，而采用的是一种"客观描述"的方式（这应该也可以算作初期白话诗"以文为诗"的常见方式），亦即先通过对外在景物"霜风""月光"的描绘引入，再以"我"和"树""并立"状态的形象描述来表达诗歌的主旨。首先，这是一种由对"外物"的描绘引入，再以客观的形象描绘来曲折表达的方式，在这种表达方式里我们确实能看到起源于"兴"的"缘物起情"的抒情方式；其次，诗中所蕴含的"与树比高，不倚不靠"的独立人格，其"象征"意蕴也是明确而强烈的，所以该首诗对象征手段的运用也是无法否认的。

康白情《月夜》一诗十分清晰地显示了传统的"缘物起情"抒情模式与象征手法的一种融合方式——既以"外物""起兴"，又通过象征性的暗示传达情志。

类似的例子还有康白情的《和平的春里》：

> 遍江北底野色都绿了。

---

① 沈尹默. 月夜 [J]. 新青年, 1918–01, 4 (1).

柳也绿了。

麦子也绿了。

细草也绿了。

水也绿了。

鸭尾巴也绿了。

茅屋盖上也绿了。

穷人的饿眼也绿了。

和平的春里远燃着几团野火。①

《和平的春里》一诗最初收录于康白情的诗集《草儿》。在初期白话诗人里康白情之所以被称为"设色妙手"，主要是因为他长于设景抒情。就以《和平的春里》这首诗来说，作品设景抒情的方式很是特别。该诗通篇九行，前七行抓住一个"绿"字一句一物地描写初春时节原野中的自然景物，着力渲染初春时节生机盎然的乡野景致。关键是，在充分表现万物勃生的春天气象之后，诗歌到第八与第九行时，突然笔锋一转，去描绘那些同样生活在春野之中的"穷人"们的"绿"的"饿眼"以及远远的原野之上燃烧着的"几团野火"。表面上作品仍然没有脱出对春天景色的描绘，但"饿眼"的"绿"，却显得那么突兀。在对突兀的"饿眼"与"远燃着"的"野火"的描绘里，诗人是运用了象征的方法，以此来隐喻像春草一样勃生、如野火一般蔓延的饥民们的仇恨。

这首诗在表达方式上与沈尹默的《月夜》一样，都是先通过"外物""起兴"，再以"象征"性的隐喻传达情志，只是后者对象征性意境的构造显得更加自然、更加成熟。

在《月夜》《和平的春里》等为代表的早期新诗把"缘物起兴"的传统与外来的象征手法融合起来的时候，传统的"兴"实际上已经被改造了。所谓"兴"，已不再是单纯的一两个不具备明确意义的原始状态"兴象"，这些引发情志的"兴象"已经发展成为与象征性的语境构造相关的环境描绘，而象征性语境的构造又完全是为诗歌象征性主题的表达服务的。

---

① 康白情. 和平的春里 [Z]. 见：北京大学、北京师范大学、北京师范学院中文系中国现代文学教研室. 新诗选（第一册）[M]. 上海：上海教育出版社，1979：143.

二、从"托物言志"到整体象征和局部象征

象征与"兴"的思维传统融合的另一种方式是，废弃单纯的"缘物起兴"，将从"缘物起兴，随物宛转"传统之下发展而来的"托物言志"与象征手法相结合，形成以"整体象征"和"局部象征"为代表的全新表现手法。

"托物言志"的艺术表现手段对于中国人来说是十分熟悉的，它是中国传统诗词所独有的艺术表现手法。而且"托物言志"也是经由"兴"借助外物的"物化"方式发展起来的，它与"随物宛转"的本质一样，要求情感的表达要经过主观与客观外在物象的融合来实现，并拒绝以议论或情感的直抒方式来表现主观的情志，主张以对浸润了主观体验的物象来直观地表达主观的情感和思想。

由于"天人合一"早期哲学观念的影响，对具体事物的抽象与追问不是中国传统文化所强调的。同样，虽然"意象"出现在中国传统诗论之中的时间要远远早于西方，但是，在中国传统诗论中追究单个艺术形象的隐喻含义的"意象"理论并不发达。与西方文化注重通过对具体物质现象的追问来把握世界抽象的"理性"和本质规律不同，中国古典文化强调站在日常的感性经验的角度，以浑圆、宏观的方法实现对"天""道"的认知和体验，这就是古典诗词强调对艺术作品整体"意境"构造的原因。而且，在几乎所有关于"意境"的古典文论里，诗论家们也并不十分地执著于对诗歌的具体情境、氛围的隐喻性内容的追寻，他们更多的时候关注的是在"物我两冥"的状态之下对诗歌的"境界"和美感的把握。早在春秋战国时期庄子就说过："可以言论者，物之粗也；可以意致者，物之精也；言之所不能论，意之所不能察致者，不期精粗焉。"①正因如此，"神会""妙悟"之说在传统诗论中显得十分地发达。

"象征"与"托物言志"在初期白话诗阶段的结合，体现了中、西方文化在中国现代新诗领域的碰撞。

（一）"整体象征"

"整体象征"是象征与"托物言志"结合之后出现的最早的新诗表现方式。胡适的《蝴蝶》和《老鸦》两首诗作都是典型的例子。

---

① 庄子. 秋水［Z］. 王先谦. 庄子集解［M］. 西安：三秦出版社，2005.

首先是胡适作于1916年8月23日的《蝴蝶》：

> 两个黄蝴蝶，双双飞上天。
> 不知为什么，一个忽飞还。
> 剩下那一个，孤单怪可怜，
> 也无心上天，天上太孤单。①

该诗以物喻人，通过分离"双飞"的蝴蝶来象征理想难续、有情难聚的苦恼。之所以说这就是"整体象征"，是因为全诗除了"两个黄蝴蝶"这个静态"意象"的隐喻性含义较为明晰之外，再难找出一个可以具体解说其隐喻性含义的意象，诗歌的主题意蕴完全是通过对"双飞蝴蝶"的整体描绘来表现的。

其次是胡适的《老鸦》一诗：

> （一）
> 我大清早起，
> 站在人家屋角上哑哑的啼。
> 人家讨嫌我，说我不吉利；——
> 我不能呢呢喃喃讨人家喜欢！

> （二）
> 天寒风紧，无枝可栖。
> 我整日里飞去飞回，整日里又寒又饥。——
> 我不能带着鞘儿，翁翁央央的替人家飞；
> 不能叫人家系在竹竿头，赚一把黄小米！②

与《蝴蝶》相比较，这首诗的整体象征更加典型。诗歌分为（一）、（二）两部分，全篇由"乌鸦"的独白组成，"老鸦""自言自语"的叙说构成了这首诗，全诗也基本找不到一处有明确的隐喻内容的"意象"，读者甚至不能把

---

① 胡适. 蝴蝶［Z］. 新青年，1917 – 02 – 01，2（6）.
② 胡适. 老鸦［Z］. 新青年，1918 – 02 – 15，4（2）.

（一）、（二）两部分割裂开来解说其意义。当然，诗歌并未因"意象"的失缺而丧失"整体象征"的意蕴；"乌鸦"自白似的叙说表现了它与"世人"的距离和对立，而诗歌整体的象征意义所表达的就是诗人对"老鸦"所代表的独立人格与独立个性的推崇。整体上看，这首诗仍然采用了以物喻人的方法。

胡适诗歌所表现的"整体象征"，在尝试初期的白话诗中比较多见，对中国传统诗词"托物言志"的基本表现方法保留得比较多，同时又因其对外来的"象征主义"手段的融合，诗歌整体性的象征意义比较明确。不同于注重诗歌"意境"的构造、强调诗歌整体意蕴和美感的"神会"的传统诗词，这种既融合西方象征手段，又保留中国诗词"托物言志"的基本方法的"整体象征"的方式，在早期"新月派"诗人手中得到了比较好的发挥。比如徐志摩的《再别康桥》和闻一多的《死水》对"康桥"和"死水"的描绘，就十分典型地体现了"随物宛转""托物言志"传统模式与"整体象征"的结合。

（二）局部象征

朱自清《光明》和《煤》是局部象征的最好例子。

《光明》和《煤》分别写于 1919 年 11 月 22 日和 1920 年 1 月 9 日，二诗全文如下：

光明

风雨沉沉的夜里，

前面一片荒郊。

走尽荒郊，

便是人们的道。

呀！黑暗里歧路万千，

叫我怎样走好？

"上帝！快给我写光明罢，

让我好向前跑！"

上帝慌着说，"光明？

我没处给你找！

你要光明，

你自己去造!"①

煤

你在地下睡着，

好肮脏，黑暗!

看着你的人

怎样地憎你，怕你!

他们说：

"谁也不要靠近他呵! ……"

一会你在火园中跳舞起来，

黑裸裸的身材里，

一阵阵透出赤和热；

呵! 全是赤和热了，

美丽而光明!

他们忘记刚才的事，

都大张着笑口，

唱赞美你的歌；

又颠簸身子，

凑合你跳舞底节。②

朱自清这两首诗有一个共同特点，那就是抒情的过程借助了"情节"的因素。当然，诗中的情节叙写不是目的，这些情节完全是虚拟的，都只能算作抒情设景的一种工具。所以诗歌中情节只是一些片断，情节片断一方面能够增加

---

① 朱自清．光明［Z］．北京大学、北京师范大学、北京师范学院中文系中国现代文学教研室．新诗选（第一册）［M］．上海：上海教育出版社，1979：151．

② 朱自清．煤［Z］．北京大学、北京师范大学、北京师范学院中文系中国现代文学教研室．新诗选（第一册）［M］．上海：上海教育出版社，1979：153．

诗作的"生活实感",体现初期白话诗朴实的写实风格;另一方面,情节片段的运用也可算是"托物言志"表现手法的变形,即不作主观情志的直接抒发,而是通过客观的情节叙写来象征性地表现诗歌的精神内涵。而这些不同的情节片断也就变成了具有特定象征性内涵的"表意符号"。

具体来说,诗歌《光明》表面上虽然叙写的是行路者在黑夜里面因迷失于"歧路万千"的"荒郊"而寻找出路的过程,实际上却是以迷失的情节表达诗人在人生路途中从迷惘到自强的经历和觉悟。这样,作品前半段的迷失和对"上帝"索要"光明"的情节片断就蕴含了"人生迷途"的象征性含义,诗歌后半段"上帝"让迷路者"自己去造"光明的回答,则包含了诗人从迷惘到自强的隐喻。

同样,《煤》一诗既是一首调侃和讽刺世俗者的诗歌,也是献给卑贱的奉献者的一曲赞歌。诗歌中存在的"情节"线索也是清晰的,第一节既以人们面对煤时表现出的"憎"与"怕"的态度表现了世人对煤"肮脏""黑暗"的外表的鄙薄,同时也通过对在"火园"中"跳舞"并发出"赤和热"的"煤"的描绘表现了作者对奉献者的赞颂;诗歌的第二节是通过一反前态的世人对"煤"的阿谀奉承来表达作者对世俗者卑劣、善变的嘲讽。诗中富有象征意味的前、后"情节"的对比,使诗歌的现实感得到了加强,同时作者也用"情节"的曲笔道出了生活的哲理,表达了作者对生活的评判,完美地体现了含蓄、朴实的"写实诗派"的风格。

"整体象征"和"局部象征"的现象在初期白话诗那里,几乎是同时出现的,并未体现出从"整体"到"局部"的"线性发展"的规律,在某一诗人同时期的不同作品中甚至会有交错"整体象征"和"局部象征"的现象。这说明传统的"随物宛转""托物言志"的方式与"象征"手法融合的时候,"整体象征"和"局部象征"是同等重要的;同等的重要性似乎也预示着未来新诗的"象征主义"表现手法发展的两个方向,其一是以注重整体象征意蕴构建的方式继承传统诗学的意境美,其二是以注重单个的、密集的物象设置来显现东方意象与西方象征体的共同意趣。

三、对抽象事物的象征

要说中国传统的"兴"与象征在思维方式上有什么共同特征的话,那么

"借助外物"进行表达就是他们的共同之处。而他们的不同之处似乎与"比"和象征的区别相近，因为如果"近取譬""远取譬"是比喻与象征在思维方式上的区别的话，那么"兴"和象征的区别就在于他们在借助外物表情达意的时候（也即将主观情思对象化或者是"物化"的时候）抒情主体主观能动性强弱的差别。这个差别和"近取譬""远取譬"的差别很类似，因为区分"近取譬"和"远取譬"的标准是本体和喻体之间的距离，而决定这个距离的仍然是抒情主体的主观能动性的发挥，也就是说重视或者强调主观能动性的就是"远取譬"，反之就是"近取譬"。

"兴"产生于中国远古时期，如前所述，中国最初早期的"兴象"多是由与人们日常生产劳动相关的山川湖海鸟兽虫鱼构成，而由与原始宗教相关的虚拟物象构成的早期"兴象"则较少。所以这些原始"兴象"本就是人们所熟知的，让人感到亲切蕴藉，无需费尽神思便能够理解，对主观思维的能动性的发挥并无太多要求。而西方的象征，最初就产生于宗教，象征思维最原初的象征体也与宗教活动特定的目的指向、神谕和神迹的意指等密切相关，要理解这些象征体所蕴含的具体意蕴，就必须调动主观的信仰力和想象力，因此对主观思维能动性的要求相对较高。

中国后世缘起于"兴"的托物言志所借助的物象保留了"兴"的思维模式，偏向于选取人们所熟知的亲切蕴藉的事物，较少抽象。比如中国传统文人惯用松、鹤、竹、梅、兰抒写高尚情操，以春夏秋冬、白云苍狗、沧海桑田喻指光阴易逝、人生易老；而西方后世的象征手法则仍然继承了原初象征思维强调主观能动性的思维特点，所取象征体具有较强的个人化色彩，且擅长于选取抽象事物进行象征。

象征与"兴"的思维传统融合的第三种方式是，废弃单纯借助亲切可感的具体物象表情达意的传统，借鉴象征长于利用抽象事物进行象征和隐喻的方法。

在初期白话诗中对于抽象事物的象征几乎是与整体象征和局部象征同时出现的。它虽不及整体象征和局部象征多见，却也值得高度重视。周氏兄弟的一些早期诗歌在这方面很有代表性。

《梦》是1918年鲁迅署名唐俟发表于《新青年》的一首诗歌：

很多的梦，趁黄昏起哄。

前梦才挤却大前梦时，后梦又赶走了前梦。

去的前梦黑如墨，在后的梦墨一般黑；

去的在的仿佛都说，"看我真好颜色。"

颜色许好，暗里不知；

而且不知道，说话的是谁？

暗里不知，身热头痛。

你来你来！明白的梦。①

这首诗表面上看是在"说梦"，并有与象征主义诗歌相似的神秘晦涩的特点。实际上对这首诗稍加揣摩却并不难懂，诗歌原本就是借说"梦"来说"理想"。所谓的"梦"大致就是诗人深埋内心的理想的代称，而"前梦""大前梦""后梦"只不过是不同理想的象征而已。诗歌借用"梦"和"梦"的"挤兑"形象地表达了作者内心理想难觅的困惑。

引述此诗的目的是为了强调此诗所代表的一种全新的表达方式：首先，此诗借"梦"以说"理想"本身就是对传统诗词"托物言志"方法的变形和创新，因为按照传统，"托物言志"所托之物必为实体之物，像"梦"这样的无形之物在传统诗歌中几乎是没有的。其次，"理想难觅"作为诗歌的表现对象本身也具有一定的抽象性，诗歌以虚拟无形的"梦"的"纷扰"来形象地表现这种矛盾显得非常地贴切。

在传统诗歌当中，这种对抽象事物的象征性表达，基本上是看不到的。《梦》一诗的创新之处在于表达过程对"外物"（"理想难觅"）的抽象，而这种抽象完全是通过主观对于"梦"这个外物的变形来实现的。这种由主观对客观施与变形、抽象和传统诗歌在"物我两冥"前提下通过主观对客观的参悟达到的"随物宛转""托物言志"有本质的区别，前者强调的是主观作用于客观的抽象和改造，后者强调的则是主、客的渗透、融合与无间。

鲁迅《梦》一诗对抽象事物的象征向人们预示了一种全新的表达方式即将在现代新诗中大量出现，这种方法即是借助于象征性思维，强调主体对"外物"

---

① 鲁迅.梦［J］.新青年，1918－05，4（5）.

的变形与抽象的方法。

周作人的《过去的生命》作于1919年4月，这本是周作人一首作于病中的诗歌，也可算作是对抽象事物进行象征的典型：

> 这过去我的三个月的生命，哪里去了？
> 没有了，永远走过去了！
> 我亲自听见他沉沉地缓缓地，一步一步地，
> 在我床头走过去了。
> 我坐起来，拿了一枝笔，在纸上乱点，
> 想将他按在纸上，留下一些痕迹，——
> 但是一行也不能写，
> 我仍是睡在床上，
> 亲自听见他沉沉地缓缓地，一步一步地，
> 在我床头走过去了。①

诗歌的核心"意象"是在病中逝去的"三个月的生命"。全诗主要表现了作者在病魔缠身、极度虚弱的状态之下，面对突然逝去的"三个月的生命"时，对生命虚妄、无法留驻的消极而深刻的感悟。诗中，作者对人生的体验高度抽象为"三个月的生命"这个"意象"，它是作者体验到的宝贵而又虚无的人生的浓缩与象征。读者如果没有对"三个月的生命"这一"意象"的抽象意义的理解，对于作者的感受将是无法领会的。在表达方式上这首诗歌与鲁迅的《梦》完全一致。它同样是通过作者主观精神对一个"外物"的抽象与改造来实现诗歌的表达要求。

从另一个角度来说，初期白话诗阶段，当象征对于传统的"兴"进行改造的时候，"缘物起情，随物婉转"作为中国诗歌的一种根深蒂固的审美观念，仍然深深地根植于每一个新诗人的内心深处，并总是或隐或显地牵引着他们。潜藏于他们灵魂深处的强调"言外之意""象下之意"的美感标准，恰恰变成了外来的象征手法与其新诗创作相融合的基点。

---

① 周作人. 过去的生命［Z］. 北京大学、北京师范大学、北京师范学院中文系中国现代文学教研室. 新诗选（第一册）［M］. 上海：上海教育出版社，1979：138.

第三篇 **03**

民间化进程的双生子：纯诗化和非诗化
（1925—1937）

第六章

从新月、象征到现代：中国化纯诗理论的建立

小诗派于 1923 年宗白华的小诗集《流云》出版后，开始逐渐趋于衰落；1925 年《洪水》刊行之后，由于中国社会环境的急剧变化，郭沫若等创造社领军人物也转向了革命现实主义。象征诗派与新月诗派作为对尝试初期粗陋的白话诗和早期浪漫主义无节制的主观抒情诗及革命时代"非诗"的反驳，于 1925 年前后相继出现，最终导致了现代诗派的滥觞，开启了长期新诗"纯诗化"诗学追求的进程。

在主观抒情滥觞兴盛之后主张情感控制的对立面必定会出现，这是中、西方诗歌史的共同规律。在西方，从 19 世纪初到 19 世纪中后叶是主观抒情的浪漫主义诗歌盛行的时期，此后客观化描写作为主观抒情的对立面开始出现。以艾略特为代表的非个人化诗风则出现于 20 世纪初。至 20 世纪 20 年代，以情感控制为源头的诗歌艺术铸造了现代主义的世界性诗歌潮流。20 世纪 20 年代中期至 30 年代中后期，中国现代诗坛的"纯诗化"新诗潮则是对这一世界性诗学现象最直接的回应。

首先，如果我们认为新月诗派的形式追求是因不满足于尝试初期白话诗诗艺的浅陋和早期浪漫主义无节制的滥情，以及对革命时代诗歌的功利主义倾向造成的"非诗化"现象的不满的话，新月诗派走上重建新诗艺术之美的道路就其本质而言，应该是新诗自身审美矛盾运动的结果。虽然文学革命之后，随着新文学对传统古典文学的全面胜利，整体上看，古典不再是文学的主流和正统，但是，新月诗派的形式追求却更多地倾向于新古典主义。事实上，新月诗派诗歌艺术追求借助对古典的继承，抹平了新诗与传统之间的裂缝，使得古典的元素重新进入到现代新诗，并成为新诗现代化建设的有益因素，使现代新诗在回归传统的同时，开拓了一条以新格律的创造性探索建设新诗艺术之美的道路。

另一方面，虽然新月诗派在新古典主义的基础上，对情感控制和对新诗的精雕细琢的要求与现代主义排斥主观和对艺术形式之美的永恒追求显得比较接近，但是新月诗派的理性主义特色、追求个体性与普遍性的契合、对和谐美的追求和以格律化为表征的艺术形式，与现代派的非理性色彩、完全排斥主观的客观化理论以及对冲突之美的追求等，均有极大的差别，甚至完全对立。

其次，与新月诗派几乎同时出现的象征诗派，作为西方现代派艺术与中国特定现实相结合的产物，既不同于此前关注现实的写实主义诗歌，也不同于注重情感外泄的浪漫主义诗歌，而是以一种先锋性的姿态，把眼光投向了对于新古典主义和写实主义均属非正统的、在西方和全球正在兴起的世界性思潮——象征主义文学思潮。如果说新月诗派以情感控制的要求和精雕细琢的形式追求向现代派诗歌靠近了一大步的话，象征诗派则通过对外来的、非主流的象征主义艺术的直接借鉴，实现了对客观描摹的现实主义和因"自我表现"而滥情的浪漫主义的双向超越，使得现代诗歌审美主体由重点关注外部世界的外向型情思转变到了重点关注内部心灵世界的内向型情思。

其三，20世纪30年代的现代派兼容新月诗派继承古典和象征诗派借鉴西方的长处，对非正统的外来纯诗理论和非主流的古典元素进行了创造性的沟通和挖掘，在中国化纯诗理论建设和创作实践上取得了令人瞩目的成就。一方面，他们系统地介绍和引进了西方纯诗的概念和内涵。另一方面，他们又以对姜夔、严羽的全新理解，掀起了晚唐南宋纯诗热。在此基础上，现代派对中、西纯诗理论均进行了沟通、借鉴和改造。他们的纯诗理论既是对初期白话诗理论的清算，又是对新月诗派、象征诗派的总结与发展，以中国化纯诗的理论发现和与之相应的创作实践把新诗现代化建设过程中的纯诗化追求，推进到了炉火纯青的地步。

正如朱自清所说，从新月诗派到象征诗派再到现代诗派，现代新诗纯诗化追求的道路是极其清晰的，如果借用朱自清的话来概括这种追求的作用的话，那就是：使新诗"回到了它的老家"或"钻进了它的老家"①。他们把诗的本体探索的焦点集中在诗的艺术规范、表现技巧及整个诗艺的革新上，都偏向于诗歌本体的"形式论"，构成了1925年象征诗派出现之后至1937年"七月诗派"

---

① 朱自清. 抗战与诗［A］. 新诗杂话［M］. 上海：作家书屋，1947：36.

出现之前此伏彼起的"纯诗化"诗学潮流。这一潮流实际上是以新月诗派、象征诗派两种不同取向的形式探索为过渡，以现代诗派对中国化纯诗理论的构造为结局的。

第一节　新古典主义与新月诗派的现代理性

新月派、象征派、现代派前后相连，第次承传推进，构成了 20 世纪 20 年代中期至 30 年代"纯诗化"诗学潮流的发展轨迹。象征诗派和新月诗派的诗学追求在 20 世纪 20 年代中期的"纯诗化"潮流中，各据非理性直觉象征与理性的规范之一极。

新月诗派的诗学追求是在反驳浪漫主义的"自我表现"中形成的，就其本质而言，新月诗派的出现是新诗自身矛盾运动的自然结果。

以"人的文学"为主流的"五四"时期的新文学，高扬着启蒙时代"人的解放"的主旋律。以郭沫若为代表的创造诗派秉承时代要求，在西方浪漫诗风的影响之下异军突起，其诗作以主观情绪的表现为特色，并以文学上的情绪宣泄要求实现社会现实中的人格发展和自我独立。这是文学上主体意识的觉醒，代表了时代发展的方向。

以创造社为代表的早期浪漫诗派以"自我表现"为根基形成了包括"自我创造""自主自律""自由开放"在内的四个相互关联的诗学原则，并由此衍生出了与之紧密相连的艺术本质观、艺术生成观、艺术功能观和艺术形式观。其诗论和创作在当时的文坛引起了巨大的震动。然而，创造诗派因情绪无节制的宣泄所带来的一泄无遗和滥情也在一定程度上给新诗的诗艺建设造成了困扰。虽然郭沫若、成仿吾对此均有所察觉，但并未对此采取有效措施加以改变。而新月诗派则对自我表现带来的问题进行了清算，并给予了具有理论高度的阐述。1926 年前后新月派在理论上对早期浪漫诗学进行质疑的代表人物有闻一多、徐志摩、梁实秋、饶孟侃等人。他们针对早期浪漫的清算和质疑最为系统、最为理性。闻一多针对早期浪漫主义的艺术本质观和艺术生成观指出：那些"打着浪漫主义的旗帜来向格律下攻击令的人……只认识了文艺的原料，没有认识那将原料变成文艺所必须的工具，他们用了文艺作表现的工具，不过是偶然的事，他们最称心的工作是把所谓'自我'披露出来。"① 分析此段言论，闻一多最主要的观点是，诗艺的本质是个性与共性的统一，既要表现个人性也要表现普遍性，而不仅仅是在自我表现中反映个性。他提出了两个根本性的问题：一是诗歌艺术的本质不应该只是在自我表现中披露自己的原形，诗既具个人性又具普遍性；二是艺术的诗歌不可能只是将最原初生活与情感不加修饰和沉淀就直接放进作品里，因为诗歌艺术的生成必须经过艺术处理，艺术处理在形式上是为了修饰自然的粗陋，在内容上是为了渗入人性。新月诗人正是在否定自我表现的同时，创造了属于自己新的诗歌美学，这种新的美学反对不守纪律的主观情绪的宣泄，要求情绪控制。

1925 年新诗尝试期结束之时正是新月诗派形成之际，此时正值现代新诗初步创建完成第二个建设期启动的时候。新月诗派作为浪漫诗派的反题出现在诗坛，标志着新诗艺术深化发展的开始。新月诗派情绪控制的主张，主要针对早期浪漫主义主观抒情的一泄无遗，其诗作、诗论对浪漫主义的超越是新诗迈向现代主义的重要一环，也是新诗艺术追求矛盾变化的结果。比照西方近现代诗学的发展历程，20 世纪 20 年代中期中国诗坛的这种矛盾变化几乎与西方过往历史如出一辙。

近代欧洲，否定古典是浪漫主义的诗潮滥觞的原因，而此后的情绪控制则是针对浪漫主义失控的主观抒情。在法国，继第一位浪漫主义诗人拉马丁和消极浪漫的诗人维尼之后，巴那斯派（或称高蹈派）兴起于 19 世纪中后叶，直抒胸臆的浪漫随之被否定。而在 19 世纪的英国，随着济慈、拜伦、雪莱、司各特等浪漫主义诗人的去世，该世纪前 30 年的浪漫主义时代宣告结束，之后维多利亚时代音律严格而又节制情感的诗风几乎持续了 70 年。主张暗示、间离的象征主义也出现在了 19 世纪中后期否定浪漫抒情的诗潮之中。

从象征主义出现到 20 世纪 20 年代左右，西方占主导地位的诗歌逐渐转换为现代主义诗潮，从主观抒情向客观化描写转化成为西方诗歌的基本倾向。

西方诗歌文化似乎蕴含着一种相互否定与调节的因素，在其内部看似纷乱的各种基本矛盾的推动之下，一直呈现出螺旋式上升的态势。

对照上述西方诗歌发展演变史，中国现代新诗在"五四"早期浪漫诗风后

---

① 闻一多. 诗的格律［N］. 晨报副刊·诗镌，1926 – 05 – 13.

出现新月诗派，就绝不是偶然了。似乎中国现代新诗的步调因新月诗派的出现而与类似时期的世界诗潮取得了一致。我国新诗艺术因新月诗派情感的控制和对自我的否定，开始由近代型朝向现代型转变。但是，新月诗派的诗学追求和现代主义的"形式论"诗学之间的距离仍然存在着，因为新月诗派的诗学追求更多地表现了新古典主义的倾向。

在西方，新古典主义是继文艺复兴运动后在欧洲产生的一种复古主义的文艺思潮。在中央集权的君主专政下，17世纪的法国建立了法兰西学院，法兰西学院制定的许多清规促进了新古典主义的形成。新古典主义有两个基本特点，其一是崇拜以希腊、罗马为代表的古典，其二是尊重理性和秩序。R. 笛卡尔是新古典主义哲学的奠基人，N. 布瓦罗－德斯普尔里（1636—1711）则是新古典主义的"立法者"。作为心体二元交感论的创始人，笛卡尔认为人有惊奇、爱悦、憎恶、欲望、欢乐、悲哀六种原始情绪，这六种原始情绪可以派生出其他各种情绪。人鉴赏艺术作品所感到的内心喜悦，是一种理智的喜悦，与对其他事物的爱憎不一样，完全是一种心灵上的情绪。笛卡尔对音乐的和谐涉及的几种整数进行划分，并对之做出了清晰和熟练的详细阐述。《论诗艺》是布瓦罗的代表作，它主要是为诗和悲剧规定了一系列烦琐的规则，倡导自然、理性、真理的三位一体，主张理性是主宰，以符合理性和具有普遍性作为文艺的审美标准，把理性当作一切艺术作品的价值基础。布瓦罗强调艺术对自然的模仿，但这个"自然"并不是社会生活或自然界，而是理想化的人物类型。在此基础上，布瓦罗制定了模仿自然的新古典主义的美学原则。他关于戏剧的"三一律"①理论，对法国当时的戏剧艺术有着重要的影响。

在中国，作为新古典主义的新月诗派所主张的情感节制及其对理性、伦理、秩序的强调几乎和欧洲当初的新古典主义完全一致。"三美论"作为新月诗派的理论核心，在借鉴古典格律规范和严苛的形式要求方面，与欧洲新古典主义的古典崇拜、布瓦的"三一律"简直如出一辙。

虽然新月诗派和现代主义都反对浪漫主义毫无节制的主观抒情，但是，它们对主观抒情的态度还是有区别的。

首先，现代主义常常把主观情感看成对诗歌完全有害的因素来对待。他们

---

①　即事件（一个中心事件）、时间（一昼夜）、地点（一个城市）的高度集中。

往往将主观情感放在自我之外审视，同时完全拒绝诸如仇恨、痛苦、狂喜等主观情绪，认为这些情感会使创作沦为自发的宣泄。

其次，新月诗派的情感控制主要是针对浪漫主义情感宣泄的无节制和革命诗歌的功利倾向导致的"非诗化"。在绝大多数情况下，新月诗人不像现代主义完全贬抑和排斥主观情感，所以他们不能像现代主义那样摒弃情感、旁观一切。闻一多曾说，"诗家的主人是情绪"①，认为诗歌不能缺失的重要因素就是情绪；徐志摩也说："我是一个信仰感情的人，也许我自己天生就是一个感情性的人。"②新月诗人并没有抛却情绪，他们只是不主张不守纪律的情绪放纵，反对情绪不加美化的表达以及因情绪泛滥而导致理性和普遍性的淹没。

新月诗派控制情绪的手段大致有以下几方面：

第一是以理驭情。

一首诗歌所抒发的情感在梁实秋看来其实是没有好与坏的差别的，重要的是在这首诗里"情感的质是否纯正，及其量是否有度"③，而能够在质与量两个方面规范诗歌情感的是理性。因为不仅情感表达的多寡分寸可以被理性所掌握，对各色情感的合目的的选择也可以被理性所操控。徐志摩认为"理性的地位是一定得回复的"④，必须要让情感"这头骏悍的野马的什背上……谨慎地安上理性的鞍索。"⑤"感情不经理性的清滤是一注恶浊的乱泉"⑥。提出"三美论"的闻一多认为："文学是要和哲学不分彼此，才庄严、才伟大。哲学的起点便是文学的核心。"⑦ 这个所谓的"哲学"既是一般的形而上的"哲学"，也是"理"或者"理性"——和新月诗派其他人所涉及的正义、良知、规则、伦理一样，是掌控情绪的关键，代表了合常规的、健康的人性。在新月派理论家当中，主张文学反映普遍人性的梁实秋所坚持的理就带有伦理道德的色彩，因为普遍的人性始终是和一般意义上的道德、伦理的价值联系在一起的。所以，闻一多代表的部分新月派诗人倾向于探究和表现更带普遍性的人性和形而上的哲理，"有

---

① 朱自清. 中国新文学大系·诗集·导言［A］. 中国新文学大系·诗集［M］上海：良友图书印刷公司，1937：7.

② 徐志摩. 落叶［Z］. 徐志摩文集［M］. 北京：当代世界出版社，2010：09.

③ 梁实秋. 梁实秋批评文集［M］. 珠海：珠海出版社，1998：34 – 35.

④ 徐志摩. 汤麦士·哈代［J］. 新月（创刊号），1928（3）.

⑤ 徐志摩. 新月的态度［J］. 新月（创刊号），1928（3）.

⑥ 徐志摩. 新月的态度［J］. 新月（创刊号），1928（3）.

⑦ 闻一多. 庄子［A］. 闻一多全集（第二卷）［M］. 上海：开明书店，1948.

艺术至上之感。……转向幽玄，更为严谨"①。

第二是冷静的观照。

主观的、个人化的情感直抒，在强调抒写普遍人性的新月派诗人那里是不受欢迎的，艾略特所代表的西方现代派诗人的非个人化的创作要求和新月派诗人的情感控制的主张存在着相似之处。一些新月派诗人不主张情感正烈的时候去写诗，认为要在情感冷却、与现实产生距离之后才能动笔。所以，闻一多并不认为"只要把灵感激起的心中的'情调的波浪'写出来便是'真诗''好诗'"②，真正的好诗"往往不成于初得某种感触之时，而成于感触已过，历时数日，甚或数月之后……到那时琐碎的枝节往往已经遗忘了，记得的只是最根本最主要的情绪轮廓，然后，再用想象来装成那模糊影像的轮廓。"③ 可见，在闻一多看来，诗人需要通过冷静的观察调动起生活经验来参与创作，以此增加情感的深度与浓度，在此过程中让感性的激情经过沉淀之后向理性的认知升华，使情思摆脱粗粝的感性体验的困扰。

第三是形式的约束。

关于诗歌的外形对内在诗情的调节作用，闻一多在《律诗底研究》中是这样论述的："情感有时达于烈度至不可禁。到此情感竟成精神之苦累。均齐之艺术纳之，以就矩范，以挫其暴，磨其棱角，齐其节奏，然后始急而中度，流而不滞，快感油然生焉。"④ 徐志摩在《诗刊放假》一文中也认为浓烈的诗情应该规制于诗意化的诗形："不论思想怎样高尚，情绪怎样热烈，你得拿来彻底的'音节化'（那就是诗化），才可以取得诗的认识。"⑤ 所以，以新诗格律的形式美来约束情感是新月派诗人十分重视的手段。闻一多的诸多创作可算是形式约束的典范，他以那些严格遵循"三美论"的创作实践着他"戴着脚镣跳舞"⑥的主张，他曾说其诗作《死水》是对其"三美论"最为满意的实验，可算是"言情掳怨，从无发扬蹈厉之气，而一唱三叹，独饶深致。"⑦

---

① 朱自清．中国新文学大系·诗集·导言［A］．中国新文学大系·诗集［M］．上海：良友图书印刷公司，1937：7.

② 闻一多．论新诗［A］．武汉：武汉大学出版社，1985－04：257.

③ 闻一多．论新诗［A］．武汉：武汉大学出版社，1985－04：258.

④ 闻一多．论新诗［A］．武汉：武汉大学出版社，1985－04：259.

⑤ 徐志摩．诗刊放假［N］．晨报副刊·诗镌，1926－06－10.

⑥ 闻一多．论新诗［A］．武汉：武汉大学出版社，1985－04：259.

⑦ 徐志摩．诗刊放假［N］．晨报副刊·诗镌，1926－06－10.

第四是客观的手法。

新月派诗人有不少加入了情节和对话因素的作品，这些作品多数都采用了日常口语的调子来创作。在卞之琳看来，新月派诗人运用日常口语调子的纯熟程度是非常让人惊讶的。而且由于这种日常话语的调子直面人生、呈现真实的生活，总是能够给人娓娓道来的亲切意味。

出现在近代西方的戏剧化新诗与新月派诗人的这种日常说话调子的诗作十分相近。因为客观抒情是他们共同遵守的原则，总是以超然的态度来拟物写人，不让诗歌表达的内容直接与创作主体相关联。新月派诗人客观化的手法包括对小说与戏剧的描写、情节和对话因素的创造性运用。这些客观化手法的共同特点就是借助于戏剧和小说叙述、描写、对话的手段来减弱诗歌的主观性，达到客观化的效果。当然，新月派诗人的客观化与现代主义的纯粹理性旁观还是有距离的，因为冷峻的闻一多怎么也无法掩饰他的火般涌动的激情，浪漫的徐志摩任何时候都会需要主观上飞扬的情思和灵动的想象的介入，即使在朱湘最冷静的《石门集》中，看似平静外表之下也不可避免地投射了作者诸多个人的情怀。

在情感控制方面新月诗派的探索是极其可贵的，但是新月派诗人的艺术取向决定了他们更多地是通过对传统和古典的继承来构建新诗新的审美规律和审美原则。新月诗派的诗学构建，主要有以下特色：

其一为理性主义的色彩。新月派诗人主张以理驭情，其理不仅是诗中的知解力，更有对普遍的人性和规则、伦理、秩序的坚守。

其二为对和谐美的追求。新月派诗人虽强调情感要被理性所节制，诗情要被诗形所约束，但其目的还是为了达成情感和理智、内容和形式的和谐，实现抒情和审美的精致与典雅。哪怕是新月诗人对以格律化为表征的精美艺术形式的追求，其终极目的也是以格律形式和语言锤炼来达成一种古典的对称和谐的典雅诗形，并修饰自然的粗率和语言的鄙俗。

其三为追求个体性与普遍性的契合。新月诗人强调与客观和主观情绪保持距离、采取冷静观照态度的同时，不仅并未丢弃主体情感，更要求在自省、自控的状态中达到个体性和普遍性的契合，最终达成增强情感的厚度和深度的目的。

由此可见，新月派诗人对古典的推崇，对情感的节制，对精美典雅、和谐的艺术美的追求，乃至对理性、秩序、伦理的坚守，都应归属到新古典主义的范畴。所以，把新月诗派的诗艺追求界定为新诗从早期写实主义、浪漫主义迈向"纯诗化"的现代主义的一个过渡阶段，还是比较准确的。

第二节　象征主义和李金发的移植

1920 年李金发开始诗歌创作，《微雨》是其第一部诗集，于 1923 年结集成册，1925 年诗集才正式出版，现代诗坛因《微雨》所代表的象征主义诗歌的出现发生了震动性的反应。因此，1925 年是象征诗派对诗坛发生影响和作用的标志性时间节点。总体上看，以李金发为代表的象征主义诗歌比新古典主义的新月诗歌更接近现代主义。

1935 年，朱自清曾说，"若要强立名目，这十年来的诗坛不妨分为三派：自由诗派、格律诗派、象征诗派"①。1936 年，他又在诗评《新诗的进步》中分析比较这三个流派，认为此三派"一派比一派强"②。

实际上，象征诗派是西方现代派艺术与中国特定现实联姻的产儿。

"现代"对所有民族的文化而言，都只是相对于传统的一个概念。欧洲传统文学在 19 世纪以前一直以摹仿和再现客观世界为主流，群体诗学风靡一时，重现实、轻内心是理所当然的主流倾向。工业革命以后，随着现代文明的发展，对个体的关注和重视逐渐成为时代文化的需要，群体不再处于文坛的中心位置，个体的诗学价值随之不可避免地凸显出来。文学的诗意的构成要素必然由此发生改变，诗歌也必然面临新的抉择。此时，象征主义潮流的兴起促成了诗意从"古典"向"现代"的换转。因为象征，艺术的注视点从外部现实与客体转向了个体人的心灵世界，诗歌既不满足于对现实的摹仿，也不满足于主观情绪的对外宣泄，而是把对人的内心世界的观照乃至对神秘的梦境与潜意识的表现当作诗歌的主要内容。过去的美善原则被恶丑原则替代，怀疑和悲剧的"苦味儿"

---

① 朱自清. 中国新文学大系·诗集·导言［A］. 中国新文学大系·诗集［M］. 上海：良友图书印刷公司，1937：7.

② 朱自清. 新诗的进步［A］. 新诗杂话［M］. 北京：生活·读书·新知三联书店，1984.

充斥着人们的艺术感官，波特莱尔及其作品《恶之花》被看成全新的象征艺术的典型。

考察20世纪20年代的国内诗坛，一方面，20年代中期"五四"退潮时期黑暗年代所面临的文化崩毁和理想坍塌是中国象征派诗人在直觉主义之下构筑象征主义意象的源泉。辛亥革命导致封建文化迅速坍塌，1921年之后"五四"浪漫时代的理想又因黑暗现实而破灭，在此情境之下，时代、社会、人生的价值空场出现了。虽然促进社会变革的新生力量正在迅速生长，但是新旧交叠的时代价值空场和现实中军阀混战的政治黑暗，使得人们难以看到未来的希望，知识界因此存在着一种普遍的苦闷。就连像鲁迅这样顽强的反封建斗士都唱出了"两间余一卒，荷戟独彷徨"①的悲音，郭沫若更是自诩饮啜着时代的"苦味之杯"。所有现实与理想的意义均需重新评估和定位，如此沉重的时代低气压，更使得性情忧郁、天生感伤的一批年轻的诗人在诗歌创作上和西方此期的象征主义在情感基调上十分接近，面对乘着西洋之风吹拂而来的同样神秘感伤的象征主义，他们倍感亲切，那不满现实的内心苦痛、空虚寂寞的失落情绪乃至消极、绝望、厌世的颓废思想都找到了最适合的表现方式，心灵世界的无所皈依和现实世界的朦胧、混乱相互碰撞感应，于是中国象征主义诗人选择了晦涩抽象、扑朔迷离、富于暗示性的象征性意象，并在这样的表现过程中得到了艺术的升华。所以，李金发在《琴的哀》中唱着"一切的忧愁/无端的恐怖"，王独清通过《圣母像前》《死前》《威尼士》吟唱"对于过去的贵族的世界的凭吊……对于现在的都市生活之颓废的享乐的陶醉与悲哀"②，冯乃超更用迷离徜恍的《红纱灯》咏叹阴影、颓废、梦幻和仙乡。

另一方面，从新诗发展的内部矛盾变化来看，新诗尝试期之后，从20世纪20年代中期左右开始，新诗已经由过去的新旧之争转向了美丑之争。诗坛普遍存在着两种"不满"：其一是对初期白话诗写实主义的粗陋的厌倦，周作人就曾说：新诗"晶莹透彻得厉害了，没有一点朦胧"③，更少"余香和回味"，要给它"食一点补品"。④象征主义诗人穆木天更是毫不避讳地讲："中国新诗运动，

---

① 鲁迅．题《彷徨》[A]．集外集 [M]．北京：外语教学与研究出版社，2010 (3)．
② 穆木天．王独清及其诗歌 [J]．现代，1934，5 (1)．
③ 周作人．扬鞭集·序 [A]．扬鞭集 [M]．北京：中国文联出版公司，1998.
④ 周作人．扬鞭集·序 [A]．扬鞭集 [M]．北京：中国文联出版公司，1998.

我认为胡适是最大的罪人。胡适说：作诗需如作文，那是他的大错。"① 其二是对以《女神》为代表的早期浪漫主义的狂叫与直说的不满，因为这种情感一泄无遗的宣泄实在缺少诗歌艺术应有的含蓄和深度。

与象征诗派同时期的新月诗派以情感控制的要求和精雕细琢的形式追求向现代派诗歌靠近了一大步，象征诗派则通过对外来的、非主流的象征主义艺术的借鉴，实现了对客观描摹的现实主义和因"自我表现"而滥情的浪漫主义的双向超越，使得现代诗歌审美主体由重点关注外部世界的外向型情思转变到了重点关注心灵世界的内向型情思，所以，穆木天曾这样谈及他对"纯诗"的理解："诗的世界是潜在意识的世界"，是"内生命的反射"。② 所以，象征主义诗歌绝大多数都排斥理性主义的表达内容，强调表现非理性的幻觉和直觉。

作家对文艺与现实世界关系的不同认识造成了各种文学流派的差异。在象征诗派看来，主观心灵才是需要他们关注的世界。所以，象征主义诗人的诗意寻觅并不在时代与现实的时空之中，他们更痴迷于对个人精微神秘的心灵世界的开掘，也不再要求诗歌承担反映历史与现实的任务，而是把诗当成了个人情绪与灵感的晴雨表，更加注重对个人精神的描述与探究。

以李金发为代表的象征主义诗派移植、借鉴西方象征主义之后，形成了以下几个方面的艺术特色：

其一，是以"应和论"为基点的象征思维。

在波特莱尔看来，代表现实的"我们的世界"其实是一个表象世界，它遮蔽了另一个隐藏在背后的真实世界，这个真实的世界是由上帝仿照天堂与自己的形象来创造的，而诗人因有异于常人而独具慧眼，能够读懂现实世界的这些"象形文字的字典"，也就是说只有诗人才能够在整体性和相似性的世界规律之下，勘破和把握自然万物相互之间、自然和人之间乃至人的感官相互之间隐秘"对应"的关系③。这样的"对应"关系正是波特莱尔所主张的所谓"应和论"。波特莱尔著名的诗歌《相应》（又译为《契合》）被人称作"象征派宪章"，之所以如此，是因为他通过这首诗形象地表达了"应和论"所主张的那种

---

① 穆木天. 谭诗：寄沫若的一封信 ［J］. 创造月刊，1926 - 03，1（1）.

② 穆木天. 谭诗：寄沫若的一封信 ［J］. 创造月刊，1926 - 03，1（1）.

③ 波特莱尔. 随笔·美的定义 ［A］. 伍蠡甫. 西方文论选（下卷）［M］. 上海：上海译文出版社，1979.

内在的、隐秘的、不可言明的"契合""对应"关系①。

李金发等人对象征主义的借鉴，首先就是对"应和论"的接纳。以"应和论"为基础，在象征主义诗人的眼中诗歌不仅再也不能以明白的解释与描述来表现，也不能以情感的直接表现来呈现，只有外部世界与内心的对应和暗示才是诗。穆木天曾直言，一个人写诗"先得找一种诗的思维术，一种诗的逻辑学"②，其实象征和暗示就是穆木天所说的这种思维术。而实现象征与暗示的前提就是内在体验和外部物象与主观心灵非理性的直觉的对应，诗歌"象征的森林"由此形成，而诗歌的诗意表达与美感也在"象征的森林"中得以收获。

其二，是关于"恶中之美"的艺术思想。

波特莱尔认为艺术上的美是特殊的，更是惊奇而神秘的，所以"无畸不美"，所以发掘恶中之美是值得的。所谓"恶"，就是人们所面对的痛苦、丑陋、邪恶，而"恶中之美"的"发掘"就是"经过艺术的表现，带有韵律和节奏的痛苦使精神充满着一种平静的快乐"③。波特莱尔关于"恶中之美"的思想在中国象征派诗人那里得到了全面的发挥。对波特莱尔"恶中之美"的借鉴，决定了李金发等人的"纯诗化"艺术取向。

在"恶中之美"的观念影响下，李金发和穆木天这样阐释他们的"纯粹诗歌"理念："艺术是不顾道德，也与社会不是共同的世界。艺术上唯一的目的，就是创造美，艺术家唯一的工作，就是忠实地表现自己的世界。所以他的美的世界，是创造在艺术上，不是建设在社会上。"④"我们的要求是'纯粹诗歌'。我们的要求是'诗的世界'"⑤。"忠实地表现自己的世界"与创造"纯粹的诗歌"是李金发和穆木天共同强调的，这也是中国象征派诗人的审美取向。在中国象征派诗人看来，真正的"艺术的世界"就是以艺术为唯一目的的"纯粹的诗"的世界。李金发的诗歌大胆地泼洒色彩，常常以死亡、虚无、丑恶、恐怖为主题，呈现出特有的"怪异之美"，是象征诗派审美取向的典型代表。20 世纪 20 年代的象征主义诗歌，正是以这种"以丑为美"的艺术倾向，体现了他们"为艺术而艺术"的"纯粹诗歌"追求，他们的这种追求直接搭建了现代新诗

---

① 波特莱尔. 恶之花 ［M］. 北京：人民文学出版社，1987.
② 穆木天. 谭诗：寄沫若的一封信［J］. 创造月刊，1926－03，1（1）.
③ 郭宏安. 波德莱尔美学论文选［M］. 北京：人民文学出版社，1987.
④ 李金发. 烈火［J］. 美育（创刊号），1928－10.
⑤ 穆木天. 谭诗：寄沫若的一封信［J］. 创造月刊，1926－03，1（1）.

通向 20 世纪 30 年代现代诗派的桥梁。

其三，是以"音画整合"加强艺术的形象性和象征意味。

以李金发为代表的象征派诗歌在表现技法上的一个自然延伸是"音画整合"。"音画整合"的表现技法源于波特莱尔的"应和论"。因为西方象征主义源于其鼻祖波特莱尔的"应和论"，在"应和论"之下西方象征主义诗人眼中万事万物才变成了"象征的森林"，而且这个"象征的森林"本就应该是多姿多彩、活色生香的，所以"音画整合"所创造的"有声""有色"的象征物，能够更加生动地对应诗人内心世界的感受和印象。因此，利用"音画整合"加强象征主义诗歌艺术的形象性和象征意味，几乎是所有象征主义诗歌的重要传统。李金发的诗论和创作都十分注重诗歌的形象性，他曾说："诗之需要 image（形象，象征）犹人身之需要血液。"① 而且他的许多诗歌都可以算是运用"音画整合"的典范。

因为强调内在情思与外物的对应关系，李金发诗歌"音画整合"的核心就是通过富有声音与色彩印象的形象来象征、暗示，而"音画整合"的过程就是为主观情思找寻声音、色彩的要素的过程。正因如此，逻辑和因果并非李金发重视的东西，他注重的是以景物或事件形象地进行主观的传达。在选取"客观对应物"之后将色彩和声音的元素描摹到客观对应物之上，并在客观对应物的描绘中注入感性与情绪的流变，这就是李金发创造诗歌意象的方法。在李金发诗的世界里，色彩和声音已经是他的情思与"客观对应物"进行沟通的必不可少的要素。

1925 年 2 月 16 日，李金发署名李淑良在《语丝》杂志上发表了《弃妇》一诗，向中国传统诗歌发起了挑战。这首诗的出现，预示中国新诗艺术新的转变的开启。它的价值在于，以完全陌生的象征主义的艺术面貌打破了"五四"以来以现实主义、浪漫主义为标志的新的传统，预示了一种极其另类又极具先锋性的诗艺追求。当"五四"以后的中国诗人逐步习惯了关注现实和倾情于时代的时候，李金发的《弃妇》突然以感伤而绝望的音画形象向诗坛展示了前无古人的悲凉而又没落的意境：

---

① 李金发. 序林英强的《凄凉之街》[J]. 橄榄月刊, 1933 - 08, 35.

长发披遍我两眼之前，

遂隔断了一切羞恶之疾视，

与鲜血之急流，枯骨之沉睡。

黑夜与蚊虫联步徐来，

越此短墙之角，

狂呼在我清白之耳后，

如荒野狂风怒号：

战栗了无数游牧。

靠一根草儿，与上帝之灵往返在空谷里。

我的哀戚惟游蜂之脑能深印着；

或与山泉长泻在悬崖，

然后随红叶而俱去。①

　　诗中声音、色彩与物像的结合无处不在：血色的"激流"、沉睡的"枯骨"、徐来的"黑夜"、狂呼于"清白之耳"的"蚊虫""随红叶而俱去"的"哀戚"，物象被声音和色彩的元素赋予了极其强大的刺激力，体现了象征对于暗示的直观效果的要求。那些源于传统又迥异于传统的意象与声音、色彩以貌似杂乱无序的链接极具跳跃性地组合在一起，描绘出了一个与衰败死亡相缠、被命运抛弃的"弃妇"形象。以往中国诗歌中的妇女形象与这个乖谬、诡异的"弃妇"完全不同。一个以"弃妇"为中心迥异于传统的诗美境界被巧妙地营造出来了；恐怖和绝望、血腥与死亡、丑陋与错乱在整体上构建出了一种现代性的诗美品格，"弃妇"形象所表达的心理体验也是现代人所特有的复杂多变的感受和情绪。可以说，在那个时代，作为兼具雕塑家与诗人双重身份的李金发，离现代艺术是最近的。

　　象征艺术注重内省、旁观内心，常常把心灵印象对应于外部形象，以声音、色彩形象构建的意象往往蕴涵多重意指空间，使诗歌的主题意蕴因呈现繁复、多解的特征而更具想象驰骋的空间。按照索绪尔关于语言现象的"能指"与

---

① 李金发．弃妇［Z］．中国新诗经典·微雨［M］．杭州：浙江文艺出版社，1996：04.

"所指"理论，象征几乎永远处于有"所指"的状态。优良的象征性形象一般都兼具刺激性和暗示性两种特性。因为要有刺激性，所以象征性形象越具象越直观就越好，没有了形象性，就无法刺激感官；因为要有暗示性，因而象征性形象越神秘越朦胧就越高妙，太明白，也就失去了暗示的趣味。

因为色彩和音效在诗歌怪异的主题间的律动、渲染带来了出人意表的诗美效果，"流动的、多元的、易变的、神秘化、个性化、天才化"[①] 的美誉才被人们冠予李金发的诗歌。

当然，与20世纪30年代的现代诗派相比较，象征诗派的缺憾和不足还是十分明显的。因为它更多的时候只是在单纯地借鉴西方象征艺术，在象征艺术与中国传统诗学的融合方面缺少自觉的探寻，所以，它和新月诗派都是现代新诗向"纯诗化"方向发展过程的一个过渡性的流派。而"纯诗"的理论探索和创作实践的"中国化"，则要等到现代诗派出现以后才能最终完成。

第三节　中、西诗学的融汇与现代诗派的纯诗理论

1929年戴望舒的诗集《我的记忆》出版，这是现代派诗歌起始的标志，继而1932年施蛰存主持《现代》杂志创刊，围绕着《现代》杂志，现代诗派这一流派最终形成。

现代诗派最重要的诗学命题是纯诗。现代诗派关于纯诗理论的探索和创作实践体现了新诗第二个建设期（1925—1937）诗学内涵变异、发展的深度与高度。

从尝试期粗浅的白话诗的创建到现代诗派的纯诗探索[②]，再由纯诗向多元诗的过渡，体现了中国现代诗学的主要发展路径。

新月诗派、象征诗派的理性规范及非理性的直觉象征与两派在创作实践和理论上的探索，主要针对尝试初期白话诗和尝试后期早期浪漫主义诗歌的浅陋、

---

① 黄参岛. 微雨及其作者［J］. 美育，1928－02.

② 梁宗岱. 谈诗［A］. 诗与真二集［M］·上海：商务印书馆，1936.

失范与无度①，是中国新诗艺术向纯诗化方向过渡的桥梁。20 世纪 30 年代的现代诗派上承象征与新月之成果，下启中、西融合之道，以西方纯诗的引进和中国古典纯诗的借鉴为自己探索出了一条通向未来的创新路径。

一、西方纯诗的引进

曹葆华、戴望舒和梁宗岱是现代诗派在西方纯诗的引进上有较大贡献的人物，他们的翻译介绍具体涉及纯诗的理论沿革、纯诗的基本内涵、纯诗理论的区别，等等。

纯诗说最早源于《诗歌原理》，这是美国诗人埃德加·爱伦·坡的一部著作。他最先提出了纯诗的概念，认为诗是一种"纯艺术"，其效果与音乐一致。坡的理论被法国的波特莱尔和马拉美所接受，在法国形成了纯诗的三个发展阶段，即波特莱尔—马拉美—瓦雷里②。瓦雷里之后，白瑞蒙为纯诗理论的另一种发展。

在现代诗派中曹葆华是介绍西方现代诗学最多的诗人，在中国曹葆华也是最先介绍从坡到瓦雷里的理论沿革的人。他在 1933 年翻译了里德的《论纯诗》③。正如曹宝华所言："纯诗（Pure poetry）这个名词，在国内似乎已经有人提到过，可是作为文章以解释和发挥的，则至今还未见到。"④ 他的翻译第一次把西方纯诗的历史和理论较为全面地介绍给了国内诗坛。

1934 年，曹葆华翻译了瓦雷里的《前言》。这篇论文在法国纯诗理论上有着比较重要的地位。瓦雷里在该文中除了提出自己关于纯诗的理论之外，还从自己的角度对法国纯诗的历史进行了回顾和总结。瓦雷里认为纯诗是一种纯美的艺术境界和"绝对真理"⑤，纯诗只能是诗人终身努力的目标。

曹葆华的翻译还涉及里德的理论著述《论纯诗》，介绍了白瑞蒙神父带有神秘主义色彩的纯诗理论。曹葆华还在其论著《现代诗论》里介绍了另一位法兰

---

① 陈梦家. 新月诗选·序［A］. 新月诗选［M］. 上海：新月书店，1931；穆木天. 谭诗：寄沫若的一封信［J］. 创造月刊，1926 – 03，1（1）.
② 《坡》［Z］. 纯诗歌［Z］. 世界诗学百科全书［M］. 西安：陕西人民出版社，1999.
③ 曹葆华. 现代诗论［M］. 上海：商务印书馆，1937：04.
④ 曹葆华. 现代诗论［M］. 上海：商务印书馆，1937：04.
⑤ 曹葆华. 现代诗论［M］. 上海：商务印书馆，1937：04.

西学院会员瓦雷里驳难白瑞蒙理论的观点①。

1947 年《恶之华掇英》被戴望舒以精美的译笔翻译介绍到中国诗坛，该书收入波特莱尔诗歌 24 首，卷首收录瓦雷里的《波特莱尔的位置》一文，卷末是戴望舒撰写的"译者后记"。该书是最早介绍波特莱尔的专门著作，也是当年现代译诗的巅峰之作，由怀正文化社出版。该书以法国浪漫诗学为背景，集中介绍波特莱尔在法国文学史上的地位，并涉及美国诗人爱伦·坡《诗的原理》的介绍、波特莱尔与坡的渊源、波特莱尔诗作的纯诗特点和波特莱尔对马拉美、魏尔伦、韩波的影响四个方面的问题。书中戴望舒用"质地和精巧纯粹的形式"② 来概括波特莱尔诗歌的纯诗特点。

1936 年瓦雷里的理论著述《骰子底一掷》被梁宗岱以极大的热情翻译成中文。该文中瓦雷里主要阐述了对马拉美的研究，并形象地讲述了聆听马拉美《骰子底一掷》的朗诵时的感受——"完全是光明和谜语的诗篇……马拉美无疑地瞥见了一种诗的'命令法'：一种诗学。"③ 瓦雷里认为马拉美的诗既有音乐的听觉形象又有文字的视觉形象，达到了感性和理性的完美融合。

通过现代诗派的系统翻译，人们几乎能够完整地看到西方纯诗理论的原创者对纯诗理论理解以及纯诗理论本身的不断变异、发展和丰富的历史。

曹葆华、梁宗岱和戴望舒的翻译工作为 20 世纪 30 年代现代诗派的理论建设奠定了一个全面的理论基点。

二、古代纯诗的挖掘

与初期白话诗派相比，20 世纪 30 年代出现的现代诗派有一个最大的不同点，那就是他们对古诗尤其是对晚唐南宋的"纯诗"十分重视。一部分文学史家对这一时期发生的古典纯诗热进行了比较深入的研究④。此期多数现代诗人对晚唐南宋"纯诗"的热衷，主要集中在对古代"纯诗"朦胧消沉纯美诗风的认同上，而基于古代"纯诗"的理论探讨则稍显不足。对古代纯诗的阐释最为系

---

① 曹葆华. 现代诗论［M］. 上海：商务印书馆，1937：04.

② 孙玉石. 新诗：现代与传统的对话——兼释 20 世纪 30 年代"晚唐诗热"［A］. 现代中国（第一辑）［M］. 武汉：湖北教育出版社，2001：11.

③ 梁宗岱. 瓦雷里"骰子的一掷"，即《骰子的一掷永不能破除侥幸》［J］. 大公报·文艺·诗特刊，1936 – 050 – 1，12.

④ 孙玉石. 中国现代主义诗潮史论［M］. 北京：北京大学出版社，2010：11.

统的要数梁宗岱关于晚唐南宋的纯诗理论。

首先是梁宗岱在理论上对古典纯诗的理论概括。在梁宗岱看来，南宋时期的姜夔是可以媲美马拉美的诗人，所以梁宗岱十分肯定地认为："我国旧诗词中纯诗并不少（因为这是诗的最高境，是一般大诗人所必到的，无论有意与无意）；姜白石底词可算是最代表中的一个。不信，试问还有比《暗香》《疏影》'燕雁无心''五湖旧约'等更能引我们进一个冰清玉洁的世界，更能度给我们一种无名的美底颤栗么？"① 梁宗岱接着对姜夔纯诗的特点进行了理论上的概括：其诗诗境"空明澄澈"，趋难避易，注重格调与音乐；其诗纯在超然、纯在形式。

其次是梁宗岱对姜夔纯诗被中国诗坛长期忽略的缘由的揭示。对此梁宗岱将之归结为传统言志和现代感伤两个最基本的原因——"近人论词，每多扬北宋而抑南宋。掇拾一二肤浅美国人牙慧的稗贩博士固不必说；即高明如王静安先生，亦一再以白石词'如雾里看花'为憾。推其原因，不外囿于我国从前'诗言志'说，或欧洲近代随着浪漫派文学盛行的'感伤主义'等成见，而不能体会诗底绝对独立的世界——'纯诗'底存在。"② 毫无疑问，梁宗岱从上述两个理由来立论是较有见地的！

对李商隐的诗的价值，近现代不仅有王国维的所谓"雾里看花"论，更有胡适针对李商隐无题诗的所谓"鬼话"论，这些贬抑在今人看来不但观念陈旧而且都远离了诗歌的本体。今天的人早已看到，在现实的、功利的"言志"这道狭小的窄门以外，诗的天地是极其广阔的，本该给予弃"言志"而放飞诗心者一席之地。

然而中国人哪怕就是在今天遥对彼时的梁宗岱，仍有一种仰望先锋的孤寒之感！慨叹中国的文学家和诗人们总是徒劳地进行着宿命的"两面作战"！

最先敏锐地发现晚唐南宋的纯诗并热情地进行概括的是诗人废名，此后现代诗派关于古典纯诗的共同风潮才得以形成。20 世纪 30 年代，包括戴望舒、梁宗岱、卞之琳、冯至、林庚、施蛰存等一大批现代诗人对温庭筠和李商隐的诗极为热衷，均在创作中对之或点化或模仿。这一现象客观上体现了现代诗派追求纯诗的整体倾向，这个倾向说明现代诗派的整体诗学追求并不是迷醉于西方

---

① 蓝棣之. 现代诗选·序 [A]. 北京：人民文学出版社，1986.

② 梁宗岱. 诗与真二集 [A]. 上海：商务印书馆，1936.

纯诗的神秘与玄奥，他们迷醉的是纯诗对现实的超脱性、对诗本体的重视、对诗歌形式之美的执着。这种倾向既超越了胡适关于作诗即如说话的主张，也与新月派强调格律化的理性规范和象征派强调直觉象征的单向继承与借鉴有所不同，它在借鉴、融合西方纯诗理论的同时，又表现出中国化的倾向。这些区别决定了现代诗派不同的高度和深度，足以预示其在纯诗理论的开拓和创作实践上必将取得远超前人的成就。

三、纯诗理论的中国化

毋庸置疑，现代诗派对中外纯诗理论的融合在中国新诗理论建设上的贡献极其巨大。对此，蓝棣之在概括性地阐述现代诗派"流派"特征和"纯诗"倾向时①，也曾进行了充分的肯定。

现代诗派诗人和理论家对纯诗理论的具体发展和贡献是值得我们不断探究的，在笔者有限的视野内粗略估计最少有以下几个方面的突出成就可供研究者探索和梳理：第一是梁宗岱的现象学形式论，以及他对西方纯诗的"超验"和中国传统"妙悟"说所作的比较性研究；第二则是何其芳关于纯诗的唯美主义的形式理论；第三是戴望舒融合中西的诗情论；第四是其他现代派诗人的纯诗本体论。但是，所有这些都不是本课题简短的篇幅可以完全容纳的。

诗本体论是现代诗派在所有纯诗理论观点中最统一的一个方面。

关于诗歌的本体，现代派诗人既不同意今人有关"经验"的理论，更不赞同传统关于言志和缘情的说法。那么，20世纪30年代的现代诗派在诗歌本体论上共同关注的热点是什么呢？

1933年，施蛰存最先提出的"现代的诗是诗"② 的主张才是现代诗派诗本体论的焦点！这体现了现代诗派对诗作为诗之本体地位的高度关注，这在现代新诗史上是前所未有的。中国现代诗学自新诗产生以来，从来没有像此时的现代诗派这样强调过诗的本体地位。这既是对"五四"时期的"非诗"的革命③，也可算是20至30年代泛政治化诗歌的矛盾对立面，更是对新月诗派和象征诗派符合逻辑的一个发展。

---

① 蓝棣之. 现代诗选·序［A］. 北京：人民文学出版社，1986.
② 吴霆锐，施蛰存. 关于本刊所载的诗［J］. 现代，1933，3（5）.
③ 梁宗岱. 新诗的十字路口［J］. 大公报·文艺·诗特刊，1935－11－08，12.

对诗必须是诗这一永恒特质的强调对于现代派诗人而言几乎是完全一致的一个核心命题，然而流派中的主要诗人在内涵解读上的侧重点又各不相同。

首先就是梁宗岱关于纯诗的现象学的形式论。

诗的形式性，既是梁宗岱超验论中诗歌形式主体性的实践化和展开化，也是法国象征派的理论在 20 世纪 30 年代中国的发展。梁宗岱曾说，"形式是一切文艺品永生的原理"① 和 "一切纯粹永久的诗的真元"②。对于纯诗形式性的强调，是梁宗岱对西方象征主义理论的具体发展，他强调形式性的观点具有鲜明的现象学意义，并包括了三个连贯性的命题：

第一，形式是诗存在的方式。因为一首诗歌有形式，这首诗才能成为诗。这个命题中的形式不同于形式主义的传统范畴，因为其是形式也是内容，是现象学里的形式。

第二，形式即为 "纯粹永久的诗的真元"③。也就是说，属于诗的纯粹形式和诗相统一的时候，形式就使诗获得了永恒。所谓 "一切伟大的诗"④ 就是这种诗，它能够以形式陶熔宇宙规律和人生奥义。

第三，形式是 "教" 与 "乐"、审美与功用的统一。"直接诉诸我们的整体……灵与肉，心灵与官能"⑤ 的就是诗的形式，那些 "美感的悦乐"⑥ 是形式给予的，"参悟" "宇宙和人生奥义"⑦ 也是由形式而得的。"譬如食果，我们只感到甘芳与鲜美，但同时也得到了营养与滋补"⑧！梁宗岱以 "食果" 能让人同时享受美味又获得营养的比喻，形象地将教和乐、形式和内容以 "果" 代表的现象体加以还原。

三个前后衔接的命题构成一个逻辑上的现象学闭合循环：

纯粹的形式是诗本体→形式使诗永恒→诗本体是形式（"果"）

梁宗岱的现象学诗学观完全突破了传统的将内容与形式分而论之的机械性诗学观，具有开创性的理论意义和实践意义。

---

① 梁宗岱. 新诗的十字路口 [J]. 大公报·文艺·诗特刊, 1935 – 11 – 08, 12.

② 梁宗岱. 新诗的十字路口 [J]. 大公报·文艺·诗特刊, 1935 – 11 – 08, 12.

③ 梁宗岱. 新诗的十字路口 [J]. 大公报·文艺·诗特刊, 1935 – 11 – 08, 12.

④ 梁宗岱. 新诗的十字路口 [J]. 大公报·文艺·诗特刊, 1935 – 11 – 08, 12.

⑤ 梁宗岱. 新诗的十字路口 [J]. 大公报·文艺·诗特刊, 1935 – 11 – 08, 12.

⑥ 梁宗岱. 诗与真二集·谈诗 [A]. 上海：商务印书馆, 1936.

⑦ 梁宗岱. 诗与真二集·谈诗 [A]. 上海：商务印书馆, 1936.

⑧ 梁宗岱. 诗与真二集·谈诗 [A]. 上海：商务印书馆, 1936.

其次是何其芳的唯美论与形式论。

在现代诗派中何其芳的诗论写作并不多。他的第一篇诗论是其专为《大公报·文艺·诗特刊》写作的《论梦中的道路》①。这篇文章比现代诗派其他诗人的纯诗说理论更具纯粹的形式性和唯美性。

何其芳的诗论有以下三个特点：

一是淡化诗歌内容。所以他说："对于人生我动心的不过是它的表现，我是一个没有是非之见的人。判断一切事物我说我喜欢或者我不喜欢……对于文章亦然……至于它的含义则反于我的欣赏无关。"② 这是完全以纯粹形式的追求超脱于诗歌内容。

二是痴迷于精美的形式。所以他又说："我呢，我从童时翻读着那小楼上的木箱里的书籍以来便坠入了文字魔障。我喜欢那种锤炼，那种色彩的配合，那种镜花水月。我喜欢读一些唐人的绝句。那譬如一微笑，一挥手，纵然表达着意思但我欣赏的却是姿态。"③ 这段话是对他追求唯美形式的最好注脚。

三是对诗歌形式之美的极端推崇。他曾说："我最大的快乐或辛酸在于一个崭新的文字建筑的完成或失败。"④ 并称其艺术及人生之最高价值唯有形式之美。完美体现何其芳唯美形式追求的是《燕泥集》。何其芳纯形式论的主张有反内容的决定论倾向，思维方式的偏颇使其观点充满了片面性，当然这种片面有时候也是深刻的。

最后是戴望舒"诗的精髓"论。

戴望舒诗歌理论比较零散，虽不系统却有较强的实践性，他有关诗本体的观点常常体现在其创作与评论之中。

具体来说，戴望舒前期诗歌理论比较注重音乐性，感伤颓废的色彩较浓，风格与新月派较为接近。其后期抛弃音乐性，转而注重诗歌的内在情绪的旋律，这种转变具体表现在他关于诗歌韵律的这段论述上："诗的韵律不在字的抑扬顿挫上，而在诗的情绪的抑扬顿挫上，即在诗情的程度上。"⑤ 从《我的记忆》开始，戴望舒的诗歌进入了所谓现代派时期。

---

① 何其芳. 论梦中道路 [J]. 大公报·文艺·诗特刊, 1936 – 07 – 19, 11.
② 何其芳. 论梦中道路 [J]. 大公报·文艺·诗特刊, 1936 – 07 – 19, 11.
③ 何其芳. 论梦中道路 [J]. 大公报·文艺·诗特刊, 1936 – 07 – 19, 11.
④ 何其芳. 论梦中道路 [J]. 大公报·文艺·诗特刊, 1936 – 07 – 19, 11.
⑤ 戴望舒. 诗论零札 [J]. 华侨日报, 1944 – 02.

戴望舒在其后期主要论文《谈林庚的诗见与"四行诗"》中提出了"诗的精髓"的理论观点，其主要观点是诗要有诗的属性。他通过批评林庚诗提出诗的纯诗性和诗的现代诗性问题。他有三个集中的论点："纯诗""诗的精髓"和"诗情"论。

首先，是"纯诗"。在戴望舒那里，诗歌外在形式的音乐性并不重要，所以他的这个"纯诗"就是自由诗，而且是有特定意义的、具备纯诗内涵的自由诗。

其次，是"诗的精髓"。"古诗和新诗也有着共同之一点的。那就是永远不会变价值的'诗的精髓'。那维护着古人之诗使不为岁月所斫伤的，那支撑着今人之诗使生长起来的，便是它"。虽未明白说出，但他的这个"诗的精髓"讲的就是诗歌超时空和超阶级的艺术之美。戴望舒对于纯诗的诸多零星阐释主要发表于《现代》，后来被施蛰存收集结集为《诗论零札》，透过这部集子也能更多地了解戴望舒的诗学观点。

最后，值得注意的是，戴望舒在《诗论零札》中还常常谈及"诗情"一词，形成了他独特的"诗情"论。他所说的"诗情"二字很可能是从法语的"đat d'ame"转译而来，"ame"一词的原义是"灵魂、人格、良心；精神、心情、感情；（文艺作品的）思想意义；（事物的）精髓".① 可见戴望舒诗论中"诗情"一词的内涵十分丰富和复杂，它包括人的精神层面的各个方面，既可以包括人的情感，也可以包括人的知性和思想。细加思索，戴望舒的"诗情"论似乎也可以算作他对"诗的精髓"的另一种解读。

总之，包括施蛰存、路易士等现代诗派同人对于纯诗的阐释虽各有不同，都有不同的见解，但是他们在对"现代的诗是诗"这一共同的诗歌本体的维护上却是一致的。同时，他们也以自己的诗歌理论探索丰富了现代诗派的纯诗理论。

---

① 黄新成. 法汉大词典［M］. 上海：上海译文出版社，2002：114.

第七章

纯诗化诗人群综论

当人们面对一个具体的对象欲对其性质、类别、特点等做出分析判断之时，由于选取的角度有差异，得出的结论往往会千差万别。一个人的结论往往并不完全由他面对的客观对象来决定，很多时候他所选取的立场和视角才对结论具有决定性的意义；但是，批评的角度一旦被选定，无数个可供选择的角度也就被放弃了。所以，真理绝不会被一个人、一个立场、一个视角所占据，或许一个人、一个立场、一个视角最多只能占据很少的一点真理。

当我们对象征派、现代派诗人群（以下简称"纯诗化诗人群"）这两个20世纪二三十年代代表中国现代新诗纯诗化进程的诗歌流派及其创作现象展开研究的时候，也是如此。纯诗化诗人群所处的历史文化场域无疑是极其复杂的——中国现代历史文化背景的制约，中、西方文化的碰撞、消长，流派、诗人所拥有的不同背景与个性，等等，所有这一切相互交织，最终必然会构成一个极其复杂的矛盾运动的视觉漩涡。

本章将从20世纪二三十年代纯诗化诗人的群体文化心理出发，以不同诗歌流派的代表性作家的专题研究为重点，探讨纯诗化诗人群共同的文化心理及其在诗艺追求上充满个性特征的艺术成就。

由于20世纪二三十年代特殊的历史背景，对于纯诗化诗人群来说，虽然中国传统诗学已然被尝试期文学革命的浪潮所打破，并与传统文化一起退守到了非正统的民间的位置上，隐藏到了每个诗人潜意识的深处，但是，一方面由于潜藏于纯诗化诗人内心深处的传统文化情结的影响，中国传统士大夫治国平天下的强烈责任感和入世精神仍被他们中的多数人有意无意地认同，而这正是中国现代知识精英所共同拥有的忧患意识的来源，所以，纯诗化诗人群诗歌中的"苦闷""忧伤"的主题正是这种传统的忧患意识的体现；另一方面，民族审美心理的潜在影响也使他们在不满于尝试初期新诗粗浅乏味的艺术形式的同时，开始以向往和怀念的态度对古典诗词含蓄、亲切的表现形式进行借鉴和重温。与此同时，中国新旧时代之交的苦闷与西方现代主义诗歌特质的契合，又使得纯诗化诗人们在审美趣味、文化心理上更加容易和西方现代主义相亲近，再加上纯诗化诗人们对中国客观黑暗现实的失望，所有这一切最终导致了他们深刻内省的精神追求及其在诗艺上远离现实的纯诗化探索。

第一节　纯诗化诗人的群体文化心理

虽然自 20 世纪 80 年代至今，研究界对 20 世纪二三十年代纯诗化诗人群的研究早已不计其数，然而结合流派产生的时代政治气候、民族传统文化与审美情结的制约、全球艺术潮流的影响、纯诗艺术的深刻追求等多重复杂视角来进行研究的却并不多见，本节将综合上述角度，就笔者的浅见做一个简要的概述。

一、传统文化情结和民族审美心理的牵制

蒲风曾说，大部分现代派诗的材料并不具备现代性，反映的主题是"出世的，神秘的，颓废避世的，古典的……歪曲了现实"①。由于蒲风的所谓"现代"立场与现代派相去甚远，他对现代派诗歌现代性的否定自是不必当真，但其读出现代派诗歌的古典元素真可谓独具慧眼，算不得误读。因为中国传统文化和民族审美心理对现代派诗人的影响是确实存在的。

首先，是儒家文化传统的内在暗示力。

具有世俗哲学倾向的传统儒学都非常强调知识精英的入世，所以旧时士大夫素有报国忠君的强烈社会责任感。在数千年的封建时代，在他们的文学作品里牢骚、苦闷的滋生大多是由其内心的入世之心难以实现所致。在中国传统文化土壤中成长起来的纯诗化诗人多数深受儒家文化的熏陶，其精神品格均深印着传统儒士的烙印，这种精神烙印里的入世思想在民族家国的苦难袭来之时便会激发出感时伤世的忧患情怀。

---

① 蒲风. 五四到现在的中国诗坛鸟瞰 [J]. 诗歌季刊, 1934 - 12 - l5 ~ 1935 - 03 - 25, 1 (1 - 2).

杜衡曾说："像我们这年岁的稍稍敏感的人，差不多谁都感到时代底重压在自己底肩仔上，因而呐喊，或是因而幻灭，分析到最后，也无非是同一个根源。"① 他的这段话十分精确地道出了现代主义被中国现代派诗人接受的两个原因：一是"五四"落潮后时代的苦闷彷徨的大气候，二是当时像施蛰存这样的精英知识分子内心共同存在的充满忧患与无限感伤的文化心理。

中国文坛有句独特的谚语，叫作"忧患出诗人"。从中国古今诗学史来看，这句话都是没有错的。古代屈原、杜甫、苏轼等无不是在尝够了灵魂与肉体被放逐的苦痛之后，痛定思痛，才创作出了流芳千古的诗篇。纯诗化诗人们作为身处中国20世纪二三十年代的知识精英，虽已失去传统儒士所代表的主流文化的身份，多数人以被雇佣者的身份或职业化作家的身份开始向俗世的普通一员转变，但另一方面似乎又因其对儒家入世思想的承传而无法抛却为民请命、为国蒙难的精神肩负。从文化精神传承的角度看，这既是一种优秀的传统，同时又几乎更像一种无法摆脱的"魔咒"。即便仅仅从中国古代诗学影响来看，起码也可算是"诗言志""诗缘情"的传统的深层牵引。

其次，是民族审美心理的潜在渗透。

亲切与含蓄作为古典诗词的重要传统几乎为所有纯诗化诗人所继承和信奉。即便是他们表现出对外来的象征和暗示的偏好，也源于他们心理上对其含蓄蕴藉之美的赏识。李金发曾说："予每怪异何以中国古典诗歌无人关注……实际东西作家随处有同一之思想、气息和取材"②，应"于他们的根本处……把两家所有，试为沟通调和之意"。③ 李金发在其诗歌中对中国传统诗词的意境、意象的大量应用可算是对上述观点的最好注脚。

废名也曾明确指出，现代诗派是温庭筠、李商隐一派的发展。他说温、李诗就是从沙子里淘出来的金子，充满了生气，是想象与自由的表现，就像是雕刻，有一种立体的感觉。他认为新诗可以发展旧诗的长处，所以新诗有着光明的前景。在他看来，现代诗派既受到法国象征派的启示，又透视着自己民族的诗歌遗产，前者使其对诗的观念有新的领悟，后者使其继承、阐发、复活了温、

① 杜衡. 望舒草序［A］. 望舒草［M］. 上海：现代书局，1933：08.
② 李金发. 食客与凶年·自拔［A］. 食客与凶年［M］. 北新书局，1927.
③ 李金发. 食客与凶年·自拔［A］. 食客与凶年［M］. 北新书局，1927.

李"纯粹的诗"。①

诚如废名所言，现代诗派的许多诗人在具体诗歌创作上确实对温、李诗歌有所继承、有所发展。

20世纪30年代以后，戴望舒的一些作品开始大胆择取古典诗词意象，对题材及意境神韵的渲染营造显得更加重视，整体诗意也变得朦胧晦涩。他自身的传统素养和对传统诗美趣味的偏好一方面成就了他的诗，让其诗作在姣美、感伤甚至颓废的诗风里透出一种温润厚实的丰盈底蕴，使中国读者更容易与之亲近；另一方面某些旧的艺术价值观与传统审美情趣也不可避免地变成了一种负累，对于戴诗现代性的开拓也的确是一种妨碍。

卞之琳的诗歌也具有十分突出的民族风格。像《西长安街》，诗中的夕阳残照、红墙长影、枯树老人、马蹄飞尘，既营造了古典诗歌凝练、空蒙的意象和意境，又以时空的跳跃、交叠平添了类似于西方现代主义的神秘、智趣的色彩。所以，他的诗歌最能体现中、西交融之后的创新与升华。

废名的诗有着类似于禅宗的悟性，而"禅悟"原本就是典型的中华民族智慧。从这个角度讲，废名的诗也是地道的中国现代诗。其《掐花》一诗对桃花源岸的空灵描绘单凭想象就营造出了一种出尘的禅化境界，无论是意象选择还是意境创造都显示了极深的传统文化印痕。

二、西方文化思潮的影响

19世纪末20世纪初由于资本主义工业文明的高速发展，现存社会秩序遭受了猛烈的冲击和动摇。在"上帝死了"的呼喊声中，传统的宗教意识开始衰退，对人的存在的形而上的叩问暴露出西方世界巨大的精神真空。畸形发达的物质文明带来人的异化，更增加了人们精神上的压抑与惶惑。在非理性主义的思潮之下，作家开始以新的方式来表达他们对现实的怀疑、对人类本质与未来的思考，以及对心灵世界和现代情绪的关照与理解。西方现代主义诗歌潮流由此产生，并开始迅速蔓延。西方现代主义诗潮的出现，使得现代人的孤独苦闷的情绪得到了深刻而广泛的表现，现代主义诗潮整体上体现出了归向与内心观照和精神自省的倾向。

---

① 废名．谈新诗［M］．北平：新民印书馆，1944.

　　而中国纯诗化诗人群出现的时期正值国家内忧外患、积贫积弱的苦闷时代，他们虽游离现实之外却因现实黑暗而为个人家国的前程苦恼，他们更有一部分人因远离故国而苦闷煎熬。所以，纯诗化诗人群在现实心理状态和审美情趣上十分容易与源于西方的颓废、唯美的现代派诗歌相亲近。

　　西方现代主义最少在以下三个方面的艺术主张让中国纯诗化诗人倍感亲切：

　　首先，西方现代主义诗歌关于"纯诗"的追求和传统使得中国纯诗化诗人能够在纯诗艺术的追求之中远离现实，并得到心灵的慰藉。所以，中国象征诗派主张超功利，把诗歌看成内心潜意识的表现，认为"艺术家唯一工作，就是忠实表现自己的世界"①。痴迷于唯美和形式的何其芳更是倡言只为自己书写。从这个角度看，纯诗化诗人们大都将诗歌当作对抗现实"风雨"的心灵避风港。

　　其次，以丑为美、恶中之美的审美倾向对于内心颓唐又身处"衰败现实"的纯诗化诗人有着致命的吸引力。中国纯诗化诗人秉承波特莱尔的"恶中之美"，形成偏爱凡俗、阴暗和丑陋的审美倾向。所以，卞之琳才会以西长安街灰色的景象和"北国风光的荒凉境界"成诗②，冯乃超下笔才会流连迷蒙徜恍的红纱灯。

　　最后，对生与死、时间、历史、物质等问题的知性思考深深地吸引着纯诗化诗人。艾略特的《荒原》涉及对时间、永恒和生存等超验问题的冥思，李金发同样迷醉于生与死、梦与真、时间与生命的主题，卞之琳则以诗的知性探险寻求类似智者的玄思境界。

三、精神追求和艺术追寻的自觉

　　大多数纯诗化诗人都处于现实和理想、现代和传统的边缘地带，他们虽对丑恶的现实和黑暗的社会充满厌恶与绝望，但又总是无力抗争。所以，他们更擅长审视内在的心灵世界，并以个人内心形象化的生命体验反映现实生活。

　　他们不甘沉沦又无力挣扎的感受以幻灭感与孤独感呈现在他们的诗歌之中。凭借着现代人敏锐的视角，纯诗化诗人从凡俗化的日常生活琐事和复杂的个体心灵世界里发现诗意，在绝望和追寻、平凡和智性、迷茫和清醒、庄重和戏谑

---

① 李金发。烈火［J］．美育（创刊号），1928 - 10.
② 卞之琳．雕虫纪历·自序［A］．雕虫纪历［M］．北京：生活·读书·新知三联书店，1982：167.

之间构造诗境，组合成了纯诗化诗人群既矛盾对立又充满张力的诗意与诗境。纯诗化诗人群所创造的艺术世界，虽缺少了对现实世界风雷激荡的直接表现，却汇集了海量的人生经验和灵觉潜流，具有不可替代的深而又广的精神价值。

戴望舒的《寻梦者》是人们所熟知的著名篇什，每每诵读，都会被那种"虽九死其犹未悔"的寻梦精神所震撼！卞之琳的诗作擅长哲理玄思和智慧的机趣，其早期的《桥》《投》《元宝盒》一直到《鱼化石》，从桥上风景的玄思写到"生生之谓易"的人生哲理，无一不融汇诗人对生命存在的严肃思考和深刻体味。卞之琳曾十分形象地以下面这段话对其诗与生活进行解读："鱼成化石的时候，鱼非原来的鱼，石也非原来的石了。这也是'生生之谓易'。近一点说，往日之我已非今日之我，我们乃珍惜雪泥上的鸿爪，就是纪念。"① 顺着这些话拓展开去，几乎可以看到一个真正的诗人是怎样将包融着自己人生灵与肉的体验、血与骨的苦痛熔铸到一个看似简单的诗意形象之中的，其中所蕴含的诗的真谛绝不是一句"将个人的感受上升到了哲理的高度"所能道尽的。

纯诗化诗人群不满于 20 世纪 20 年代中期以前诗坛的形式僵化、内容苍白，并以他们在创作、翻译及诗学理论方面的综合艺术水准证明了他们的独特地位。

第二节　象征之下的浪漫与古典：李金发述略

《微雨》作为李金发的第一部诗集，出版于 1925 年。作为象征诗派的开端，《微雨》以其表现方式的独特震动了文坛。1926 年创造社的两位诗人穆木天、王独清的两篇文章《谭诗——寄沫若的一封信》和《再谈诗：寄给木天、伯奇》发表，标志着现代新诗由浪漫主义转向象征主义，他们在提倡象征主义的同时提出了"纯诗"的概念。②

从现代诗歌内在发展规律来看，新月派诗人的"新诗格律化"主张与实践实际上是对早期白话诗"非诗化"的反拨，但却并未直接把矛头指向胡适。然

---

① 卞之琳. 雕虫纪历·自序［A］. 雕虫纪历［M］. 北京：生活·读书·新知三联书店，1982：167.

② 穆木天. 谈诗——寄沫若的一封信［J］. 王独清. 再谈诗：寄给木天、伯奇［J］. 创造月刊，1926－03，1（1）.

而随着新诗人对新诗新的审美标准的追求越来越强烈，胡适"作诗如作文"的粗浅理论受到的质疑也越来越多。第一个正面挑战的就是穆木天，他认为："胡适说：作诗须如作文，那是他的大错。……先当散文去思想，然后译成韵文，我以为是诗道之大忌……得先找一种诗人的思维术，一个诗的逻辑学……用诗的思考法去想"①，要用"诗的文章构成法去表现"②，诗歌和散文要有"纯粹的分界"③，才能创作出"纯粹的诗歌"④。他认为"纯诗"与散文的区别表现在两个方面，第一，表现领域不同。"诗的世界是潜在意识的世界……内生命的反射……是内生活真实的象征"⑤"把纯粹的表现的世界给了诗作领域，人间生活则让给散文担任"⑥。第二，在思维方式和表现方式上也不相同。"诗是要暗示的，诗最忌说明的。说明是散文的世界里的东西。诗的背后要有大的哲学，但诗不能说明哲学……诗不是像化学的 $H_2 + O = H_2O$ 那样的明白的，诗越不明白越好。明白是概念的世界，诗是最忌概念的"。⑦

后期创造社的王独清、穆木天、冯乃超致力于象征派诗歌创作稍后于李金发。这一时期还有戴望舒、姚蓬子、胡也频等在不同程度上受到象征主义思潮和李金发等人诗风的影响。田汉、宗白华也参与过象征主义的探讨和实践。诗歌创作方面较早发生影响的，除了《微雨》这部诗作之外，王独清、穆木天、冯乃超的《圣母像前》《旅心》《红纱灯》都是影响较大的诗集。由于象征派诗人的共同尝试和努力，象征诗派开始在中国现代诗坛兴起。而李金发则是象征诗派最早进行诗歌创作和理论探讨的人。

李金发的新诗创作始于1920年，正值其留学法国其间。1925年至1927年《微雨》《为幸福而歌》《食客与凶年》陆续出版。其新诗作品几乎都作于国外，受西方象征艺术影响明显。其留法之际，正值象征主义盛行于法国诗坛，李金发系统地了解并接触到波特莱尔的《恶之花》和魏尔伦、马拉美等法国象征派诗人的理论及作品，法国象征主义以颓废为美、以梦幻来取代现实的"世纪末"

---

① 穆木天．谈诗——寄沫若的一封信［J］．创造月刊，1926－03，1（1）．
② 穆木天．谈诗——寄沫若的一封信［J］．创造月刊，1926－03，1（1）．
③ 穆木天．谈诗——寄沫若的一封信［J］．创造月刊，1926－03，1（1）．
④ 穆木天．谈诗——寄沫若的一封信［J］．创造月刊，1926－03，1（1）．
⑤ 穆木天．谈诗——寄沫若的一封信［J］．创造月刊，1926－03，1（1）．
⑥ 穆木天．谈诗——寄沫若的一封信［J］．创造月刊，1926－03，1（1）．
⑦ 穆木天．谈诗——寄沫若的一封信［J］．创造月刊，1926－03，1（1）．

思想，对李金发引起的共鸣尤其强烈。

李金发作为中国初期象征诗派最有代表性的诗人，其诗歌的形式特点和审美特征对于分析其所属流派诗歌的精神本体和形式本体的特征及其相互关联具有重要意义。

如果把李金发的诗歌与波特莱尔进行对比研究就会发现，中国早期象征诗歌在象征性表意形象方面与西方象征诗歌的首要区别就是情感意象和哲理意象的区别。以李金发为代表的中国初期象征诗派诗人的象征意象充满了对现实生活的许多真实体验和丰富的主观情感话语，而西方象征派诗人则是将对纯抽象的、超验的、带有普遍性的象征性意味和语境的构造作为创作的目的。这既体现了中国诗学言志、言情的传统和西方诗学抽象、思辨、哲理的传统的差异，也反映了中、西方诗人所面临的现实社会的境况及其秉承的文化与哲学传统的区别①。

深入研究李金发诗歌的象征艺术，还会发现在李金发诗歌象征主义的外表之下，还潜藏着对于中国古典诗歌传统的继承和化用。在《微雨》中，李金发常常通过富有古典倾向的主题来表达感伤的浪漫情怀；而《为幸福而歌》中的诗歌则往往在浪漫的爱情主题的表现过程中对中国古典诗歌的传统意象和典故进行化用。这样的传统继承和化用可以看作李金发将西方象征艺术和中国诗歌古典传统相互结合的基本方法。

由上述分析可见，我们不应该把李金发看成一个纯粹西化了的象征主义诗人。他诗歌的象征主义，本质上就是西方诗的东方化与中国古典诗歌传统的现代化。其诗歌的形式追求是西方的，而艺术趣味却是古典的，甚至可以看成是对传统古典美的再发现和再创造。这样看来，如果从精神价值来考量，李金发的新诗创作追求其实就是中国现代知识分子在艺术上的审美乌托邦的追求。

一、潜藏于象征之下的传统情感意象

暗示的艺术就是象征的艺术。19 世纪初的法国之所以会出现象征主义，自有其深刻的时代背景与历史缘由。象征艺术奇丽、忧伤而又神秘，它迅速地掀起了一场征服欧洲、激荡全球的思想文化风潮，我国象征诗派也直接肇起于这

---

① 笔者认为，中、西文化与哲学传统最大的一个区别就是注重"用事之功"与偏向"探寻之志"的差异。

股世界性的潮流。

然而，中、西方诗学传统和特定现实的文化背景的差异，导致在共同的创作方法之下中、西方诗歌的象征意象表现出了全然不同的精神内涵。

（一）李金发和波特莱尔诗歌的意象

李金发作为中国象征诗派的第一人，其诗作充分运用的意象和象征、竭力渲染的感伤情调、孜孜以求的人生哲理等，几乎和法国象征主义完全一致。他创作的爱情诗很多，但是这些诗歌又不仅限于爱情，可能还包含了对生命理想的追寻、对历史及人生意义的叩问。

然而，就李金发而言，绝望的抒情才是其诗歌的最大特点。

沉重的喟叹和忧伤情绪的抒发使得李金发的诗歌充满了绝望的象征：

> 如残叶溅
> 血在我们
> 脚上，
>
> 生命便是
> 死神唇边
> 的笑。
>
> 半死的月下，
> 载饮载歌，
> 裂喉的音
> 随北风飘散。
> 吁！
> 抚慰你所爱的去。
>
> 开你户牖
> 使其羞怯，
> 征尘蒙其
> 可爱之眼了。

此是生命

之羞怯

与愤怒么？

如残叶溅

血在我们

脚上

生命便是

死神唇边

的笑。①

上述诗句所描绘的生命犹如随风而逝的残叶，死亡如黑夜编制的巨网，时刻张开它那黑暗的虚无怀抱，诱惑着现实的人们。诗中的意象——如"残叶""死神""半死的月"——渲染的是在如影随形的死亡阴影之下生命的不断逃亡以及由此而来的羞辱、困顿、忧伤，整个诗歌的氛围和意境是感伤而绝望的，调子是颓废的。

诗歌中的意象抒写和构造融合了抒情主人公现实人生的艰难体验。由"残叶""死神""半死的月"乃至飞溅的"血"等意象构成的图景象征了现实生活中生与死近在咫尺的体验。这些意象及其所构成的隐喻都是感性的，充斥着实际生活的气味和浓烈的主观情感话语。

如果将李金发与波特莱尔相对照，其诗歌确有许多相同之处，但是他们的差异也十分明显。

以我们在第五章引述过的波特莱尔的《相应》为例，该诗同样也充满了像"大自然""庙宇""生命的柱子""象征的森林""语声""悠长的回声"以及那些表现声色、光影的密集意象，并且所有这一切构成了远超现实的生动世界。在这首诗里主体的生命感官为我们展示了表象世界之下毫无阻隔地沟通呼应着的新奇景象，一切物象都蕴含着有生命的律动，周遭事物的一切界限均已消除。

---

① 李金发．有感［Z］．为幸福而歌［M］．上海：商务印书馆，1926.

可作者却有意识地屏蔽了主观的情感，拒绝将其融进诗歌，他似乎只是在自然地、平静地以他的描述向人们揭示着一个被掩盖的真相和事实。

在诗歌晦涩的句子中，诗人表达的是人类的感知与自然万物相互印证沟通的智性境界，人的感性知觉在这种境界里完全沉入了理性感应的氛围。不同于困扰人类生命的情感世界，这种氛围并不需要人的现实情感的介入，相反地恰恰需要摒弃感性的现实生活的困扰。

波特莱尔的《相应》一诗被称为西方象征主义的宣言，是西方最早的、纯粹象征诗的代表。波特莱尔在诗中充当的是类似于哲学家的身份，他以象征的森林所构筑的奇幻世界形象地解答着以诗歌追求生命的至理和求解人生的意义的一种方式，是以诗歌的方式解读和呈现一种形而上的境界。诗歌中的意象表现的隐喻和象征超脱了混浊现实里的、肤浅的、感性体验的范畴，所有意象都已升华为一种超验的象征性符号，也即一种智性的或者哲理的意象。

由上述比较可知，中国早期象征派诗人和现代派诗人的意象带着强烈的个体生存体验和主观情感话语，常常在象征性形象的构造过程中进行着主观情感的表达或宣泄；而西方象征主义诗人的意象完全抛却了现实的困扰，往往把纯超验的、带有普遍性的象征性意象和语境的构造当作象征的目的。

（二）中、西方诗歌象征性意象的不同诗学背景

中国古典传统诗学有着悠久的历史，自《诗经》以来两千多年中国文学的历史就从未离开过诗歌。中国诗学的发展主线也一直是言志与抒情，比较注重现实的具体生活与主观体验的介入。而发源于古希腊的西方文学的诗学传统却与中国古典诗学完全不同。他们偏向于追求理性，习惯在诗歌、戏剧里说理、议论和讽刺，抽象的思辨和哲理较多。

无论是象征主义诗人波特莱尔、魏尔伦还是雨果和莎士比亚，即使是他们的抒情诗也都充斥着丰富的哲理。以魏尔伦的《苦恼》为例：

> 西西里牧歌鲜红的回音，
>
> 肥沃的田野，悲壮的夕阳，
>
> 还有色彩绚丽的霞光，
>
> 大自然啊，你没什么能激动我的心。

我嘲笑艺术，也嘲笑人，

嘲笑希腊庙宇，嘲笑歌与诗，

嘲笑教堂的旋形塔楼，它在浩空耸立，

我用同样的目光看着好人与恶棍。

我不相信上帝，我放弃和否认

所有的思想，至于古老的讽刺，

爱情，但愿别再跟我谈起。

我的灵魂活腻了，却又怕死，就像是

潮水的玩具，葬身大海的小船，

它扬帆出海，去迎接可怕的海难。①

　　诗歌犹如一篇叛逆的宣言。诗人虽然表达了他否定一切、怀疑一切的态度，但是在诗中却看不到直接源于现实的苦恼和忧郁。诗人一方面大胆地发表着议论，另一方面却又即刻把自己推翻。所以，诗中反映的不仅仅是生存的迷惘，诗歌更多地表达了对理性所统治的世界的怀疑以及在失去精神皈依后对心灵家园的求索。诗中美丽与丑陋、庄严与嘲讽、崇高与低下的对立，形成了诗歌中相互碰撞的一对对富有思辨意味的哲理意象。

　　不论是李金发还是戴望舒，中国的象征派诗人和现代派诗人都无法摆脱传统诗学的影响，在诗歌创作中他们都会情不自禁地追求情境相宜、主客合一的画面美、境界美，因此他们所构造的意象会更多地去表现投映了个人现实生活体验的主观抒情。即如戴望舒在《雨巷》所唱：

撑着油纸伞，独自

彷徨在悠长、悠长

又寂寥的雨巷

我希望逢着

---

　　① 罗洛．魏尔伦诗选［M］．桂林：漓江出版社，1987：04.

一个丁香一样地
结着愁怨的姑娘。

她是有
丁香一样的颜色，
丁香一样的芬芳，
丁香一样的忧愁，
在雨中哀怨，
哀怨又彷徨；

......①

　　这首著名的诗歌通篇由一系列象征性形象烘托出来一个中心意象——"丁香姑娘"，其目的就是要用情境交融的象征性意境的构造来抒发诗人在现实生活中无法追求和实现理想的愁绪，甚至在"主客统一"传统表达习惯的驱使下，欲以怀着愁怨的"丁香一样的姑娘"意象自况其冷清、哀怨、彷徨的现实状态。

　　中、西方诗人诗歌中象征意象精神内核的差异性，也与其各自秉承的精神传统和面临的现实社会的不同密切相关：

　　一方面，西方资本主义社会经历了19世纪中期至20世纪20年代的发展，工业化进程业已完成，其第二次产业革命也在逐步兴起并开始进入垄断资本主义阶段，"异化"现象开始出现在资本主义世界——社会、人、自然与自我之间的平衡被打破，相互关系发生扭曲，经济、政治和精神文化生活产生变异。人们因"异化"而开始怀疑现代文明，并以"非理性主义"哲学态度反思现代文明，重新思考和探寻未来人类的现实家园和精神家园。

　　西方象征主义的历史十分悠久，但它作为代表现代主义这种世界性文学思潮崛起的时间却与西方"非理性主义"哲学兴起的时代刚好一致。具体来说，法国19世纪下半叶的诗歌运动是象征主义的起点，波特莱尔的诗集《恶之花》则是象征主义诗歌最早的代表作品。马拉美、魏尔伦等诗人继此之后发表了更

---

① 戴望舒. 戴望舒诗全编 [M]. 杭州：浙江文艺出版社，1989：05.

多的象征主义诗歌，到《费加罗报》与 1886 年发表《象征主义宣言》，象征主义作为一个流派才开始走向成熟。

对理性的批判和怀疑，使得西方象征主义把理性与感性、主观与客观、抽象与直观、现实与虚幻等对立起来。西方象征主义的诗歌作品总是对人的生存和存在进行着富有哲学意味的抽象和思考，其诗歌意象所强调的是一种先验直觉的对应和冷峻关照，并且因为对理性主义的否定而摒弃主观的介入。

另一方面，中国社会从 19 世纪中期至 20 世纪 20 年代，一直是一个半殖民地半封建的境况日益加深的时代，而中国初期象征派诗人正好生活于这一时代最黑暗的时期，他们的现实境遇与感受要纷乱、痛苦得多，战争的频发、外敌的入侵、殖民的剥削、阶级的压迫、人民的困苦，是他们面临的最典型的社会现象。个人与国家双重的生存苦痛与精神危机是他们要同时面对的。而源于儒家的家国忧患意识是中国知识精英数千年来秉承的精神传统，正是这个传统使得他们把民族的生存危机与个人的生存困境在内心深处统一起来。以李金发为代表的象征派诗人也都无一例外地有着强烈个人与社会相统一的理想追求，他们大都把希望投放到了未来，并坚信蛰伏于现实苦难之中的变革力量，这种坚信包含着对民族与个人的精神理想的确认与坚定。

由于立足于民族和个人未来的强烈期冀，面对现实环境中个人与集体的双重死亡威胁，中国象征派诗人就显得更加敏感，他们所体会的痛苦是一种非生即死的生存的苦痛。正因如此，在以李金发为代表的象征派诗人的诗歌中，其象征意象就不可能完全丢弃现实，而去做纯粹理性的思辨。相反地，他们源于现实的感性生存体验总是在有意无意间不可避免地潜入他们的诗歌里，并使其象征性的意象更多地融入现实生命的主观体验，其诗歌意象总是充斥着强烈的主观抒情的因素。

独特的情感意象在很大程度上真实地体现了中国初期象征派诗歌来自苦难时代的刀刻斧凿的痕迹。

二、现代浪漫情怀中的古典因子

中国现代诗歌研究界似乎存在一种"从众"心理，那就是如果有人或者有不少人公认某一位诗人或某个流派具有某种创作倾向，立刻就会有人不假思索地把一些与这个创作倾向所代表的创作方法相一致的表现内容和精神实质附加上去。例如，因为有人肯定了李金发诗歌突出的象征主义倾向，于是就会有人不假思索地把西方现代主义诗歌特有的精神内核加诸李金发的诗歌。实际上李金发诗歌的形式和内容与西方象征主义相比较，并非简单的一一对应关系，尤其是内在精神实质上存在着比较大的差异。笔者拟通过解读李金发诗集《微雨》和《为幸福而歌》的部分作品，来提示李金发诗歌的内在精神实质。

（一）《微雨》：古典的主题，感伤的浪漫

1925 年，李金发的第一部诗集《微雨》的发表震动了国内诗坛，周作人等人对之高度奖掖，称"这种诗是国内所无，别开生面的作品"①。由于《微雨》是国内第一次大量地借鉴和移植法国象征主义的艺术手法，文学史上一般也把李金发作为中国早期象征诗派的第一人来看待。

和同时代的许多诗人一样，李金发自幼学习《诗经》《左传》《幼学琼林》等经典，及其稍长又喜爱"《玉梨魂》一类的鸳鸯蝴蝶派言情小说和《牡丹亭》一类的戏曲，特别是把鸳鸯蝴蝶的小说读得如痴如醉……读过《三国演义》《红楼梦》等中国古典小说，还读了不少的唐诗和其他的古代诗歌，以及袁枚的《随园诗话》等，并开始学写旧体诗"②。晚年的李金发几乎很少写诗，即便偶作，也多为古典诗词，算是彻底回归传统。青年时代的李金发以新锐之姿创作新诗的时候，也曾希望能沟通中、西方诗学传统，"把两家所有，试为沟通调和之意"③。

从《微雨》的表现内容来看，其诗最常见的主题多为咏叹生命如水花镜月般的虚无、时光的流失、爱情的美好与善变、命运的乖谬等，这些都是中国古典诗词里十分常见的主题。《微雨》在表现这些题材时常常显得情调苦痛忧伤、意象神秘朦胧、主旨晦涩难解，其中自然蕴含着对不幸人生的失望或对丑恶现实的不满。《微雨》在进行内心情感的抒发时，一般情况下，更多的是展示因外力扭曲或压迫造成的感伤颓废。

关于李金发诗集《微雨》的主要内容，正如诗人所言：想大声唱出"对于生命欲揶揄的神秘及悲哀的美丽"。④

---

① 语丝 . 1925 - 11 - 23，45。
② 陈厚诚 . 李金发传略［J］. 新文学史料，2001，2.
③ 李金发 . 食客与凶年自跋［A］. 食客与凶年［M］. 北平：北新书局，1927.
④ 黄参岛 .《微雨》及其作者［J］. 美育，1928（2）.

《夜之歌》诉说的是因失恋而带来的沮丧和绝望的情绪：

> 我们散步在死草上，
> 悲愤纠缠在膝下。
> 粉红之记忆，
> 如道旁朽兽，
> 发出奇臭……
> 我已破心之轮，
> 永转动在泥污下。
> 不可辨之辙迹，
> 惟温爱之影长印着。①

《微雨》也往往表现"人生的美满"之梦破灭之后的悲伤和苦痛。《给 X》所表达的就是诗人身处异国他乡遭遇种种打击和挫折之后的悲郁之情：

> 我，长发临风之诗人，
> 满州里之骑客，
> 长林中满贮着，
> 我心灵失路之叫喊，与野鹿之追随。②

著名的《弃妇》一诗，实际是作者以"弃妇"自况，借女性被弃之苦表现自身旅居他国、无所归依的苦痛孤寂。

《里昂车中》一诗，是以"我"如真似幻的所思所感，暗示作者对人生漂泊如行云、去留无常态的感慨。

《有感》一诗的主题与中国古典传统诗歌中的《无题》诗对人生命运的思考相类似。该诗虽是用"生命便是死神唇边的笑"这样极具象征意味的诗句表现诗人对生死问题的独特体验，却与李商隐笔下"夕阳无限好，只是近黄昏"所表达的生命体验有异曲同工之妙。

---

① 李金发. 给 X［Z］. 微雨［M］. 杭州：浙江文艺出版社，1996：4.
② 李金发. 给 X［Z］微雨［M］. 杭州：浙江文艺出版社，1996：4.

在当时的黑暗现实背景之下，李金发《微雨》描绘了一个悲观颓废的自我形象。一个来自贫穷落后的半殖民地国家的东方人，在留学法国期间，面对巴尔扎克《人间喜剧》所描绘的虚伪冷漠的法国社会，不得不躲避到象征主义的想象空间里，面对自己的内心去做那感伤的苦吟，这在当时完全是一个普遍的可以理解的结局。

在象征主义的外表之下，李金发的《微雨》借助一系列富有古典倾向的主题，表达了抒情主人公身居异国的感伤情怀。

三、《为幸福而歌》：浪漫的爱情，古典的化用

《食客与凶年》是李金发在同一时期完成的第二本诗集，因为《微雨》的风格与情调和这部作品比较接近，可以略去不谈。但是，他的第三本诗集《为幸福而歌》跟其过去的诗歌相比，不论在内容还是形式上都与其曾经消沉的低回诗风迥然相异。李金发说，"那里有无涯的幻想，喁喁的情语，令人发出无限的想象，不像初期的作品《微雨》，如无缰之马"①。虽然在《为幸福而歌》的某些篇章和句段之中仍然可见前期诗作的阴影，但该诗集总体上主要还是一部憧憬幸福、歌颂美好生活的理想主义的诗集。这部诗集多数诗篇满溢着浪漫主义的情调，有着热恋的期待、幸福的陶醉和乐观、纯情的色彩。读者感受到的既不是情欲的刺激，也不是本能的冲动，更多的是美感的享受和灵性的启迪。《回忆尼柯拉湖之游》是一首书写初恋的诗歌：

> 那是我们第一次点缀在湖光山色里，
> 轻易的笑，或心头之秘密。
> 却不曾出诸我们新识者之口。
> 可是任何人生，将永远记住，
> 颈际的第一吻，
> 虽然你未明白的允诺，
> 两唇如孤鹰惧兔般疾下了。
> 我想幽壑之灵，

---

① 李金发. 答痖弦先生二十问 ［J］. 诗探索（理论卷），2001，1.

曾嘲笑过我们这痴情。①

《为幸福而歌》中还有以下表现爱的情愫、爱的誓言、爱的灵性的诗句："旋风欲促我心随兽商远去，/但我眷恋你暗室的舞蹈之裳/随机而遣情歌之唱"②；"当你来时我愿给你微笑，/使我们分担这命运之重负"③；"休管情爱是生死的铁链/你我两心爱了，/便为永世的囚徒"④。作为一个勤奋刻苦的男人，李金发酷爱艺术和诗歌，他在《为幸福而歌》的很多篇章中都倾注了自己的真情实感。据说《为幸福而歌》的多数作品皆出自他与德国少女履姐的热恋经历。所以李金发在《为幸福而歌》里常会出现像"你一个微釐之因，/带来我无数恸哭之果"⑤ 这样的诗句。

面对爱情这个人类永恒的主题，诗人总能从中悟出人生的真意，所以诗人在《心期》里如是说："我问你生命的象征，/你答我以火焰，潜力与真理。"⑥

关于李金发诗集《为幸福而歌》浪漫品格的形成，现有的材料展示了三方面的主要原因：

第一是童年生活。

山清水秀的农村是李金发度过童年的地方。童年的牧牛经历、亲近大自然的生活、天真无邪的玩伴，等等，这种牧哥式的无拘童年、与自然亲近的生活形成了李金发成年之后浪漫的气质。而且李金发年少之时最是喜爱家乡的山歌，家乡情思绵邈的情歌更给了年幼的他深刻的印象。李金发曾回忆道："记得我当年于赤日傍午，闲行于峰峦起伏间，辄闻悠扬的歌声，飘渺于长林浅水处，个中快慰的情绪和青春的悲哀令人百思不厌……"⑦

第二是对女性的态度和与履姐的恋爱。

西方古典艺术论对女性的看法对学习雕塑的李金发影响很深。李金发曾直言，"能够崇拜女性美的人，是有生命统一之快感的人，能够崇拜女性美的社

---

① 李金发. 回忆尼柯拉湖之游［Z］. 为幸福而歌［M］. 上海：商务印书馆，1926.
② 李金发. 初心［Z］. 为幸福而歌［M］. 上海：商务印书馆，1926.
③ 李金发. 絮语［Z］. 为幸福而歌［M］. 上海：商务印书馆，1926.
④ 李金发. 小诗［Z］. 为幸福而歌［M］. 上海：商务印书馆，1926.
⑤ 李金发. 恸哭之因［Z］. 为幸福而歌［M］. 上海：商务印书馆，1926.
⑥ 李金发. 心期［Z］. 为幸福而歌［M］. 上海：商务印书馆，1926.
⑦ 李金发. 岭东恋歌序［J］. 文学周报，1927，4（15）.

会，就是较进化的社会……欧洲文学几于女性美为中坚……没有女性美崇拜的人，其诗必做不好"。① 此话看似极端，但如果颠倒一下来看似乎可以这样说：要创作出一个好的艺术作品（包括一首好诗），需先崇拜女性美，只有崇拜女性美的人才能享受生命的极乐。这其实就是一种浪漫主义的唯美诗论，既说明了他尊重女性的观念，也表现了李金发作为艺术家洒脱、浪漫的生活态度。

留法期间，李金发的浪漫激情是被他与美丽的德国少女履妲的热恋引发的。当这对异国的情侣徜徉在尼柯拉湖畔，爱情的神圣之火在绿波荡漾、春光明媚的风景画里被最终点燃，《为幸福而歌》这朵浪漫诗园的妍丽奇葩也就呼之欲出了。

在李金发的一生中从事现代诗创作的时间是很短暂的，但他却把更多的精力投放到了爱情诗的写作上。李金发在《为幸福而歌·牟言》中坦言他偏爱爱情诗："这一集多半是情诗及牢骚之言，情诗的卿卿我我，有许多阅者不耐烦，但是是一种公开的谈心，这或能消除中国两性隔膜。""就诗道来说，我敢论，大概可以分为哲理诗、爱情诗与革命诗。但结果我还是永久的做爱情诗。"②

第三是李金发的古典审美趣味。

《为幸福而歌》中的诗篇表现的感情大多都是忧郁愁怨、缠绵徘侧的。在《为幸福而歌》中，李金发常把"美女"和"秋梦"等意象当作生命与美的代号。其诗中的女性既高雅、飘远，又散发着自然、亲近与温柔的气息，总能唤起处于冷寂、孤独境遇中的抒情主人公对爱的向往，常常表现出欲爱不能的情感纠结。

《为幸福而歌》对感伤情调的偏好源于中国传统文学对李金发的影响。联系李金发的生平与个人自述，自李煜的"春花"与"秋月"到李清照之"寻觅"和"冷清"，自汤显祖之《牡丹亭》及至曹雪芹之《红楼梦》和鸳鸯蝴蝶之爱情小说，这些具有浪漫感伤倾向的传统文学作品李金发在其年少时期都曾对之流连痴迷，它们作为李金发最初的阅读经验为他日后的审美趣味播下了多愁善感的种子。所以，"与其说李金发受了象征主义的影响，不如说象征主义对于生命感受的美学体味和对生命的精神化表现与他的古典品质一拍即合。中国古典缠绵多情的故事，他性格中的多愁善感，他对于文学阴柔美的敏感，中国古典

---

① 李金发. 女性美［J］. 美育杂志（创刊号），1928－01.
② 李金发. 为幸福而歌·牟言［A］. 为幸福而歌［M］. 上海：商务印书馆，1926.

忧郁的深度抑制意识，都使他具备了接受象征主义的古典根基。我们可以看到隐没在李金发诗行中的幽深的中国古典式的意境和怨妇闺思式的悱恻凄怨，以及意象的含蓄和朦胧。李金发所追求的女性之美显然受到中国古典文学对女性情感描绘的影响。"①

与对东方古典式感伤爱情的痴迷及其对女性美的向往相一致，《为幸福而歌》在意象选择上，往往注重将新的感受注入古典的常用意象里，并以此获取所谓的"韵外之致"。就前文引述过的收录到《微雨》中的《弃妇》一诗来说，它作为李金发发表的第一首诗和中国象征主义诗歌名作，其浓厚的欧化风格几乎成了人们的共识，但细细推敲却能发现诗中的许多意象完全是中国古诗词传统意象的化用。像山泉、游鸦、红叶、舟子、夕阳等意象，均可在《古诗十九首》和晚唐诗歌中寻到其先例，它们或出自女性作者的悲情述说，或出自男性作者借女性身份所作的潦倒境遇的自况。

在《为幸福而歌》中微雨、帘幕、黄昏、瘦马、天涯、落花、淡月、婴啼、杜鹃等意象均非常多见。因为与传统意象的渊源，它们总能让人在意识深处牵连传统诗词既有的特定情愫和意境，既有清照式的悲婉寂寞、马致远的寂寥空濛，也有李煜、李商隐的伤悼虚惘和缥缈虚无。所以，《为幸福而歌》所表达的幽深缱绻、梦幻忧郁的生命体验有了足够的营养和丰富的底蕴。通过对中国古典诗歌意象的化用，李金发将中、西方诗歌传统有机地结合到了一起，使其诗既有浓郁的现代气息，又具有民族特色。

李金发的诗歌语言选择更多地偏向于文言语汇的运用。如"窗外之夜色，染蓝了孤客之心/更有不可拒之冷气，欲碎裂/一切空间之留存与心头之勇气"②，"你总把灵魂儿，/遮住可怖之岩穴，/或一齐老死于沟壑/如落魄之豪士"③，等等，虽然乍一接触似有生硬不畅之感，但细读又感觉韵味十足，这样的陌生化效果的尝试对中国现代诗坛在形式创新上的影响是深远的。一如当年白话新诗代替陈腐的文言诗词能让人耳目一新一样，李金发当年面对的白话新诗就因非诗化的滥用已经使人十分不耐④，此时适当文言词语的介入就会造成陌

①　徐肖梅．论李全发的诗［J］．文学评论，2000（5）．

②　李金发．寒夜之幻觉［Z］．微雨［M］．北平：北新书局，1925.

③　李金发．夜之歌［Z］．微雨［M］．北平：北新书局，1925.

④　周作人曾说，早期白话诗"一切作品都象一个玻璃球，晶莹剔透得太厉害了，没有一点朦胧，因此也似乎缺少一种余香与回味"。

生化的效果，从接受美学的角度看，这样的陌生化往往能起到加强刺激和审美上的间离作用。

应该说，在李金发诗歌强烈现代性的倾向背后，是有着深厚的中国古典诗学传统支撑的。表面上看，李金发诗歌的形式追求是西方的，其艺术趣味却又是古典的。他的诗歌既是对古典美的再发现或者再创造，也可算作古典诗的现代化、西方诗的东方化。

韦勒克曾说，背离传统不一定具有独创性，只有依傍于传统的创新才会使传统作为"一个变化的整体不断地增长着"①。

第三节　融汇中西　意在创新：梁宗岱、卞之琳合论

新诗纯诗化的进程起自20世纪20年代中期，终于20世纪30年代中后期，这个过程既是创建现代新诗形式本体的过程，也是丰富现代新诗精神本体的过程。而新诗纯诗化的追求，最终是通过现代诗派来完成的。现代诗派的诗人们虽然共同受到传统、西方两种诗学文化的熏染，且共同面对20世纪20年代后期至30年代中期相同的现代文化背景，却因诗人的个体差异，其诗歌创作表现出了纷繁复杂的个性色彩，特别是在中、西诗学的取舍、融合及其与现实文化背景的结合等方面均有差异。正是现代诗派诗人在纯诗化追求上的个性差异，才极大地丰富了20世纪20年代末至30年代的纯诗化诗潮。

在现代诗派诗人群中梁宗岱、卞之琳是较有特色的两位诗人和诗论家，传统、西方、现代这三个基本文化元素在他们的个性化理论探索和创作实践中得到了极富代表性的展现。其中，梁宗岱的成就主要体现在诗歌理论的创新上，而卞之琳则在理论、创作两个方面均具有较高的建树。

一、超验、妙悟的沟通：论梁宗岱的理论创新

在现代诗派的诗人和理论家中，梁宗岱在纯诗的中国化方面的理论探索和创新最有代表性，他的理论创新主要体现在以下三方面。

---

① 韦勒克·沃伦. 文学理论［M］. 北京：三联书店，1984：296.

（一）关于纯诗的超越性的理解

梁宗岱关于纯诗超越性的思考和研究主要体现在以下几个方面：

第一，诗的最高境论。梁宗岱在论及西方纯诗的特点的时候，列举了中国的从陶渊明、王维到苏轼等中国古代杰出诗人的诗作诗论加以阐释，认为"我国旧诗词中纯诗并不少（因为这是诗底最高境，是一般大诗人所必到的，无论有意与无意）；姜白石底词可算是最代表中的一个。不信，试问还有比'暗香''疏影''燕雁无心''五湖旧约'等更能引我们进一个冰清玉洁的世界，更能度给我们一种无名的美的颤栗么？"①。梁宗岱把纯诗与传统诗学的境界说作对等类比，是在中西诗学沟通上的一个极有意义的创新。

第二，超验的本体论。梁宗岱说："纯粹凭借它的形体的原素——音乐和色彩——产生一种符咒似的暗示力，以唤起我们感官与想象的感应，而超度我们的灵魂到一种神游物表的光明极乐的境域。"② 借助音乐和色彩相互融合的暗示性形象，纯诗实现了主、客体对应。也即，客体因与象征体的对应超越了主体，主体也因纯诗艺术境界的独立价值超越了客体。梁宗岱超验的本体论已然触及对现代诗本体价值及其来源的探究。

第三，诗的神与形的圆融一致对现实具体性的超越。梁宗岱认为："所谓纯诗便是摒除一切客观的写景叙事说理以至感伤的情调而纯粹凭借那构成它底形体的原素……超度我们底灵魂到一种神游物表的光明极乐的境域。"③ 这其实就是对超越于现实具体性的形与神高度圆融统一的境界的追求，这种境界一旦达成，一切作为表象的"物"的迷障都将消失。

第四，诗的形式的超验性。也就是纯诗所附属的文学这个种属被作为独立的语言实体的纯诗所超越。梁宗岱认为纯诗就"像音乐一样，它自己成为一个绝对独立，绝对自由，比现世更纯粹，更不朽的宇宙；它本身的韵和色彩的密切混合便是它的固有的存在理由"④。

当完整理解法国象征派的纯诗理论的超越性之后，纯诗的超验性便被梁宗岱以禅悟的思想"中国化"了。

---

① 梁宗岱. 谈诗［A］. 诗与真二集［M］. 上海：商务印书馆，1936.
② 梁宗岱. 谈诗［A］. 诗与真二集［M］. 上海：商务印书馆，1936.
③ 梁宗岱. 谈诗［A］. 诗与真二集［M］. 上海：商务印书馆，1936.
④ 梁宗岱. 谈诗［A］. 诗与真二集［M］. 上海：商务印书馆，1936.

（二）在"超验"与"妙悟"的比较中融合中、西诗学

从诗歌理论的价值上讲，梁宗岱对中、西纯诗的"妙悟"与"超验"概念的比较沟通，直至今日依然保持着可资借鉴的智性光辉。

梁宗岱曾直接引用严羽的"妙悟"理论来阐释西方纯诗的对应性和超验性："严沧浪曾说：'大抵禅道在妙悟，诗道亦在妙悟'，作诗如此，读诗也如此。"①然后用"参悟"来论述超验在审美上的功能："一切伟大的诗都是直接诉诸我们底整体，灵与肉，心灵与官能的，它不独要使我们得到美感的悦乐，并且要指引我们去参悟宇宙和人生的奥义。"② 在境界上，"参悟"所达至的"即是：形骸俱释的陶醉，和一念常惺的彻悟"③。

也就是说，梁宗岱在东西方文化之间调和了"超验"和"参禅"这两个概念。他用一种中国人习惯的思维方式把纯诗解释成了一种审美境界，也即能够达成顿悟宇宙人生奥秘的、神游物外的那种境界。梁宗岱纯诗理论深刻之处在于他找寻到了"妙悟"和"超验"在审美形态上的相似点，并以此达到了沟通中、西诗学的目的。

严羽的"妙悟"本是以禅喻诗，其所谓"透彻玲珑，不可凑泊"④ 的音、色、月、象皆为意中之物，是创作主体在艺术审美的过程中体验和想象出来的，不同于客体世界的实体之"物"。他的"悟"强调诗的现实超越性而不是黏着性。

（三）从中、西纯诗审美形态的相似性体会纯诗形式的现实超脱性

梁宗岱对中、西纯诗理论的沟通重点在于他对中、西纯诗说的比较研究中对两者形态的超脱性的体悟。

梁宗岱并不看重西方纯诗理论的超验性的哲学本质，而是对两者在审美形态上的相似性加以强调，而且其审美形态上的相似主要表现为对现实的超脱性。为此，他将马拉美和姜白石进行了比较，这个比较主要是从两个方面展开的：

第一是二者在形式上都强调一个"做"字。"他们的诗学，同是趋难避

---

① 梁宗岱. 谈诗 [A]. 诗与真二集 [M]. 上海：商务印书馆，1936.

② 梁宗岱. 谈诗 [A]. 诗与真二集 [M]. 上海：商务印书馆，1936.

③ 梁宗岱. 谈诗 [A]. 诗与真二集 [M]. 上海：商务印书馆，1936.

④ 严羽. 沧浪诗话·诗辩 [A]. 郭少虞. 沧浪诗话较释 [M]. 北京：人民文学出版社，1983.

易"①。姜夔讲:"岁寒知松柏,难处见作者。"② 强调精研形式、创新形式以求诗美。马拉美则言:"不难就等于零。"③ 要求苦心经营深度融合的文字与音乐,最终达成主体"超验"与"暗示"的美。马拉美的形式追求在梁宗岱的眼中与姜夔的形式要求是完全一致的。

第二是中、西方纯诗相似的形式表现。"他们的诗艺,同是注重格调和音乐;他们的诗境,同是空明澄澈,令人有高处不胜寒之感;尤奇的,连他们癖爱的字如'清''苦''寒''冷'等也相同。"④

以梁宗岱为代表的现代诗派的纯诗理论,是新诗新的艺术追求的必然结果,它既是对初期白话诗和浪漫主义诗歌的清算,也是对新月诗派、象征诗派的继承和发展。因为现代诗派的努力,新诗不再是"非诗"。20 世纪 30 年代,现代新诗作为四大文学体裁中对艺术之美要求最高的文体迎来了"中国新诗自五四以来一个不再的黄金时代"⑤。现代诗派无论是在理论创新还是在创作实践上,都把现代诗学提高到了炉火纯青的地步,这样的成就无论是在现代还是当代均具有榜样和指导意义。

虽然现代派的纯诗因其在功利倾向性和反映现实方面的缺失,在与以中国诗歌会为代表的现实主义诗歌运动对比中显出了不足,但是,无论是在钩联 20 世纪 20 年代与 40 年代新诗的历史作用上,还是在促进新诗艺术变异发展的贡献上,现代诗派都应有不可忽略的历史地位和美学地位。

二、融中、西之形,得现代之魂:论卞之琳的创作成就

几乎在中国大陆所有文学史论著和高校教材中,卞之琳都没有被看成风云一时的大诗人,而作为一位"非常现代主义"的诗人,他却几乎是被人们所公认的,因为他不但在理论和创作上最终完成了现代诗派对中、西诗学的高度融汇,而且在继承传统、借鉴西方的同时实现了对传统与西方的双向超越,为现代新诗开辟了一条真正具有文化哲学高度的文学创新之路。

---

① 梁宗岱.谈诗 [A].诗与真二集 [M].上海:商务印书馆,1936.
② 姜夔:《白石道人诗说》.
③ 梁宗岱.谈诗 [A].诗与真二集 [M].上海:商务印书馆,1936.
④ 梁宗岱.谈诗 [A].诗与真二集 [M].上海:商务印书馆,1936.
⑤ 路易士.十三前集·序言 [A].前十三集 [M].上海:诗领土社,1945.

（一）知性的探险

现代诗派在将诗歌的源泉当作情感的同时，又以主、客合一的物象与暗示带来了感情表现的内敛和升华。在这两方面，整个诗派与卞之琳都是十分一致的。但卞之琳的诗并没有停留在中国人所熟知的"诗缘情"的层面，卞诗还有一种理趣充盈的品质，它们往往还隐含着对诗歌想象力和知性力的追求，从卞之琳的诗歌中人们"得到的不是一个名目，而是人生、宇宙，一切加上一切的无从说起的经验——诗的经验"①。其诗独有的理趣倾向在其早期就已经显露，《投》在其早期诗歌中可算是这种倾向的代表作：

> 独自在山坡上，
>
> 小孩儿，我见你
>
> 一边走一边唱，
>
> 都厌了，随地
>
> 捡一块小石头
>
> 向山谷一投。
>
> 说不定有人，
>
> 小孩儿，曾把你
>
> （也不爱也不憎）
>
> 好玩地捡起，
>
> 像一块小石头
>
> 向尘世一投。②

人生于世乃偶然所致，即如顽童不经意向山谷投出的石子一般，此乃小诗欲以相对观念表达的主旨。通过投与被投的处境的对调，诗人似乎以一种神秘的力量将现实生命投向了前世，表现出对生命形而上的探寻及无法把握的困惑。

1934 年至 1937 年间，卞之琳诗歌的知性探索达到了巅峰时期。他写成了最具知性色彩的一系列作品，包括《距离的组织》《断章》《圆宝盒》等代表作。

---

① 李健吾．答鱼目集作者［A］．李健吾文学评论选［M］．银川：宁夏人民出版社，1983.

② 卞之琳．投［Z］．卞之琳诗选［M］．武汉：长江文艺出版社，2003：03.

这些诗中引发思考的功能源于象征，但意指关系并不明确，诗歌常常显示出意象的复合对叠加与时空之间的跨越，内蕴丰厚却又难解。以下小诗是卞诗名篇（《断章》）：

> 你站在桥上看风景
> 看风景的人在楼上看你
> 明月装饰了你的窗子
> 你装饰了别人的梦①

诗歌单行诗句显得语义清明，全诗观之，却意指难明。初看，似他我混同、物我合一之写意画；细读之下，在人生的互相装饰里渐有一股悲哀汁液渗出；然而转念一想，似有一种相对、平衡的观念撑起温暖——宇宙万物原本互相依存、息息相连，何须哀怨？如此厚实丰富的体味竟然出于寥寥四句，可算是现代新诗里高度凝练的奇异之作。

人们面对卞之琳的诗，在感受诗韵丰厚的同时，很多人都会因卞诗的知性智慧生出自惭形秽的心理，对于《元宝盒》一诗的意蕴，曾经的刘西渭和朱自清均猜之不透：

> "我幻想在哪儿（天河里？）
> 捞到了一只圆宝盒，
> 装的是几颗珍珠：
> 一颗晶莹的水银
> 掩有全世界的色相，
> 一颗金黄的灯火
> 笼罩有一场华宴，
> 一颗新鲜的雨点
> 含有你昨夜的叹气……
> 别上什么钟表店

---

① 卞之琳．断章［Z］．卞之琳诗选［M］．武汉：长江文艺出版社，2003：03.

听你的青春被蚕食，

别上什么古董铺

买你家祖父的旧摆设。

你看我的圆宝盒

跟了我的船顺流

而行了，虽然舱里人

永远在蓝天的怀里，

虽然你们的握手

是桥！是桥！可是桥

也搭在我的圆宝盒里；

而我的圆宝盒在你们

或他们也许就是

好挂在耳边的一颗

珍珠——宝石？——星？①

应该说此诗不是没"解"，而是不能实解。完全可以把它看作是作者借圆宝盒这一虚有之物，来表达其观想人生宇宙时在刹那之间领悟到的一种奇异的玄思和心得，其中充满了道、知、悟、悦的体悟，在万物相对不拘于一物一事、一时一地的思辨中蕴含着超脱凡俗的精神自由。一盒可纳万般色相和大千世界，搭建契合精神之桥，圆宝盒可谓小而大；如星辰、寰宇，又似珍珠、宝石，元宝盒又可谓大而小。

到了这个时候，卞之琳的诗歌已完全变成了诗人探索人类知性疆域和表达诗人个性体验的玄奥之作，个中精妙往往不可言传。

然而，哲学并不能等同于诗歌。假如一个人的诗歌写作动因全是为了投映系统的哲思，其诗必将全无诗韵与魅力。卞之琳诗歌成功之处在于，他总是在具体的意象与境界中展示哲理，要么在象征性的形象中凝聚哲思，要么在情绪流淌的顺流之中涌现理性，让诗歌在具体形象的情思表现中完成，让思想在情绪与形象的交互作用中得以呈现。卞之琳诗歌所达到的知性化与具象化高度协

---

①　卞之琳.元宝盒［Z］.卞之琳诗选［M］.武汉：长江文艺出版社，2003：03.

调的程度，在现代诗歌史上几乎是无人能及的。其另一名篇也有类似特点：

> 想独上高楼读一遍《罗马衰亡史》，
> 忽有罗马灭亡星出现在报上。
> 报纸落。地图开，因想起远人的嘱咐。
> 寄来的风景也暮色苍茫了。
> （醒来天欲暮，无聊，一访友人吧。）
> 灰色的天。灰色的海。灰色的路。
> 哪儿了？我又不会向灯下验一把土。
> 忽听得一千重门外有自己的名字。
> 好累呵！我的盆舟没有人戏弄吗？
> 友人带来了雪意和五点钟。①

在这里，相对辩证的观念并不是诗人表现的重点，它只是诗人茫然失落情怀的点缀，推动诗的动力是情思运动的旋律而不是抽象的观念，在一系列情绪与物象的运动中抽象观念才能得以体现。

诗歌是由情思构筑的精神宝塔，它的最高层次应该表现深刻的哲理，越是优秀的抒情诗越要在情感流动里引动智慧的震荡；而好诗则"不能容忍无形体的、光秃秃的抽象概念，抽象——必须体现在生动而美妙的形象中"②。

应该说，现代新诗的思维层次与深度确实在卞之琳的诗歌融合感性与理知的知性探险中得到了提升，他的诗歌以形而上的视角为现代新诗打开了一道通向理知世界的神秘之门，并对崇尚抒情的诗学传统进行了特别有效的冲击与反叛。

（二）非个人化的抒情

卞之琳说他写诗"规格本来不大，我偏又喜欢淘洗，喜欢提炼，期待结晶，期待升华"③，即使在感情难以控制时也"总倾向于克制，仿佛故意要做'冷血

---

① 卞之琳.距离的组织［Z］.雕虫纪历［M］.北京：人民文学出版社，1984.
② 别林斯基选集（二卷）［M］.上海：上海译文出版社，1979.
③ 卞之琳雕虫纪历·序［A］.雕虫纪历［M］.北京：人民文学出版社，1984.

动物'……倾向于小说化，典型化，非个人化，甚至偶尔用出了戏拟"①。卞之琳正是用这些艺术手法使其诗歌由中国人所习惯的"软抒情"的方式一下子变成了一种十分独特的"硬抒情"的方式——一种冷隽客观、非个人化的方式。

首先是所谓淘洗与提炼的方法，就是用类似于水的"淘洗"之法筛去粗粝和浮渣，以近似于火的"提炼"之功去除不纯与杂质，以人生的经验与智慧对诗中的事像做内在的抽象，只留其智性和本质的结晶，将无限寄托于有限，以一事一人、一时一地开示世间万象。有意识地制造意义的间隔并进行强力的压缩是卞之琳所喜欢的，"有些诗行，本可以低徊反复，感叹歌诵，各自成篇，结果只压缩成一句半句"②。不刻意于铺展、咏叹一句一段之诗意，着力于意义单元的凸显并使之得以孤立地表现，在让诗歌出现纵深感的同时产生一行一意的密集意象，这样的方法笔者几乎从未在西方诗中见到。例如《归》，全诗只有四行：

> 像一个天文家离开了望远镜，
> 从热闹中出来闻自己的足音。
> 莫非在自己圈子外的圈子外？
> 伸向黄昏去的路像一段灰心。③

全诗有近似于绝句的紧凑简练，第四句与第一、二、三句间分别联系，每一对联系都形成了一个类似于短诗的独立意义单元，三者之间又相互和谐地交织在一起。全诗的诗意大致指向一种内心的孤寂和悲观的思绪。诗歌首句用天文学家的比喻拟写一种人生依凭骤然失去的情状；第二句似续非续地述写一个人因由热而冷、由闹而静的抽离后，陷入一种冷寂、孤独的状态；第三句以一个"莫非"起头的反问表现一个几乎不可能的惊异"发现"："在自己圈子外的圈子外！"至于是"自己在自己圈子外的圈子外"还是"自己所寻觅的在自己圈子外的圈子外"并不是重点，因为不管是哪一个"发现"都表现了一种疏离，这种疏离不是自己与现实的疏离就是理想和自己的疏离，诗句要表达的是在冷

---

① 卞之琳雕虫纪历·序［A］. 雕虫纪历［M］. 北京：人民文学出版社，1984.
② 卞之琳. 十年诗草［M］. 香港：未名书屋，1941.
③ 卞之琳. 归［Z］. 雕虫纪历［M］. 北京：人民文学出版社，1984.

寂中寻觅心灵归宿的孤单。第四句是一个以"黄昏之路"和"灰心"相连接的隐喻，这个隐喻不管是与前面任意一个诗句相关联还是作为全诗的总结，所暗示的都是一种失落、绝望又茫然不知所往的心理。

提炼淘洗的第二个方法是尽量把人物、事像之间的衔接省略甚至完全抹除，即便是在同一句子中也是如此。比如《距离的组织》中有这样的诗句："友人带来了雪意和五点钟。"一行诗集中了包括"天色将暮""要下雪了""友人来访"三个事像，事像之间所需的衔接被完全抽掉，诗句的表现内容已经被凝练压缩到了一个令人惊讶的地步。

因为淘洗与提炼常常隐去了句间、节间甚至意象、事像之间的联络，为读者阅读时的想象和创造提供了空间，同样这种处理也会增加阅读困难。但是，正所谓"难者不会，会者不难"，笔者认为在卞之琳这里，淘洗与提炼的方法对其诗审美价值的提升作用更多的时候应该是建设性的。

其次是客观化。卞之琳对诗中的情感做必要的冷处理是因为象征主义非个人化倾向的影响。这种冷处理既与诗人低调冷静的性格相吻合，也合乎西方现代主义诗歌的非个人化要求。

第一个隐蔽自我的策略是克制与淡出的方法。卞之琳的诗很少以激情宣泄表现自己的生活，他只是把自我意识置于背景之中，尽量拉开自我和诗歌表现内容间的距离；将个人的生活、际遇、情感抽离出来，尽量不做个人的表现，即便主体偶尔进入也要以冷处理来阻隔自我炫耀。比如《苦雨》一诗，可算是自我淡出的一个绝好例子：

> 茶馆老王懒得没开门
> 小周躲在屋檐下等候
> 隔了空洋车一排檐溜
> 一把伞拖来了一个老人
> "早啊，今天还想卖烧饼？"
> "卖不了什么也得走走"①

---

① 卞之琳. 苦雨［Z］. 十年诗草［M］. 香港：未名书屋，1941.

比喻与闲聊，这是一个十分常见的凡俗生活的景象，描写跟叙述是完全客观的，隐匿了主观的评价与倾向，写作的主体完全被抽离，让位给不动声色的客观表现，把对生活的评价和面对现实的情绪收敛到冷淡旁观的讲述里。

第二个隐蔽自我的策略是坚持以形象进行间接表现的方法。卞之琳依据象征主义主客对应的方法，坚持采用借景抒情、借物抒情、借人抒情和借事抒情的方式创造象征性形象，以进行间接的表现，坚持仅在诗中提供形象画面而不言明诗歌意蕴，以避免主观的抒发和介入。卞之琳的《黄昏》《一个和尚》《白螺壳》《尺八》等诗，就分别采用了借景抒情、借人抒情、借物抒情、借事抒情的方式。而《半岛》一诗则是以半岛为情思对应物，诗中的每一个意象隐喻都指代了情人的身影、足迹，避开了直接的抒情，巧妙、曲折地传达了对爱的渴望和吁求。可以说，中国诗歌借景抒情的物态化表意传统，在卞之琳的诗歌中得到了创造性的发展。

最后是戏剧化。"写《荒原》以及其前短作的托·斯·艾略特对于我前期中间阶段的写法不无关系"[1]，这是卞之琳的原话。从外来诗学影响的角度看，卞诗的主智倾向无疑是受西方后期象征主义的影响。如果进行文学史的纵向比较，不独新月诗派，古代宋诗也有以文为诗和以戏入诗的传统。而卞之琳的戏剧化诗歌表现方法显然与其对新月诗派特别是闻一多有关诗歌戏剧化的技巧的理解有关。闻一多1943年曾在《文学的历史动向》一文中说："在一个小说戏剧的时代，诗得尽量采取小说戏剧的态度，利用小说戏剧的技巧，才能获得广大的读众。……这是新诗之所以为'新'的第一个也是最主要的理由。"[2] 而卞之琳则于1979年回顾自身创作时说："我在写诗'技巧'上，除了从古、外直接学来的一部分，从我国新诗人学来的一部分当中，不是最多的就是从《死水》吗？……好，我现在翻看到闻先生自己的话了，'尽量采取小说戏剧的态度，利用小说戏剧的技巧'等等。"[3]

卞之琳以他特有的诗歌戏剧化理论和创作实践，沟通了古典诗词意境和戏剧性因素。卞诗"倾向于写戏剧性处境、作戏剧性独白或对话，甚至进行小说

---

① 卞之琳. 雕虫纪历. 自序［A］. 雕虫纪历［M］. 北京：人民文学出版社，1984.
② 闻一多. 文学的历史动向［J］. 当代评论，1943－12，4（1）.
③ 卞之琳. 完成与开端：纪念诗人闻一多八十生辰［A］. 文学评论，1979，3.

化"① 的展现，常常把人物与画面、带有情节的对话与细节展现在诗里，甚至利用诗歌的短小篇幅去表现所谓人物在典型环境里的典型性格。

《鱼化石》与《酸梅汤》《归》等诗都有多种形式的对话②。《旧元夜遐思》《音尘》《白螺壳》等诗则是以戏剧化场景来支撑诗意。对话与场景均属戏剧等叙事类文学样式所专有的表现方法，从卞诗的运用效果来看，二者都会造成主观性表达的减少和创作主体隐退，都能给卞诗带来客观的非个人化的表达效果，并带给读者以客观叙述的生动与逼真。

戏剧化的诗歌表现手法利于"跳出小我，开拓视野，由内向到外向，由片面到全面"③，最终创造出一种"述实大于言志"的叙事效果，增强诗歌的客观性。

（三）"淘气"的智慧

如果说卞之琳对中、外诗歌艺术传统都有所继承和借鉴的话，那么可以说他的所谓继承与借鉴在很多时候就是为了"反其道而行之"！他的诗对传统的某些手法、元素的运用不仅风格、意味与传统背道而驰，甚至表现出了存心作戏拟，"存心戏拟法国十九世纪末期二、三流象征派十四行体诗"④。有人将他的这种拧着干和"戏拟"的态度称为故意的"淘气"。他"淘"得机智，"淘"出了个性。

实际上他的这种略带戏谑的态度之下，隐藏着他在继承、借鉴中、西诗学时所抱有的创新与超越，他的"淘气"代表的是自信与睿智。

（四）凡俗化的诗意处理

初入诗坛的卞之琳就对象征诗派和新月诗派感到隔膜和疏远，因为他不喜欢他们缺少创意的规范情思，更不喜欢他们的诗歌通过典雅的形式和高尚的内容展现出来的超脱凡俗的名士气。

卞之琳为了对抗他不喜欢的那种博大精深和优雅，故意剔除柔美甜腻的爱情与瑰丽的自然风光，让他的诗歌常与一些琐屑、细微、不入诗的事物相遇，再以并不逊色于那种博大与优雅的玄思组接这些事物、包裹这些琐屑、渗透这

---

① 卞之琳. 完成与开端：纪念诗人闻一多八十生辰［A］. 文学评论, 1979, 3.
② 戏剧的独白或对白、与他人对话、相互说话、与上帝的对话等。
③ 卞之琳. 雕虫纪历. 自序［A］. 雕虫纪历［M］. 北京：人民文学出版社, 1984.
④ 卞之琳. 雕虫纪历. 自序［A］. 雕虫纪历［M］. 北京：人民文学出版社, 1984.

些细微。只要留意一下像《一块破船片》《墙头草》《灯虫》《白螺壳》这些以普通凡俗的物象为题的诗歌，就能明白诗人是怎样赋予它们别致而深刻的意趣的。就是面对人生宇宙这样"庄严""重大"的命题，卞之琳也坚持用身边的琐事说事。即如《寂寞》这样的名士情怀，本该以箫声细雨出之，卞诗却出乎意料地拿丑陋的蚯蚓去表现，好像是故意活生生以俗物"糟踏"高雅。然而该诗正是以俗物之力，既测出了生命之本性，也窥测到了生死间的距离。

卞诗幽默俏皮的格调也源于凡俗化的诗意处理。比如《春城》一诗就有一段以自嘲调侃的口吻所作的叙述："倒霉！又洗了一个灰土澡/汽车，你游在浅水里，真是的还给我开什么玩笑……且看北京城、垃圾堆上放风筝。"诗中体现了雅俗美丑交织的语言色彩和乖谬、荒诞、幽默的因素。

卞之琳诗歌的有些题材并不见得幽默，可经由诗人的处理和表现后，却显得幽默跳脱。例如《雨同我》一诗，本是传达忧愁与生命同在的主题：

"天天下雨，自从你走了。"
"自从你来了，天天下雨。"
两地友人雨，我乐意负责。
第三处没消息，寄一把伞去？

我的忧愁随草绿天涯：
鸟安于巢吗？人安于客枕？
想在天井里盛一只玻璃杯，
明朝看天下雨今夜落几寸。①

结合标题与全诗内容，"雨"是人生愁苦的象征，诗歌本是要表现我与世人的忧愁与困顿。写得极风趣，一、二句内容看似一个写走、一个写来，实则内容相同，因为都要"天天下雨"，主要是暗示雨（愁苦）同自己分不开，只是采用颠来倒去、回环往复的句式写来，尽显俗白语言幽默与风趣，可算是第一处凡俗化处理。第三句和第四句由开头不同时间的雨蓦然转向不同空间的雨，借

---

① 卞之琳. 雨同我［Z］. 十年诗草［M］. 香港：未名书屋，1941.

助谐趣的"两地友人雨"和恐怕"第三处"也在下雨欲"寄一把伞去"的无厘头联想，把与自己分不开的愁苦（"雨"）推及天下人的身上，这又可算第二处凡俗化的处理。

如此，才有了第二小节第一行"我的忧愁随草绿天涯"的戏谑与感叹（第三处凡俗化处理?）；第二节第二行关于"鸟安""人安"的提问，可算是对杜甫欲以"广厦"庇天下的化用吧，只是将"鸟安"与"人安"并用又体现了卞之琳"淘气"的凡俗化风格（第四处?）；第三行和第四行，撇开以"天井""盛一只玻璃杯"所体现的卞诗常见的空间叠加的间离效果造成的"旁观感"，只说在这两行诗以"玻璃杯"量"天下雨今夜落几寸"的类似于无聊举动的凡俗化表述中（第五处?），我们不仅能看到诗人坦然面对个人及天下愁苦困顿的平静，更能从这样的平静中体味到一种类似于闻一多看死水"造出个什么世界"的冷峻态度。

《雨同我》经过四到五处凡俗化的处理，给诗歌带来了亦庄亦谐的表达效果，极其典型地体现了卞之琳诗歌凡俗化语言和表现手法所具有的独特的艺术张力。

总之，卞之琳的诗学探索与实践是极具个性化色彩的。在现代主义诗歌的荆棘地里，他为现代诗歌成功地开辟了一条融会中、西诗学和现代文化的新道路。他的诗以极具特色的知性探险、非个人化的风格、淘气的幽默的手段，卓有成效地抗击和解构了传统诗美。他通过一系列现代诗学策略的选择，在继承传统的同时又背离了传统，成功地突进到了新诗艺术现代化的前沿，形成了他独有的貌似清流实为幽泉的深沉冷隽的诗风。

第八章

革命化的"普罗"诗派和"大众化"的"左联"

在 1925 年至 1937 年新诗现代化的进程中，假如以新月诗派、象征诗派和现代诗派为代表的纯诗化诗潮算是诗坛发展的一极的话，从早期普罗诗派到左联所倡导的以新诗歌派为代表的诗歌"大众化"追求则是诗坛发展的另外一极，它们既相互对立又互相推动，共同构成了现代新诗成长期矛盾运动的两面。

文学革命初期，无论是胡适文学改良"八事"关于以白话入诗的主张，还是陈独秀"三大主义"关于建立"国民文学"的呼吁，都说明新文学汲取现代民间白话因素的本意就是要创造一种以大众的语言形式表现普通大众的思想和情感诉求的新文学，这也是新文学与曾经的"正宗"古典文学最显著的区别之一。

追根溯源，新文学的"大众化"与近现代民族语文革新运动存在着文学语言形式上的承继关系，"文学革命"所倡导的大众化包含了现代平民意识的觉醒，而且觉醒的平民意识与白话形式的结合才最终导致了初期新文学白话形式与内容的完美融合与统一，文学"大众化"的追求也只有到了"文学革命"时期才趋于圆满。

新文化运动和文学革命发生以后，随着俄国十月社会主义革命的胜利、"五四"反帝爱国运动的爆发、中国共产党的成立等一系列国际、国内重大事件的发生，中国思想界、文化界再也不是以科学、民主思想为特色的启蒙主义思潮一家独大的局面。马克思主义和社会主义思想在中国得到了有效的传播，中国现代知识精英群体在文化和政治上的理想与追求也开始出现了分化，新文学运动的指导思想也逐步分裂为启蒙主义思想和马克思主义思想并列对立的局面；加之 1921 年之后中国共产党领导的无产阶级革命运动的日益高涨，以及自 20 世纪 20 年代初到 20 年代中后期中国社会急剧动荡的政治革命背景，以"普罗"

诗派为代表的"普罗"文学运动和以后期创造社、"左联"为代表的"大众化"的无产阶级"革命文学"作为一股新兴的文学势力迅速成长。一方面，这股新兴的文学势力站在极端工具主义的立场，以文学民间化和"大众化"的主张指导文学创作，导致了诗歌外在语言形式上的非诗化。另一方面，"普罗"文学和无产阶级"革命文学"的理论家也在理论上、思想上对代表"五四"时代的启蒙主义文学传统进行了批判和清算。批判和清算的目的就是要通过对"个人主义"的资产阶级和小资产阶级文学的否定，倡导为无产阶级斗争服务的"革命文学"。

这一场清算可以算是由代表民间新兴势力的"普罗"文学和"革命文学"的理论家向新文学刚刚形成的"五四"启蒙主义文学的新传统发起的一场主动的进攻和挑战。但是因为其极端工具论的立场，一方面，他们在语言形式上以文学"大众化"、民间化的要求清算新文学运动以来的因欧化倾向和文言因素形成的所谓脱离大众"五四新文言"的时候，采用了俯就大众、同化于民间的方法，丢弃了"五四"启蒙文学在语言形式建设上源于民间又高于民间的传统；另一方面，他们针对"五四"启蒙主义文学的创作主体的非无产阶级化，要求"普罗"和"革命文学"的诗人们"抛弃'智识阶级'的身份"，但却无法改变他们本身对中国底层民众生活与思想不熟、不懂的"他者身份"的尴尬，最终导致了诗歌抒情主体的缺失。

按照新诗现代化建设的时间进程，1930 年"左联"的成立可算一个重要的时间节点。因为"左联"发起的三次"文艺大众化"的讨论对 20 世纪 30 年代新诗的现代化建设发生了较为重要的影响。

第一次讨论是在 1930 年。"左联"成立后，在继续提倡"无产阶级革命文学"运动的同时，进一步提出了"文艺大众化"的口号。这次讨论主要在左翼作家内部进行。从讨论的内容来看，极左论者仍持 1928 年至 1929 年间"革命文学"论争时期的观点，而且完全占据了"左联"的主导地位。虽然讨论中鲁迅先生提出了拒绝"迎合"与"媚俗"的观点，并坚持了文学的审美本质和新文学形式建设的现代性，但是这个讨论中的唯一亮点并未引起任何重视。这说明以"大众化"为标志的极端工具论话语在"左联"已然成为主流，并预示着由于功利主义的驱使，在相当长的时期和特定的历史空间内，"大众化""民间化"对新文学现代化建设的负面影响将不可避免。

　　第二次讨论发起于 1932 年 3 月，为推行"左联"关于实施"文艺大众化"的决议而发起，讨论涉及形式、内容、体裁、语言、描写技巧等方面。讨论中以茅盾、瞿秋白的争论最有代表性。表面上看两人在提倡大众语的写作方面比较一致，区别仅在于由作家来写还是由大众自己来写，但是茅盾关于改变新文学形式脱离大众的状态不能单对作为工具的文字来开刀的观点，说明他与鲁迅在第一次"文艺大众化"的讨论中对文艺大众化的看法是完全一致的，因为他们都认为在旧中国当时的历史条件下文艺的大众化只是一种美好的理想，或者只是一种空谈。

　　第三次讨论起于 1934 年 4 月聂绀弩在《动向》上引发的有关旧形式的讨论，终于同年 12 月左右。由于同年 5 月前后报刊上出现反对白话文的复古言论，讨论的重点开始转向对"大众语"的讨论，一开始是"五四"白话文与"大众语"共同击退"文言复兴"论；继而是"大众语"论者对"五四"白话文展开批评，主张"白之又白"的语言变革；最后，因捍卫"五四"白话的一方对"大众语"多持不参与、不评价的态度，讨论内容逐渐变成了运动倡导者之间关于"大众语"建设问题的磋商。所以，第三次大众化的讨论是由旧形式的利用的讨论引起，却以"大众语"的讨论为重点的。但是，这次涉及旧形式和大众语的讨论实际上是"左联"发起的前两次"文艺大众化"讨论的顺向延续。讨论的焦点在很大程度上是急功近利的工具论者与持守"五四"新文学传统的稳沉持重者之间的博弈。

　　"左联"发起的三次关于文艺大众化的讨论，反映了在"大众化""民间化"的表象之下，一部分激进作家从"文学革命"到"革命文学"转向，文坛的阶级论和政治的意识形态化的色彩因此逐步加重，"五四"的现代启蒙传统在一部分作家那里已经开始逐步丧失。

第一节　新文学创建时期文学"大众化"的本意

　　细读新文学的历史我们会发现，"五四"文学革命初期，新文学的发动和建设在理论上是以文学平民化、大众化的主张为开端，并在具体的实践过程中不断吸取与这种主张密切关联的民间化因素为养料的。在"五四"文学革命的先驱者中，创造性地最先敏感地提出以民间化语言形式推动并发起一场新文学的革命和建设运动的非胡适莫属。

1915 年至 1916 年在美国康奈尔大学学习的胡适曾因清华留学生监督处钟文鳌"废除汉字取用字母"的小传单的刺激而引发其对文字改革的思考研究，并进而发展到"白话可以代替文言"① 和"文学革命"② 的主张，最终立下"为大中华，造新文学"③ 的宏愿。

1916 年，胡适将自己的主张写成《文学改良刍议》寄给了《新青年》的陈独秀，次年 1 月该文在《新青年》发表。

胡适在《文学改良刍议》中将自己的文学变革主张归纳为"八事"，认为"一时代应有一时代之文学"④，并提出"今日之文学应以白话文为正宗"⑤ 的观点。"今日之中国，当造今日之文学。不必摹仿唐宋，亦不必摹仿周秦也。"⑥主张作"实写今日社会之情状"⑦ 的"言文合一"的"活文学"。胡适所倡导的文学变革，旨在以白话文为切入点来创造一种全新的、属于现代中国人的、以新的现代语言形式为表征的、大众化的新文学，他认为中国的"国语"就是白话，"国语的文学"就是用白话作的文学⑧。

1917 年 2 月，陈独秀在《新青年》上发表的《文学革命论》，以文学革命的"三大主义"呼应胡适的《文学改良刍议》："曰推倒雕琢的阿谀的贵族文学，建设平易的抒情的国民文学；曰推倒陈腐的铺张的古典文学，建设鲜明的立诚的写实文学；曰推倒迂晦的艰涩的山林文学，建设明了的通俗的社会文学。"并直接把推倒贵族的文学、建立"国民文学"放在"三大主义"之首，可以说与

---

① 胡适回忆 1915 年与梅光迪、任永叔、杨杏佛共度暑假讨论古文半死、白话代替文言的情形时说："这一班人中，最守旧的是梅觐庄，他绝对不承认中国古文是半死或全死的文学。他越驳越守旧，我倒渐渐变得更激烈了。我那时常提到中国文学必须经过一场革命。"
② 见胡适作《送梅觐庄往哈佛大学》长诗："新潮之来不可止，文学革命其时矣。吾辈势不容坐视，且复号召二三子，革命军前杖马箠，鞭笞驱除一车鬼，再拜进入新世纪。"
③ 胡适．沁园春·誓诗［J］．留美学生季报，1916－04，春季第 1 号．
④ 胡适．文学改良刍议［J］．新青年，1917－01－01，2（5）．
⑤ 胡适．文学改良刍议［J］．新青年，1917－01－01，2（5）．
⑥ 胡适．文学改良刍议［J］．新青年，1917－01－01，2（5）．
⑦ 胡适．文学改良刍议［J］．新青年，1917－01－01，2（5）．
⑧ 胡适．建设的文学革命论［A］．胡适全集（第 1 卷）［M］．合肥：安徽教育出版社，2003：57．

胡适以白话文创建大众化的文学的主张是一致的。

可见，"五四"文学革命的先驱者在创造新文学的思路上是完全统一的，在他们看来，大众化、民间化是新文学诞生的必然要求。

当然，从历史发展的实际情形来看，文学的大众化、民间化的主张，并不是到了"五四"文学革命时期才被提出来。胡适曾一度否认新文学是自己和陈独秀一小部分人"闹出来"的说法，并指出了白话逐步为世人接受的三个原因：第一是中国自古就有白话文学的传统；"第二是我们的老祖宗在两千年之中，渐渐地把一种大同小异的'官话'推行到全国的绝大部分"①；第三是近代以来中国与世界文化的交流。

联系中国近现代社会的文学变革思潮，我们确乎能找到一条清晰的文学大众化、平民化的发展线索。从近现代文学发展的纵向轨迹来看，近代以来的文学大众化历程包括文学革命时期在内有三个阶段，其一是 19 世纪中后期以翻译为主的传教士文学和近代传媒带来的民族语文革新；其二是 19 世纪末 20 世纪初梁启超等维新派倡导的"三界革命"；其三则是 1917 年"文学革命"提倡的以白话文学为标志的文学大众化、平民化的道路。特别是清朝末年，一些改良政策为民族新语文运动的迅速发展创造了条件。②

那么，"五四"文学革命所倡导的大众化与此前的近代民族语文革新有什么联系和区别呢？

与曾经的古典文学"正宗"相比，现代文学不表现只代表贵族化的、少数人的思想感情，而是用大众话的白话文表现普通人的思想与诉求，这个审美价值取向就是"五四"新文学大众化的取向，一旦它被多数作家与读者所认同和服膺，并被认为是文学的正确方向，就意味着文学大众化的审美传统已然形成。

从精神实质上来说，大众化的现代文学的新传统，是经由革新民族语文和觉醒平民意识的过程才得以完成的。追根溯源，新文学的大众化确实得益于近现代民族语文革新运动，但它们之间所存在的承继关系主要是文学语文形式上的继承，而且这种继承也并不能掩盖两者之间的差异。

---

① 胡适. 中国新文学大系·建设理论集·导言［A］. 胡适全集（第 12 卷）［M］. 合肥：安徽教育出版社，2003：169.

② 例如，1908 年《钦定宪法大纲》规定言论、著作、出版自由，文学活动和创办报刊有了法律保障；具有大众化、平民化、民主特征的现代出版业逐步兴盛；科举废除，出现了以知识分子为主体的自由撰稿人和职业作家。

实事求是地说，文学"大众化"到了现代文学产生期的"文学革命"时期才趋于圆满，是因为"文学革命"所倡导的大众化包含了现代平民意识的觉醒，而且觉醒的平民意识与白话的形式相结合才最终导致了白话形式与内容的完美融合与统一，也正是这种形式与内容的不可分离的关系，文学大众化传统才真正达到了圆满。我们也可以说，新文学的大众化问题，并不仅仅是文言被白话取代这样一个简单的形式问题，其实质就是文学观念的转变问题，是新的文学（文化）精神对旧的文学（文化）精神的取代，从"平民文学"的角度彰显了"人的文学"的观念，这个观念使得新文学从根本上区别于旧文学。

由此可见，新文学建设初期，胡适、陈独秀等人提倡"大众化"的"白话文学"，就是要进行一场创造民族新文学与新文化的革命。这与近代白话文运动提倡者仅仅把白话文学当作开通民智的工具是有本质上的区别的。

虽然清末时期就有裘廷梁力主白话文，并申言："愚天下之具，莫文言若；治天下之具，莫白话若。"① 但是，其所言文言、白话的"愚"与"治"也仅仅是对下层百姓而言，并不包括像他们这样的士大夫精英阶层；对其而言文言恰是身份、地位、修养的标志和象征。所以，他们那些所谓开启民智的文章全是文言，因为这是同层次的内部商议与切磋，运用社会上层才有资格使用的文言正是对他们占领文化制高点的炫耀。

胡适就曾以十分尖锐的语言挑明了这些"改良精英"的真实形态："这种心理基础的观念是把社会分作两个阶级，一边是'我们'士大夫，一边是他们'齐氓细民'。'我们'是天生的聪明睿智的，所以不妨用二三十年的窗下苦工去学那'万国莫有能逮及之'的汉字汉文。'他们'是愚蠢的，是'资质不足以识千余汉字之人'，所以我们必须给他们一种求取知识的简易法门。'我们'不厌繁难，而'他们'必求简易。"②

近代的民族新语文运动被文学革命时期的新文学白话运动所超越，就是因为文学革命的先驱者们是借助民间的、大众的白话文和觉醒的"现代平民意识"来创造一种全新的现代文学和现代文化，是要彻底消除"我们"和"他们"之

---

① 裘廷梁. 论白话为维新之本［A］. 郭绍虞. 中国历代文论选（第四册）［M］. 上海：古籍出版社，1980：172.

② 胡适. 中国新文学大系·建设理论集·导言［A］. 胡适全集（第 12 卷）［M］. 合肥：安徽教育出版社，2003：268.

间的无形的阶级壁垒，其中所表现的现代民主意识和人文精神是不言自明的。这说明"五四"新文学的倡导者们一开始就把民间化、大众化的积极鲜活的现代要素看成新文学现代化建设的重要动力。

第二节　"普罗"诗歌、"革命文学"对"五四"启蒙文学的批判

20世纪20年代中期开始出现的普罗诗派是早期无产阶级革命文学最具代表性的诗歌流派。蒋光慈于1925年出版的诗集《新梦》和郭沫若的诗集《恢复》是普罗诗派的代表作。普罗诗派的成员构成是以后期创造社和太阳社的成员为主干，也包括我们社、汽笛社、引擎社、前哨社等团体的大量成员。

普罗诗派肇起于20世纪20年代中期，聚合兴盛于1928年至1930年前后，考察这一时间段的文坛背景，普罗诗派的出现是与20世纪20年代中期无产阶级革命文学思潮的兴起密切相关的。同时，20世纪20年代中期无产阶级革命文学的产生，又与国内外不断变化的政治文化背景相关联。

新文化运动早期，中国知识精英阶层的思想家、文学家们在意识形态上的倾向是比较一致的，均把从欧洲传入的现代科学、民主思想当作思想启蒙和文化创新的源泉，将资产阶级民主政治作为中国未来社会变革的理想。

新文化运动和文学革命发生以后，随着俄国十月社会主义革命的胜利、"五四"反帝爱国运动的爆发、中国共产党的成立等一系列国际、国内重大事件的发生，中国思想界、文化界再也不是科学、民主思想一家独大的局面，马克思主义和社会主义思想在中国得到了有效的传播，中国现代知识精英群体在文化和政治上的理想与追求也开始出现了分化；同时，1924年"革命文学"的主张也被部分激进文化人和共产党人提出。

1927年"四·一二"政变之后，国共分裂。1927—1928年间，郭沫若、成仿吾等参加过第一次国内革命战争的作家，从日本回国的冯乃超、李初梨、彭康、朱镜我等青年作家和激进作家蒋光慈、阳翰笙、钱杏邨等逐步在上海聚集起来。因此，后期的创造社与太阳社在1928年年初开始了无产阶级革命文学运动的倡导。具体倡导过程是1928年太阳社《太阳月刊》创刊，同年1月创造社《文化批判》创刊，不久成仿吾的《祝辞》、冯乃超的《文艺与社会生活》、李

初梨的《怎样的建设革命文学》相继发表。1928年《创造月刊》2月号刊登成仿吾《从文学革命到革命文学》，打出"革命文学"的大旗，以十分激进的态度否定"五四"以来的新文学，要求作家以无产阶级的意识创作描写和反映无产阶级的生活与理想。由此，鲁迅、茅盾等人与郭沫若、成仿吾为代表的后期创造社、太阳社等团体作家之间的论争被引发。

1928年在双方论争的高潮时期，以徐志摩等为代表的一部分自由主义作家和其他各类作家相继发表了一系列反对"革命文学"的文章，引发了原论争双方共同面对的另一场持续时间更长的论争①；为革命斗争需要和团结进步作家，共产党人不失时机地对原论争双方进行了调解，使"革命文学"的论争于1929年上半年基本结束。

一、"大众化"与普罗诗派的非诗化和抒情主体的丧失

最早提出文学为阶级斗争服务的人是早期共产党人邓中夏。1924年他在团中央机关刊物《中国青年》上发表了《新诗人的棒喝》和《贡献于新诗人之前》两篇文章，明确提出新诗人要自觉充当革命的"工具"，多创作"表现民族伟大精神"的作品，要"文体""壮伟"，"气势""磅礴"，"造意""深刻"，"造词""警动"，以此提高民众信心，鼓动民众斗争。② 另一个提出类似的具有鲜明功利倾向的早期共产党人是沈泽民，在其理论文章中他强调革命文学和作家思想的关系，指出革命经验是革命文学创作的基础③。

郭沫若作为此后倡导无产阶级革命文学的核心人物，也在1924年至1926年间连续发表理论文章，提倡"革命文学"。《致成仿吾的一封信》发表于1924年，文章清晰地提出了革命文学是被压迫者的喊叫这个概念④。1926年，他又发表了《文艺家的觉悟》《革命与文学》两篇文章，提出"今日的新文艺，在

---

① 可参看同时的徐志摩《〈新月〉的态度》、梁实秋的《文学与革命》和《文学是有阶级性的吗》、周作人《文学的贵族性》、尹若《无产阶级文艺运动的谬误》、秋鸣《最近共产党的文艺暴动计划》，以及鲁迅《文学与出汗》和《新月批评家的任务》、彭康的《什么是"健康"与"尊严"》、冯乃超《冷静的头脑》，等等。
② 邓中夏. 新诗人的棒喝［J］. 贡献于新诗人之前［J］. 中国青年，1923，7（10）.
③ 沈泽民. 文学与革命的文学［J］. 民国日报·觉悟，1924－11－06.
④ 郭沫若. 致成仿吾的一封信［A］. 郭沫若全集·文学编（16）［M］. 北京：人民文学出版社，1989.

精神上是彻底同情于无产阶级的社会主义的新文艺"①，主张文艺家"应该到兵间去，民间去，工厂间去，革命的漩涡中去"。② 明确提出了无产阶级革命文学的口号。他的这两篇文章直接引起了 1928 年至 1929 年间有关无产阶级革命文学的诸多论争。

以上可算是普罗诗派兴起的文坛背景，也就是说普罗诗派的兴起是与 20 世纪 20 年代中期无产阶级革命文学思潮的勃兴密切关联的。

联系中国现代革命史，1921 年中国共产党的成立导致国内无产阶级革命运动的高涨，1925 年"五卅"惨案的发生，以及北伐之后 1927 年"四·一二"政变导致的国共分裂，应该是 20 世纪 20 年代中期至 30 年代初无产阶级革命文学思潮卷动文坛的客观历史背景。诚如龙泉明所言："1925 年'五卅惨案'发生，大大促进了中国人民的民族觉醒和阶级觉醒。……很多作家和诗人在人生选择和文学选择上开始了一次大的转换。……1927 年'四·一二'反革命政变后，革命转入低潮，但反抗并没有停止，且愈来愈激烈。为了配合斗争形势，无产阶级革命文学的理论倡导和论争掀起高潮，无产阶级革命文学的创作也形成了一股波澜壮阔的潮流。"③

历史事实也证明，无产阶级革命文学思潮的兴盛与共产党人的引导和直接推动不无关联。首先，20 世纪 20 年代中期首先提出文学为阶级斗争服务的邓中夏就是早期共产党人，发表其著名文章的刊物也是团中央的机关刊物，第一个对之进行积极响应的沈泽民也是早期共产党人。其次是倡导无产阶级革命文学的郭沫若，他自 1924 年翻译《社会组织与社会革命》以后开始接受苏俄无产阶级革命文学观，并逐步转变为一位执着的职业革命家，认为革命文学是无产阶级的喊叫④。当 1927 年"革命文学"的论争发生之际，正值郭沫若参加南昌起义并加入共产党之时，他发表了一批倡导和支持"革命文学"的文章。所以，1925 年至 1927 年的郭沫若，其对待艺术，也开始从一个文学家、诗人的态度直接转变为一个职业革命者的态度。

由于无产阶级革命文学思潮兴起的文坛背景和中国现代政治革命运动的密

①　郭沫若. 文艺家的觉悟［J］. 沫若文集（10）［M］. 北京：人民文学出版社，1958.
②　郭沫若. 革命与文学［J］. 沫若文集（10）［M］. 北京：人民文学出版社，1958.
③　龙泉明. 普罗诗派诗歌创作得失［J］. 武汉大学学报（哲学社会科学版），1997，4.
④　郭沫若. 致成仿吾的一封信［A］. 郭沫若全集·文学编（16）［M］. 北京：人民文学出版社，1989.

切关系，决定了在这个思潮中产生的普罗诗派必然具有极为突出的工具论倾向。普罗诗派最初的也是最有代表性的诗人蒋光慈的文学理论观点也十分突出地显示了这种工具论倾向。他在太阳社《太阳月刊》创刊号上发表的《关于革命文学》一文是这样表述他的文学观的："用辩证法方法写出生活的出路，促进无产阶级文学的发展，否则就是虚无主主创作。"① 这样的观点明显带有以文学创作表现预设的"绝对真理"的反映论倾向，同时也是极端功利主义的文学观。也正是极端的功利主义文学观，致使几乎所有从事文艺活动和诗歌创作的早期共产党人在面对坚持艺术审美本质还是服务革命和政治的问题时，全都毫不迟疑地选择了后者。蒋光慈就曾盛赞俄国无产阶级诗人"把诗作为红军的大炮，应时势需求"②。

这种工具论的倾向导致"普罗"诗歌在理论上和创作实践上偏离了文学的审美要求。这样的偏离最少表现在两个方面：一是因"大众化"口语化而导致外在的语言形式的非诗化；二是由"大众化""无产阶级化"的概念化创作导致的内在抒情主体的丧失。

（一）诗歌外在语言形式的非诗化

原本作为艺术作品的诗歌，其功能不是要鼓动谁去行动，而是通过审美对人的心灵、情感起到潜移默化的启迪和升华的作用，但是，在极端工具论支配下，普罗诗派的诗歌是断然不顾"诗美"的。郭沫若就明白地说过："充分地写出那些高雅文士所不喜欢的粗暴的口号和标语，我高兴做个'标语人''口号人'而不必一定要做'诗人'。"③

钱杏邨曾是竭力主张诗歌语言"大众化"、口语化的典型代表。他说，"我们需要的全是战斗的鼓号……绮丽的歌词也得变成粗暴的喊叫"，④ 他还说："只有资产阶级的艺术者是专门供人欣赏的，玩弄的。……劳动阶级不是绅士，革命者不是优美的处子，劳动文学的生命就是粗暴。"⑤ 无产阶级艺术风格就是

---

① 蒋光慈. 关于革命文学［J］. 太阳月刊，1928（1）.
② 蒋光慈. 俄罗斯文学［M］. 上海：创造社出版部，1927：12.
③ 郭沫若. 我的作诗经过［A］. 郭沫若全集（16）［M］. 北京：人民文学出版社，1989.
④ 钱杏邨. "灯塔"——读郭沫若《灯塔》以后［A］. 阿英全集（3）［M］. 合肥：安徽教育出版社，2003.
⑤ 钱杏邨. 从东京到武汉［A］. 钱杏邨. 文艺批评集［M］. 上海：神州国光出版社，1930.

"SIMPLE AND STRONG（简单和粗壮）"。① 其理论主张实际上就是由艺术服从于政治、诗歌形式从属于革命宣传需要的工具论出发，希望普罗诗歌以所谓"大众化""民间化"的形式被下层民众接受。这种理论主张，必然因不加修饰的极端"大众化""民间化"的语言形式而造成诗歌语言的口语化乃至粗俗化，最终导致诗歌艺术形式的非诗化。以钱杏邨所推崇的冯宪章的《战歌》为例：

> 烧，烧，烧，心火烧，
>
> 不论军阀和官僚；
>
> 号！号！号！热血号。
>
> 不论劣绅和土豪；
>
> 喝黑头宁老酒长乐烧，
>
> 不论英美日法奥；
>
> 坚持锐利斧头和镰刀，
>
> 不论地主和富豪！
>
> 冲破敌人的营巢，
>
> 一切取消！
>
> 一切打倒！
>
> 不论军阀官僚；
>
> 不论劣绅土豪；
>
> 不论英美日法奥；
>
> 不论地主和土豪！

　　全诗以纯粹的政治热情的狂呼写成，完全由口号化的文字组成，浅白确实是做到了，但诗意化的艺术形式也没了。这些粗暴、简单的诗歌很多被刊登在《太阳月刊》上。

　　比如周灵均有这样的诗句："我仿佛已在战场中呼：杀杀杀！/我要把鲜红的血液污遍了革命旌儿，/不然，敌人不灭何以为家！"② 再如，迅雷则写道：

---

① 钱杏邨.从东京到武汉［A］.钱杏邨.文艺批评集［M］.上海：神州国光出版社，1930.

② 周灵均.渡河［J］.太阳月刊，1928，2.

"我们是洪水！／我们是猛兽！／我们是资产阶级统治下的暴徒！／我们是毁灭畸形社会的刽子手！"① 这样的诗歌，除了口号的狂呼，就是表达阶级斗争的概念，基本没有艺术化的诗意加工和诗境营造。

回顾 1917—1921 年间尝试初期白话诗语言形式的建设过程，其形式获得主要有三个来源，具体包括现代口头语、外来语（包括语法）、文言文，而这三者的融合也并不是一蹴而就的。这三个来源虽然包括了现代的、民间的口头语，但是白话诗的语言形式实际上经历了从 19 世纪中后期的"传教士文学"、近代传媒发展引发的近代民族语文革新，再到 19、20 世纪之交由梁启超发起、领导的文体革命和白话文运动，最终经由 1917 年"文学革命"提倡的以白话文为标志的新文学运动，才最终形成。这个过程是以现代口语为基础，再通过继承文言文的有益成分和吸收外来语的优长来完成的，它包含了三者较为漫长的彼此渗透、有机融合和净化升华，是新的白话文（现代汉语言文字）的一个自然生成的过程。更重要的是，现代新诗所采用的白话文从来都是书面的，是文人创作的，而非民间的、口头的。所以它并没有放弃汉语言诗歌一如既往的对至高的艺术形式之美的追求，它汲取现代口语（白话）的目的是给新文学灌注觉醒了的现代人文意识，并创造一种更加符合现代人审美要求的文学语言。从艺术创新的角度来说，这是在民间口语基础上的提高与升华，而非等同于民间口语。

客观地说，普罗诗派无论从理论上还是创作上，都是在工具论之下对现代诗歌艺术的有意识的丢弃，他们通过对"民间"和"大众"的俯就背离了"五四"新文学的宗旨。

郭沫若就曾说："在 1924 年，我终止了创造社的文艺活动，开始转入了对辩证唯物论的深入认识。"② "1925 年，五卅运动发生，我在上海参加了社会活动，到处演讲……不久我参加大革命，就和文艺差不多脱离关系了。"③ "或许我的诗从此死了，但这是没有法子的，我希望它早些灭吧。"④ 他的这些言论充

---

① 迅雷．叛乱的幽灵［J］．太阳月刊，1928（2）．

② 郭沫若．盲肠炎［A］．郭沫若全集·文学编（16）［M］．北京：人民文学出版社，1989．

③ 郭沫若．答青年词［A］．郭沫若论创作［M］．上海：上海文艺出版社，1983．

④ 郭沫若．孤鸿——致成仿吾的一封信［A］．郭沫若全集·文学编（16）［M］．北京：人民文学出版社，1989．

分说明了作为曾经的浪漫主义诗人的郭沫若对自己诗歌创作道路的清醒认识，既反映了郭沫若本人从诗人、文学家向职业革命家的变化，也代表了热血澎湃的普罗诗派诗人宁要革命不要艺术的真实心态。

（二）诗歌内在抒情主体的丧失

普罗诗派的诗人们虽然创作了大量的适应无产阶级斗争需要、反映时代进步、鼓动人民革命斗争的作品，但仔细推敲却发现，从创作主体到文本，无产阶级都是缺席的。因为就普罗诗歌而言，其本质就是一种"代言者的文学"。实际上几乎所有普罗诗人都是小资产阶级知识分子，尽管他们通过所谓"奥伏赫变"获得了无产阶级的阶级意识，但是要为"工农大众"代言确实是困难的。虽然郭沫若在《革命与文学》中宣称，"我看我们的要求和世界的要求是达到同等的地位了……我们中国的民众大都到了无产阶级的地位了"，① 但是，普罗诗人们与无产阶级工农大众的生活是有距离的。他们没有底层劳苦大众生活的经验，也不了解底层劳苦大众生活的现状，整体上他们对无产阶级的生活是不熟不懂的。他们只是在凭借主观的想象和政治理念来创作无产阶级的诗歌，在作品中只能凭空虚构无产阶级的苦难与生活，并靠理论概念为劳苦大众指出"出路"。创作主体并没有融入血脉的无产阶级的真实情感体验，表现内容也没有无产阶级的真实生活。可以说，正是从创作主体到文本内容的双重缺位，最终导致了普罗诗歌抒情主体的丧失。

归根结底，普罗诗派抒情主体的丧失与普罗诗人以工具论为主导的大众化、民间化的文学主张对新诗现代化道路的背离不无关联。

在1917 至1925 年的新诗中，诗歌的大众化、民间化是以创造全新的现代语言形式为目的的，在启蒙主义和"人的文学"观念之下，这种全新的语言形式又是同现代人觉醒了的个性精神与生命体验相互交融的。所以，那一时期的大众化和民间化是以诗歌的现代化建设为宗旨的，推动了新诗形式本体与精神本体的现代化进程。

二、"革命文学"对"五四"新文学传统的清算

更有甚者，为了彰显普罗诗歌乃至普罗文学的"宣传使命"，普罗诗人和

---

① 郭沫若. 文学与革命［A］. 郭沫若全集（16）［M］. 北京：人民文学出版社，1989.

"革命文学"的理论家还有意识地对"五四"以来的新文学传统进行了一次目的明确的清算。

钱杏邨在《死去了的阿Q时代》和《死去了的鲁迅》两篇文章里就刻意地把"五四"至20世纪20年代中期以后化分为两个文学时代，认为新文化运动到"五四"是一个时代，这个时代是"个人主义的精神""死亡"的时代，而"五卅"运动以后是"革命文学"的时代。钱杏邨认为鲁迅等"几个老作家"所代表的是"个人主义思潮的势力"①，就算像《阿Q正传》这样的作品无论"造句是如何的俏皮刻毒……也不足以代表十来年的中国文艺思潮。……实在的，我们从鲁迅的创作里所能找到的，只有过去，只有过去，充其量亦不过说到现在为止，是没有将来的。"② 所以，钱杏邨断言："阿Q时代固然死亡了，其实，就是鲁迅他自己也已走到了尽头。"③

而郭沫若更是化名杜荃，发文斥责鲁迅是"资产阶级以前的一个封建余孽……资本主义对于社会主义是反革命，封建余孽对于社会主义是二重反革命……他是一位不得志的法西斯蒂！"④ 透过郭沫若极端谩骂式的谴责背后，我们看到的是普罗诗人和"革命文学"理论家在理论上、思想上对代表"五四"时代的启蒙主义文学传统的批判和清算。这种批判的目的就是要通过对"个人主义"的资产阶级和小资产阶级文学的否定，倡导为无产阶级斗争服务的"革命文学"。

1931年，鲁迅翻译的《毁灭》出版，瞿秋白写信祝贺，在称赞鲁迅译文"非常忠实"的同时，希望鲁迅用普罗大众都能听得懂的"绝对的白话"来解决译文中"不顺"的问题，⑤ 并由此引发了他和鲁迅之间关于翻译的理念的一次争论。鲁迅不接受"绝对的白话"的概念，而且将"文"与"话"分得很清楚，并坚持书面语"现在还不能和口语——各处各种的土话——合一"⑥，而主张一种包含"文言分子"的"特别的白话"，这种"特别的白话"不但包含了

---

① 钱杏邨．死去了的阿Q时代［J］．太阳月刊，1928 - 03 - 01.
② 钱杏邨．死去了的阿Q时代［J］．太阳月刊，1928 - 03 - 01.
③ 钱杏邨．死去了的阿Q时代［J］．太阳月刊，1928 - 03 - 01.
④ 杜荃．文艺战线上的封建余孽——批评鲁迅的《我的态度气量和年纪》［J］．创造月刊，1928 - 08 - 10，2（1）．
⑤ 瞿秋白．瞿秋白文集·文学编（1）［M］．北京：人民文学出版社，1985：507 - 508.
⑥ 鲁迅．关于翻译的信（6）［A］．鲁迅全集（4）［M］．北京：人民文学出版社，2005：391 - 392.

现代口语和文言，还应该发挥创作主体的创造性——从而"注入活的民众里面去"① 检验。鲁迅的这些观点，显然是站在创建新文学全新的语言形式的角度来看问题的，他之所以反对瞿秋白的"绝对白话"，实际上是要通过翻译的语言实践为尚未完成的新文学语言形式的建设提供借鉴。

更重要的是，鲁迅在提出带有明显过渡性色彩的"特别的白话"的观点的同时，还针对瞿秋白有关"不顺"的指责和"绝对的白话"的观点，重点坚持"硬译"的方法。他站在"五四"启蒙主义者和新文学建设者的立场，认为在与新文学内在精神建设密切相关的语言形式尚未完成之际，"硬译"就是"没有出路"的出路，一方面这是因为"中国文本来的缺点"②，另一方面也是鲁迅自认为本人"力量不足以达之"③。如果说第二方面的理由是鲁迅的谦逊之词的话，那么"中国文本来的缺点"则是鲁迅先生坚持"硬译"的理由。因为站在思想启蒙者的角度，"中国文"的这种"本来的缺点"直接导致了中国精神生活的"由聋而哑"，所以作为"运输精神食粮的航道"④ 的翻译乃至"硬译"已经到了"万不可缓的时候"⑤，这是作为文化人、文学家的责任，更不应像革命文学家（指蒋光慈）那样，因急于事功而否定翻译和"硬译"。站在启蒙主义者的立场，鲁迅做出了"甘为泥土"的选择，并呼唤"诚实的翻译者"⑥。

鲁迅站在新文学建设者的角度希望"硬译""不但在输入新的内容，也在输入新的表现法"⑦，通过吸收域外语言"医治"中国人"思路不精"的"病"，改造"语法不精密"的汉语。

总之，鲁迅的观点既是对"五四"新文学启蒙传统的坚持，也更是以新文学的建设为目标的。反观瞿秋白"绝对的白话"的主张，则是完全站在文学工具论的角度，以大众化、口语化来"改造""五四"以来的新文学形式。他的这

---

① 鲁迅. 关于翻译的信（6）［A］. 鲁迅全集（4）［M］. 北京：人民文学出版社，2005：391－392.

② 鲁迅. "硬译"与"文学的阶级性"［A］. 鲁迅全集（4）［M］. 北京：人民文学出版社，2005：338.

③ 鲁迅.《小约翰》引言［A］. 鲁迅全集（4）［M］. 北京：人民文学出版社，2005：284.

④ 鲁迅. 由聋而哑［A］.《鲁迅全集》（5）［M］. 北京：人民文学出版社，2005：294.

⑤ 鲁迅. 由聋而哑［A］.《鲁迅全集》（5）［M］. 北京：人民文学出版社，2005：294.

⑥ 鲁迅. 由聋而哑［A］.《鲁迅全集》（5）［M］. 北京：人民文学出版社，2005：125.

⑦ 鲁迅. 关于翻译的信（6）［A］. 鲁迅全集（4）［M］. 北京：人民文学出版社，2005：391.

种观点与革命文学倡导者的观点是完全一致的，代表了革命文学和普罗诗派对"五四"新文学传统的清算。这种清算表现在以下两个方面：

（一）对"五四"新文学语言形式的不满

瞿秋白非常极端地否认"五四"以来的新文学，认为其不该保留文言成分，因为普罗大众看不懂，所以在形式上形成了一种"新文言"的传统。"五四"时期的白话被其贬低为"骡子语"，"五四"新文学则是"骡子文学"①。所以他主张以"绝对的白话"来打破这个形式。这种"绝对的白话"在形式上主要是通过吸收方言乃至评话等民间艺术为代表的平民语言和传统艺术的语言形态，最终达到"销路极多……人人易懂……商店主人及学徒……街道洋车夫及苦力"②皆乐读的效果。他的观点完全不同于鲁迅所代表的"五四"新文学作家一贯坚持的新文学语言形式的建设——既来源于民间（以白话为主干），又高于民间（对活的文言的保留、对域外语言因素选择性的吸纳，以及新文学作家的创造性融合）。瞿秋白对文学语言的大众化、平民化的要求代表了"革命文学"倡导者的主张，其根本特点不是像"五四"新文学以提高的、创造的态度吸收民间化、大众化的口头语，而是反其道而行，要求革命文学作家对大众化、民间化的语言形式全盘吸收，采用的是俯就大众、同化于民间的方法，完全彻底地抛弃了"五四"新文学的形式创造原则。

（二）对"五四"新文学抒情主体的抛弃

瞿秋白站在工具论的立场，一方面把使用"绝对的白话"当成了不可辩驳的绝对律令，认为革命文学的创作和翻译"必须用完全的白话"③，反之则是"投降资产阶级，是一种机会主义的表现，是拒绝对于大众的服务"④，更重要的是，瞿秋白站在文艺大众化的立场要求翻译者以"绝对的白话"翻译、创作革命文学的同时，更提出了"文字革命""文学大众化""无产阶级革命""三位一体"⑤ 的观点。这个"三位一体"的逻辑链条是以"无产阶级革命"为最终目的的。所以进行文字革命和创作大众化的革命文学的作家、诗人也应该具有"无产阶级的身份"。他曾在一篇题为《"我们"是谁》的文章里批评郑伯奇

---

① 瞿秋白．再论翻译——答鲁迅［J．文学月报，1932，1（2）．
② 瞿秋白．论翻译［J］．读者月刊，1931，1（6）．
③ 瞿秋白文集·文学编（1）［M］．北京：人民文学出版社，1985：495.
④ 瞿秋白．普罗大众文艺的现实问题［J］．文学，1932，1（1）．
⑤ 瞿秋白．普罗大众文艺的现实问题［J］．文学，1932，1（1）．

不应该把作为知识分子的"我们"和普通的"大众"相对立，而应"抛弃'智识阶级'的身份"①。一方面这个消灭"智识阶级"阶级的主张，解决了前述无产阶级革命文学作家作为"小资产阶级知识分子"的"他者"身份的尴尬，另一方面，面对这种"他者"身份的尴尬，虽然在他的设想里知识分子理所当然应该是"文艺大众化"的领导力量，但是缺失"无产者身份"的革命作家显然不具备下层人民的生活与情感。所以，瞿秋白矛盾地认为作为领导"革命文学"的知识分子又未必比普通劳苦大众高明，这就需要"革命作家要向群众去学习"了。而"消灭智识阶级"，实际上就是要求革命文学作家和诗人，放弃个人的小圈子和小趣味（哪怕这些"小圈子"和"小趣味"融合了他们与生俱来的生活经验和情感体验），用无产阶级的生活、观念、情感和宣传革命、鼓动革命的创作意志、信仰来代替"五四"新文学表达个人生命体验的抒情主体。无产阶级革命作家和诗人虽然把这些生活、观念、情感和意志、信仰奉为"绝对真理"，但在本质上这只是他们所接收的知识或者学说，所以，以这些"绝对真理"为内容的创作已然完全脱离创作主体的生活基础，纯粹是在绝对理念崇拜支配下的观念图解和类似于"原教旨"的对外宣示。

第三节 "左联"文艺"大众化"的讨论

1929 年上半年，在共产党人的调解之下，鲁迅、茅盾与郭沫若、成仿吾等人之间的无产阶级革命文学的论争结束。中国左翼作家联盟于 1930 年 3 月 2 日在上海成立。

"左联"成立之后发起了三次"文艺大众化"的讨论。

一、第一次讨论

1930 年"左联"成立后，推动"无产阶级革命文学"运动被当成了"左联"的主要任务，而"文艺大众化"则是在此基础上提出的口号。然而关于如何看待"文艺大众化"的问题在"左联"内部仍然有分歧，双方展开了讨论。

---

① 瞿秋白文集·文学编（1）[M]．北京：人民文学出版社，1985：489.

论争主要围绕什么是大众化和怎样大众化的问题展开。

冯乃超的《大众化的问题》一文代表极左一方的观点："文学展现如果是解放斗争的一部分，那么，文学的大众化问题，就是怎样使我们的文学深入群众的问题。……首先要有能使大众理解——看得懂——的作品。"① 郭沫若甚至说，"大众文学的作家，应该是大众中间出身的……大众文艺的标语应该是无产阶级文艺的通俗化，通俗到不成文艺都可以"。②

鲁迅先生对上述观点进行了反驳，他指出，今天的文艺虽然并不是少数人的专利，却应该看到，大众与文艺产生关系的前提是"读者应该有相当的程度。首先是识字，其次是有普通的大体的知识，而思想和情感，也须大抵达到相当的水平线……现下的教育不平等的社会里，仍当有种种难易不同的文艺，以应各种程度的读者之需。"③ 文艺大众化是历史的趋势，但"大多数人不识字，目下通行的白话文也非大家能懂的文章；语言又不统一……此刻就要全部大众化，只是空谈"④。而且新文学的建设真正完成之前，不能一味以俯就的方法来解决大众化的问题，俯就"容易流为迎合大众，媚悦大众。迎合和媚悦是不会于大众有益的"⑤。但其观点无人重视。1931 年，"左联"依旧通过了一个以无产阶级文学为"新任务"的决议，并确定"为完成当前的任务，中国无产阶级革命文学必须确定新的路线。首先第一个重大的问题，就是文学的大众"。⑥

"五四"新文学初期，将文学从少数士大夫的垄断中解放出来，确实是文学革命的先驱者们提倡白话的初衷，但是，新文学的对象实际上仍然是由小资产阶级和资产阶级知识分子构成。文学对大众的普及，由于时代的限制短时间无法实现。20 世纪 20 年代初便有一部分新文学作家和理论家认识到了这个问题，所以出现过"民众文学""方言文学"的讨论，甚至出现过"到民间去"的号召。但是，一旦涉及如何打破新文学与普通大众隔绝的状态，新文学作家和理论家一般都比较谨慎。更多的人主要是站在思想、文化启蒙和坚持文学审美本

---

① 冯乃超. 大众化的问题 [J]. 大众文艺, 1930 – 03 – 01, 2 (3).

② 郭沫若. 新兴大众文艺的认识 [J]. 大众文艺, 1930 – 03 – 01, 2 (3).

③ 鲁迅. 文艺的大众化 [J]. 大众文艺, 1930 – 03 – 01, 2 (3).

④ 鲁迅. 文艺的大众化 [J]. 大众文艺, 1930 – 03 – 01, 2 (3).

⑤ 鲁迅. 文艺的大众化 [J]. 大众文艺, 1930 – 03 – 01, 2 (3).

⑥ 左联执委会. 中国无产阶级革命文学的新任务——一九三一年十一月中国左翼作家联盟执行委员会的决议 [J]. 文学导报, 1931, 1 (8): 4 – 5.

质的立场，主张逐步"提高"民众水平以适应新文学。所以，俞平伯明确反对像革命文学作家这样的"少数人跟着多数人跑"①，这样做就是"把诗思去依从一般的民众"②，他主张"少数人领着多数人跑"③，不主张艺术"低就民众"，倘若如此"不啻是艺术的自灭"④。

从"左联"发起的第一次文艺大众化的讨论来看，鲁迅先生的不同声音差不多是唯一的亮点，他关于拒绝"迎合"与"媚俗"的观点是对坚持文学审美本质和新文学形式建设现代化的坚守。但是，极左论者仍持 1928 年至 1929 年间"革命文学"论争时期的观点，而且这种主张在"左联"完全占据了主导地位。以"大众化"为标志的极端工具论话语在"左联"已然成为主流，这预示着"无产阶级的理论与中国革命实践相结合，与文学话语相结合，迅速地形成了中国的红色话语"⑤。在功利主义的驱使下，在相当长的时期和特定的历史空间内，"大众化""民间化"对新文学现代化建设的负面影响，将不可避免。

二、第二次讨论

1932 年年初"左联"发起第二次大众化讨论⑥。参与此次讨论的作家较多，讨论涉及内容、形式、语言、体裁等方面。但是，瞿秋白与茅盾之间的争论才是本次讨论的主要焦点。

瞿秋白称"五四"白话根本就是不能深入大众的"新文言"⑦，就算是旧小说的旧白话也要胜过这种新文言。茅盾以为这两者的性质是有差异的，旧小说被大众喜爱是因其落后观念符合大众口味，而非文字本身，同时他尖锐而冷静

---

① 俞平伯．诗底进化的还原化论［A］．俞平伯全集（3）．石家庄：山花文艺出版社，1997.

② 俞平伯．诗底进化的还原化论［A］．俞平伯全集（3）．石家庄：山花文艺出版社，1997.

③ 俞平伯．诗底进化的还原化论［A］．俞平伯全集（3）．石家庄：山花文艺出版社，1997.

④ 俞平伯．诗底进化的还原化论［A］．俞平伯全集（3）．石家庄：山花文艺出版社，1997.

⑤ 方维保．红色意义的生成［M］．合肥：安徽教育出版社，2004.

⑥ 因为同年 3 月"左联"通过《关于"左联"目前具体工作的决议》，要求"实行'文艺大众化'这目前最紧要的任务"，号召"加紧研究大众文艺，创作革命的大众文艺"。

⑦ 瞿秋白．大众文艺的问题［J］．文学，1932－04.

地指出:"几年来的革命文艺"①,无论其是否"可听""可读","终于跑不到大众堆里……不能单把作为工具的'文字'开刀了事。"② 而且,茅盾认为瞿秋白的主张用包含了许多方言土话的所谓现代中国话("普通话")来写作,不可能行得通。瞿秋白在《再论大众文艺答止敬》中,一方面同意茅盾的观点,另一方面又说:"革命的施耐庵们将要在斗争和工作的过程之中产生出来。这种工作开始的时候,一切初期的、极端幼稚的、外行的大众文艺的尝试的作品,也已经是大众文艺。可以说是最坏的'文艺',但是始终是文艺。"③

有人认为茅盾、瞿秋白的争论,在用大众语来写作方面是统一的,区别仅在于由作家来写还是由大众自己来写,而瞿秋白显然侧重于后者。所以他说,革命的大众文学为了"最迅速地反映当时的革命斗争和政治事变,可以是'急救的''草率的'"④。无独有偶,郭沫若在文艺大众化方面的观点则更加极端,他说:"通俗!通俗!通俗!我向你说五百四十二万遍通俗!"⑤ 这些都是极端工具论下以大众化、民间化形式野蛮、粗暴地抛弃、否定文学的艺术形式及其审美本质的主张。

而且,瞿秋白和茅盾观点的区别不止于此。茅盾关于不能单对作为工具的文字来开刀的观点,说明他与鲁迅的看法一致,认为文艺的大众化只是一种美好的理想,或者空谈。

回到瞿秋白的观点,他对"五四"新文学的语言形式建设,采取的完全是否定和清算的态度。他认为"五四式的新文言,是中国的文言文法、欧洲文法、日本文法、现代白话杂凑起来的一种文字",⑥ "非驴非马",⑦ "替欧洲绅士换

---

① 止敬(茅盾). 问题中的大众文艺 [A]. 文艺大众化问题讨论资料 [C]. 上海:上海文艺出版社,1987:113.

② 止敬(茅盾). 问题中的大众文艺 [A]. 文艺大众化问题讨论资料 [C]. 上海:上海文艺出版社,1987:113.

③ 瞿秋白. 再论文化以大众化问题答止敬 [A]. 瞿秋白文集(2)[M]. 北京:人民文学出版社,1954.

④ 瞿秋白. 大众文艺的问题 [J]. 文学,1932 – 04.

⑤ 郭沫若. 新兴大众文艺的认识 [A]. 文艺大众化问题讨论资料 [C]. 上海:上海文艺出版社,1987:35.

⑥ 瞿秋白. 大众文艺的问题 [J]. 文学,1932 – 04.

⑦ 瞿秋白(史铁儿). 普罗大众文艺的现实问题 [A]. 文艺大众化问题讨论资料 [C]. 上海:上海文艺出版社,1987:38.

了口味的'鱼刺酒席'"①，西方文学诸多流派都是"魔道"②，要打倒五四"新文言"③，迎接"第二次的文学革命"④

三、第三次讨论

"左联"关于文艺大众化的第三次讨论起于 1934 年 4 月，终于同年 12 月左右。

1934 年 4 月 24 日，时任《中华日报》副刊《动向》主编的"左联"作家聂绀弩在《动向》上发表了一篇题为《新形式的探求与旧形式的采用》的文章，反驳魏猛克 1934 年 4 月 19 日发表的同刊文章《采用与模仿》，署名耳耶，引起了讨论，其间鲁迅发表《论"旧形式的采用"》一文参与讨论。但是，关于旧形式的讨论很快被陈望道、胡愈之、夏丏尊等 12 人以反对"文言复兴"的名誉发起的"大众语"的讨论所替代。起因是当时有人在报刊上接连发表反对白话文的文章，要求恢复教文言，提倡小学读经等，提出所谓"文言复兴运动"。

关于"大众语"的论战可从 1934 年 5 月算起，大规模拉开序幕则起始于 1934 年 6 月陈子展的《文言、白话、大众语》和陈望道的《关于大众语的建设》两篇文章。短短半年多的时间参与讨论的人近百，参与讨论的刊物多达 30 余种，发表文章 400 多篇，地域涉及北京、上海、南京三地，是 20 世纪 30 年代文化思想界的一件大事。

在论争中，"大众语"被运动发起者界定为"大众说得出、听得懂、写得顺手、看得明白"的一种书面语，也可看作是在主张反对"文言复兴"的同时又对"五四"白话进行变革的一个关于汉语书面语的特定用语。问题的讨论涉及文言、"五四"白话和大众语，最后主要集中在怎样看待"五四"白话以及怎样建设大众语两个问题上。运动发起者的发难目标是文言和"五四"白话文。所以，讨论的结果最终变成了运动发起者和捍卫"五四"白话的反方之间的对

---

① 宋阳（瞿秋白）. 大众文艺的问题［A］. 文艺大众化问题讨论资料［C］. 上海：上海文艺出版社，1987：55.
② 瞿秋白. 欧洲文化［A］. 瞿秋白文集（2）［M］. 北京：人民文学出版社，1954：881.
③ 瞿秋白. 大众文艺的问题［J］. 文学，1932－04.
④ 瞿秋白. 再论文化以大众化问题答止敬［A］. 瞿秋白文集（2）［M］. 北京：人民文学出版社，1954.

抗。但是，反方大多数人对"大众语"持不参与、不评价的态度。

从运动开展的进程来看，一开始是"五四"白话文与"大众语"共同击退"文言复兴"论；继而是"大众语"对"五四"白话文展开批评，主张"白之又白"的语言变革；最后，讨论内容变成了运动倡导者之间关于"大众语"建设问题的磋商。

由上述可见，对大众语的讨论在某种程度上实际上是"左联"发起的"文艺大众化"讨论的顺向延续。讨论的焦点在很大程度上仍然是急功近利的工具论者与持守"五四"新文学传统的稳沉持重者之间的博弈。

综上所述，"左联"发起的三次关于文艺大众化的讨论，反映了在"大众化""民间化"的表象之下，一部分激进作家从"文学革命"向"革命文学"转向，文坛的阶级论和政治的意识形态化的色彩因此逐步加重，"五四"的现代启蒙传统在一部分作家那里逐步丧失。这个转变之所以发生，自有其所面临的中国现代社会历史和政治、文化方面特定的背景和条件，"大众化"的无产阶级革命文学的倡导和实践更对推动我党领导下的新民主主义革命产生了不可估量的积极影响，其意义也是极其重大的。但是，在新文学现代化建设的语境之下，具有极端工具论色彩的大众化、民间化的文学主张所导致的新文学语言建设的停滞和抒情主体丧失，也确实表现了阻滞和妨碍新文学现代化建设的趋势。

从另一个角度来看，"左联"所主张的"大众化"的"革命文学"要求现代的、启蒙的新文学去俯就大众和民间，更在工具论文学观念的支配下，开启了对现代知识精英进行思想改造的"思路"：让现代知识精英放弃文化创新和思想批判的天职，使其为革命"俯就"大众，进而终致冥灭于民间。这无疑对朝向"人的文学"不断迈进的现代文学建设是极端有害的，在中国现代文化建设尚未完成的情况下，对中国文化建设的未来更是危险的。

第四篇 **04**

战火中的"民间化"浪潮和多样化探索
(1937—1949)

第九章

延安诗派与"政治学浪漫主义"

从 1937 年到 1949 年的战争期，包括了八年抗日战争和三年解放战争。这两次大规模的战争以华夏民族突如其来的绵长苦难和阵痛唤醒了民族自救的力量，也以一种山呼海啸之势迅猛地推动整个民族走向了新生。表面上看，在此期间对民族抗争的解放力量的呼唤和对战争主题的表现打断了新诗现代化发展的自然流程，战争期反映现实、提振民族精神的功能性要求成为诗坛主潮，自 20 世纪 20 年代初到 30 年代中后期发展起来的具有启蒙主义倾向的浪漫主义潮流和纯诗化诗潮均逐步退居到非主流的位置。

在适应时代文学的功能性要求的前提下，战争期诗坛的总体局面表现为"三足鼎立"的态势，具体体现为延安诗派在革命浪漫主义外表下对极端工具主义的发挥、"七月"诗派对具有启蒙主义倾向的浪漫主义的重构、"九叶"诗派在亲和现实的同时对新诗现代化的进一步推进。延安诗派与"七月"诗派的发展及其彼此间的矛盾运动和"九叶"诗派在战争背景下对纯诗传统的继承与发展构成了战争期诗学探索的整体面貌，丰富和繁荣了战争期诗坛的理论创新与创作实践。

20 世纪三四十年代浪漫主义的诗学重构是在大众化诗歌运动和抗日战争爆发的大背景下发生的。可是，在这个大背景下生成的以浪漫主义为表征的"延安诗派"和"七月"诗派却有着诗学意义上的本质区别。

延安诗派上承 20 世纪 20 年代中后期的革命浪漫主义和 20 世纪 30 年代的大众化诗歌运动，下启战争期至 20 世纪 70 年代末以前的极端工具主义诗潮，在现当代诗坛产生了不可估量的影响。

第一节 从浪漫主义到"革命浪漫主义"

在研究中国 20 世纪三四十年代浪漫主义诗歌发展路径时,1942 年延安文艺整风之后兴起的"延安诗派"和 1937 年 7 月以后形成的"七月"诗派是绝对不能绕过的。

俞兆平认为中国浪漫主义可分两个阶段,其分水岭在 1930 年前后。1930 年前,新文学界所接收的浪漫主义属欧洲以卢梭为代表的启蒙时代的浪漫主义范畴;1930 年后,接收的是以高尔基为代表的苏俄的"革命浪漫主义"①。这个划分是有相当充分的历史依据的。

按照俞先生的观点,我们可以大致勾勒出现代新诗浪漫主义思潮的演变过程。而且,联系中、外文学思潮 20 世纪 20 到三四十年代的历史背景展开研究,应该是厘清现代新诗从浪漫主义到"革命浪漫主义"审美流变的前提。

一、国内、国际背景

（一）国内背景

从 20 世纪 20 年代到三四十年代,中国浪漫主义的思潮演变大概有以下三方面的重要节点和事件:一是 20 世纪 20 年代中期普罗文学的兴起和创造社向革命文学转变,二是 1928—1929 年无产阶级革命文学的论争,三是 1930 年"左联"的成立及其对无产阶级革命文学的推动。经过这个过程,"革命浪漫主义"最终取代了早期浪漫主义。

上述"革命浪漫主义思潮"的形成过程实际上是与现代中国社会政治、文化环境的发展相互关联的。

众所周知,1918 年俄国十月社会主义革命胜利之后,社会主义苏联空前地强大和繁荣。但是,从 20 世纪二三十年代开始西方资本主义社会的弊端和负面因素却暴露无遗,甚至发生了严重的经济危机。强烈的对比和反差,严重地挫伤了一部分中国知识精英向西方资本主义社会学习的积极性,中国思想文化界

---

① 俞兆平 . 中国现代三大文学思潮新论 [M]. 北京:人民文学出版社,2006:36.

因此也发生了急速的分化。一些敏感激进的精英把膜拜的目光和希望投向了苏俄。

尤其是 1921 年"五四"高潮过后到 1925 年前后，一方面是国内军阀割据的黑暗现实仍在继续，另一方面则是共产党领导的无产阶级革命运动的兴起以及国共分裂导致的北伐失败。黑暗的社会现实和错综复杂的政治革命背景，使得以普罗文学为代表的无产阶级革命文学逐步兴起，并最终形成一股较为强大的思潮。所以，20 世纪 20 年代中期到 30 年代初，激进的革命文学家们更是把文学理论资源获取的渠道，由 20 年代初年的多元化选择转变到了单一地向俄苏文学借鉴的状态。

（二）国际背景

结合 1921 年以后浪漫主义思潮演变的社会文化背景，苏俄 20 世纪 20 年代到 30 年代的文学思潮的演变对国内激进的文学家和诗人的影响巨大。在此期间，苏俄文坛最重要的变化有两个：

第一个变化是 20 世纪 20 年代到 30 年代初"拉普"文学的兴盛。

"拉普"（РАПП，全称 Российская ассоциация пролетарских писателей），是十月革命之后 20 世纪 20 年代到 30 年代初的苏俄文学团体，也是"俄罗斯无产阶级作家协会"的俄文缩写 РАПП 的音译，既是苏俄建国初期"革命文学"的代表，也是苏俄文学在此期间影响最大的团体。其组织包括 1922 年 12 月成立的十月文学小组、1923 年以十月文学小组为核心成立的莫斯科无产阶级作家联合会、1925 年成立的全俄无产阶级作家联合会。1930 年全苏无产阶级作家联合会联盟联合上述团体形成统一的组织机构，"拉普"的影响力也达到最大。

"拉普"的活动分为两个阶段。

第一阶段是 1923 至 1925 年，以《在岗位上》杂志为主要阵地，基本宗旨是反对托洛茨基及各种弱化文学政治性的倾向，提倡和捍卫无产阶级文学的战斗性。但前期"拉普"有思想极左、排斥异己、妄自尊大的倾向，他们甚至对高尔基、马雅可夫斯基进行攻击和批判。1925 年俄共（布）《关于党在文学方面的政策》出台后，部分"拉普"的极端成员被撤销职务。

"拉普"的后一阶段是 1926 年至 1932 年，经历 1926 年俄共的整顿和处理之后，"拉普"表示接受党的决议，稍有收敛，但其排斥、打击以"同路人"为代表的异己作家、擅长宗派活动与内部纠纷的作风并未改变。

在新文学史上，20世纪20至30年代拉普所主张的唯我独尊的"革命文学"对以后期创造社为代表的激进的革命作家和理论家发生了重大影响。

第二个变化是1932年"拉普"解散和浪漫主义的重构。

1932年4月，为加强对意识形态领域的掌控，斯大林解散了"拉普"，1932年10月底苏联作家协会筹备委员会召开，首次抛出"社会主义的现实主义"的新范畴，同时在概念与内涵上对包含于其中的浪漫主义作了全新的重构，并将之称为"革命浪漫主义"。

鉴于苏俄在20世纪二三十年代初在国际共运史中的地位，以高尔基为首的苏俄社会主义文艺家对"社会主义的现实主义"的理论建构，以及在此基础上对浪漫主义的重构，对"左联""无产阶级革命文学"和文艺大众化的理论探索与创作实践的影响自然也十分大。

二、从浪漫主义到"革命浪漫主义"

国内浪漫主义诗学发展的时间线索大致可以分为1917年至1925年前后从《女神》到"湖畔诗派"的启蒙主义浪漫期、1925年至1928年的以创造社为代表的转变蓄势期、1928年至三四十年代的"革命浪漫主义"风暴期。借此，也可以探索新文学从"文学革命"到"革命文学"的潮流演变。

首先，1917年"文学革命"发动到1925年前的诗坛，这一阶段中1917年至1921年间以胡适为代表的尝试初期白话诗，虽然在创作方法上是以"写实主义"为主，但是从此间诗作的表现内容来看，对启蒙主义现代思潮的反映无疑是不可替代的精神核心，因此可以当成新诗浪漫主义的准备阶段，而1921年《女神》的发表直到1925年小诗派、"湖畔派"的兴盛，则完全是一个短暂而丰盛的浪漫主义时代，因为不管是《女神》的"大我"还是小诗和湖畔的"小我"，他们都坚持了"个人主义的人间本位主义"的"个性主义"和"人道主义"立场，其立足于生命个体经验的主观抒情色彩都是极其纯正的。所以，1917年至1925年的浪漫诗学被冠之以"启蒙的浪漫"确实是实至名归的。

其次，1925年前后，随着国内外社会风云和文化思潮的激荡，因为以蒋光慈、冯乃超、郭沫若、洪灵菲等为代表的浪漫主义诗人和理论家为适应革命时代的需要急速地转向"革命文学"，苏俄的"拉普"文学在中国的影响主要表现在以创造社后期为代表的激进浪漫主义作家对"拉普"的"革命文学"理论观念与文学工具论的借鉴和创造性的运用上。但是由于 1928 年前"革命文学"诗歌创作上的成果除了蒋光慈《新梦》《哀中国》之外，较有影响的就只有郭沫若的《前茅》，同时，革命浪漫主义的诗学理论因不够系统也有待完善，因此，此一阶段只能算作"革命浪漫主义"的"蓄势期"。

1928 年，发生了由先期转向的郭沫若、成仿吾等人主动出击所引发的火药味十足的"革命文学"论争。他们借助论争，以极端大众化的理论色彩进一步构建和完善了中国特色的工具化诗歌理论，并在革命诗歌创作上取得了进一步的积累。

1930 年春"左联"的成立，不但在组织集结激进的"革命浪漫主义"诗人方面发挥了作用，还通过 1930 年后的三次文艺大众化的讨论，全面吸收了以高尔基为代表的苏联"社会主义的现实主义"和"革命浪漫主义"的诗歌理论。

例如，1933 年 4 月，周扬在《现代》杂志上发表的一篇文章就集中介绍了苏俄"社会主义的现实主义"及其"革命的浪漫主义"理论。特别值得注意的是该文对"革命浪漫主义"的介绍："'革命的浪漫主义'不是和'社会主义的现实主义'对立的，也不是和'社会主义的现实主义'并立的，而是一个可以包括在'社会主义的现实主义'里面的，使'社会主义的现实主义'更加丰富和发展的正当的必要的要素。社会主义建设的时代是一个英雄主义的时代。英雄主义，伟业，对革命的不自私的献身精神，现实的梦想的实现——这一切正是这个时代的非常特征的本质的特点。社会主义的现实主义是要求作家描写真实的；革命的浪漫主义不就包含在这个生活的真实里面吗?"① 这段话说到了"革命浪漫主义"的两个关键性的特征：其一，革命浪漫主义是社会主义现实主义的一部分；其二，革命浪漫主义要反映无产阶级革命事业和英雄主义的献身精神。周扬围绕"革命浪漫主义"的这两个特征展开论述的核心目的就是要取消浪漫主义作为一种文学创作方法的独立价值，要把文学创作当作反映革命现实、赞颂革命的一种手段，这也正是苏俄"革命浪漫主义"理论的重要内容。

另一方面，"左联"在开展"文艺大众化"讨论期间，也发挥其组织优势，通过"中国诗歌会"发起了以蒲风为代表的"新诗歌运动"，将 20 世纪 30 年代"革命浪漫主义"的诗歌创作推向了顶峰。

---

① 周扬. 关于社会主义的现实主义与革命的浪漫主义 [J]. 现代，1933 - 04.

综上所述，20世纪二三十年代苏俄的革命文学理论特别是以高尔基为代表的"革命浪漫主义"理论（也称为政治学的浪漫主义）对我国以左翼诗人为代表的浪漫主义诗学理论和创作实践产生了极其深远的影响。

蒋光慈曾说："浪漫派？我自己便是浪漫派，凡是革命家也都是浪漫派，不浪漫谁个来革命呢？有理想，有热情，不满足现状而企图创造出些更好的甚么的，这种精神便是浪漫主义。具有这种精神的便是浪漫派。"① 这位"普罗诗派"代表诗人这段充满革命精神的感性话语，正是对"革命浪漫主义"的"革命性"和工具性的最好概括。据考据，郭沫若十分赞赏蒋光慈的这个说法，并将这几句话当成自己的主张直接写进了自己的文章②。

三、浪漫主义和"革命浪漫主义"的差异

无论是从欧洲传入的以卢梭为代表的启蒙主义的浪漫主义诗学，还是高尔基所代表的、来自苏俄的革命浪漫主义，都并不反对文学和政治的联系。同样地，中国现代诗歌史上，兴起于"五四"高潮时期的早期创造社浪漫诗学，也并不排斥艺术的社会改革的责任。既然如此，中国早期浪漫主义和后来的"革命浪漫主义"的区别到底是什么呢？

要讲清楚这个问题就必须首先认清中国早期浪漫主义的精神本质。"五四"时代从欧洲传入中国的浪漫主义，从其起源来看就是启蒙主义时代以卢梭为代表的浪漫主义。因为，"五四"思想启蒙时代所倡导的以科学民主为根基的个性解放思潮就是中国现代浪漫主义文学的精神本质和哲学基础，这个基础和浪漫主义要求在创作上灌注个人的生命体验、采用表现自我和情感直抒的创作方法是完全一致的。

明白了20世纪20年代"五四"浪漫主义的哲学基础，也就明白了它与"革命浪漫主义"的最大区别就是精神本质的区别。"五四"浪漫主义文学以个性解放的现代意识为根本，要通过表现个性来表现人、反映人，所以表现个性就是尊重艺术，而尊重艺术就是"五四"浪漫主义的基本特点；"革命浪漫主义"则是以文学工具论为理论基础，以文学反映现实、服务革命、服务大众为

---

① 蒋光慈. 黑暗的闸门［A］. 蒋光慈文集（1）［M］. 上海：上海文艺出版社，1982：11.

② 郭沫若. 学生时代［M］. 北京：人民文学出版社，1979：244.

根本目的，要求抒发情感必须在表现革命现实的基础上进行，所以从属于政治、服务于现实就是"革命浪漫主义"的基本特点。

早在 20 世纪 20 年代中后期，以郭沫若为首的一批早期的浪漫主义诗人就是在"无产阶级革命文学"和"文艺大众化"的倡导过程中转向了工具论的文学主张。

1925 年以前以郭沫若为代表的早期浪漫主义作家的诗学实践是以"五四"时代个性解放的思想为基础的，所以他们偏重于"为艺术而艺术"的主张，提倡以表现个性来表现人、反映人。他们的文学取向也表达了中国知识分子在狂飙突进的"五四"时代的反帝反封建的要求。

1925 年以后，以郭沫若为代表的浪漫主义作家为适应革命时代的需要，在苏俄"革命浪漫主义"文学思潮的影响下，以工具主义的文学观取代了"五四"浪漫主义的文学观。而在 20 世纪 30 年代"文艺大众化"讨论过程中，由苏俄传入的"革命浪漫主义"更为他们以文学承担变革社会的责任和使命找到了理论依据。

以郭沫若为代表的早期创造社诗人的浪漫主义文学观本就十分复杂，他们在强调浪漫主义"为艺术而艺术"主张的同时，并不排斥工具论的主张。（郭沫若就曾说："就创作方面主张时，当持唯美主义；就鉴赏方面言时，支持功利主义。"①）这一方面说明了中国早期浪漫主义作家在文学观念上的驳杂，另一方面更说明了中国早期浪漫主义作家在中国特定的积弱积贫的黑暗时代，不可能完全放弃对现实的关注。除了早期郭沫若表现出了艺术观念的矛盾之外，田汉、郁达夫等早期浪漫主义作家也曾发表过大量的介绍西方现实主义文学的文章。所以，创造社在其后期出现思想上的"戏剧性"逆转，也就不足为奇了。

当中国革命进入 20 世纪 40 年代，对浪漫主义诗歌曾经产生过深远影响的个性主义的精神早已被集体主义所取代，在很大一部分"革命浪漫主义"诗人那里，似乎最好的个性就应当是表现大众需求和代表群体意志性的强烈抒情。于是，在中国，由欧洲传入的具有启蒙主义色彩的早期浪漫主义自然地被革命浪漫主义（苏俄政治学的浪漫主义）所取代，并进一步演变成有极端工具主义倾向的主观公式主义。

---

① 郭沫若. 儿童文学之管见［A］. 郭沫若全集（15）［M］. 北京：人民文学出版社，1990：276.

第二节　由诗歌"大众化"到延安诗派

如果追根溯源的话，新诗大众化实际上在新文学产生的初期就被提出了。"五四"文学革命先驱者为了反对封建传统文学的贵族化格局，一开始就提出了平民文学的主张。平民文学在新文学史上一开始就是和贵族文学相对立的一个文学观念。正因如此，新文学刚进入 20 世纪 20 年代，尚处于产生期的新诗就出现了一次关于诗歌是贵族属性还是平民属性的讨论，参与讨论的多数人强调"平民性是诗底主要质素"①。

既然初期新文学如此强调文学的平民性，那么问题就来了：什么是平民的文学呢？

因为贵族化的文学是封建的正统文学，是高居庙堂之上的，所以站在破旧立新角度的产生初期的新文学自然就把平民的文学与民间的大众化的文学等同起来了。虽然产生期的新文学所主张的平民文学在精神本质上与后来的文学"大众化"有着巨大的区别，但是它们在以"民间"反对"正统"这一点上却是完全一致的。

1925 年前后，在国际国内政治风云推动下，普罗文学思潮开始出现，为呼应日益高涨的无产阶级革命运动，部分激进的普罗诗派诗人和理论家针对"五四"新文学脱离普通民众的不足，在初步提出"革命文学"主张的同时也提出了"普罗文学的大众化"② 主张。至此，代表着与初期新文学平民文学的主张有巨大差异的"文学大众化运动"随之开始准备。

"社会现实变得更加黑暗，时代政治变得更加严峻，我们的新诗运动将不可避免地担负起沉重的责任。从诗歌本身来看，新诗刚刚得以成立，它还不够健全和强大，它还需要发展，因而新诗本身的建设问题也迫切地摆在诗人面前。"③ 在如此特殊的政治背景和诗坛背景之下，一方面是这时期的纯诗化运动

---

① 俞平伯. 诗底进化的还原论 [J]. 诗，1922，创刊号.

② 成仿吾. 从文学革命到革命文学 [J]. 创造月刊，1928-02，1（1）. 瞿秋白. "我们"是谁 [A]. 瞿秋白文集·文学编（1）[M]. 北京：人民文学出版社，1985. 沈端先. 所谓大众化的问题 [J]. 大众文艺，1930-03，2（3）.

③ 龙泉明. 中国现代诗学历史发展论 [J]. 文学评论，2002，1.

作为非功利的诗学追求开始显现，另一方面则是以普罗诗派为代表的革命诗歌作为具有强烈工具论倾向的诗学运动也迅速地开始生长。

20 世纪 30 年代初，与"左联"密切相关的、大众化的诗歌运动开始兴起。

"左联"在 1930 年、1932 年和 1934 年分别发动了三次"文艺大众化"的讨论。同时，主要由左翼作家组成的中国诗歌会也应运而生，并提出"大众诗歌"论，主张"捉住现实"和使用"大众歌调"，以蒲风为代表的新诗歌派由此产生，并形成了较大的社会影响。这一切代表了一部分激进的现代诗人从个人抒情的时代过渡到了喊出时代最强音的时代。在这样的转变下，新月派、现代派诗歌自然被激进的诗人当作颓靡之音看待。大众诗歌及与之相关的新诗歌运动当然也就成为对躲进艺术的象牙塔的新月派与现代派的反驳，大众化诗歌运动也是在特定的革命高潮来临之时对现代新诗早在以白话诗为代表的"胡适时代"和以《女神》为代表的"郭沫若时代"就已生成的、关注社会变革的文学功利传统的一次回归和发展。

从此，面向现实、面向大众的新诗得以迅猛发展。新诗从以知识分子为主的雅文学变成了大众化的俗文学，从面向世界转向了盘亘于民间化的传统，从思想启蒙走向了直接的政治革命，从反载道走向新的载道，从追求现代化转而追求以大众化和民间化为特色的民族化。新诗因以上这些转换，从 20 世纪 20 年代中期到三四十年代在中国逐步形成了新诗发展的一条新路径，并使新诗一直交织着启蒙与革命、民歌与传统、民歌与反传统、传统化与民间化、现代化与民间化等诸多矛盾。

其后，新诗的大众化又在抗战诗歌和"延安诗派"的诗歌中得以铺展。尤其是在抗战爆发后，诗歌的大众化趋向真正有了成为诗坛主导的趋势。应该说，从 20 世纪 30 年代中后期到 40 年代，大规模的战争背景创造了新诗大众化强势发展的条件。在此过程中，在延安解放区的诗歌大众化表现得更加深刻和广泛，而理论的高度体系化和创作成果的多样与丰厚就是其深刻性和丰富性的具体表现。

在延安解放区，在救亡图存背景下，文艺大众化从始至终都被延安党中央纳入全民抗战和国共政治斗争的框架，1942 年毛泽东的《在延安文艺座谈会上的讲话》（以后简称"讲话"）更是以"文艺为政治服务""为工农兵服务"为核心，形成了堪比苏俄"社会主义现实主义"理论的、十分完备的理论体系，并指导解放区诗歌在"大众化""民族化"的创作方向上迅速地、成功地开展着创作实践。而在特定的战争背景和政治环境下,"延安诗派"也正式形成于这个理论所指导下的轰轰烈烈的创作实践过程。

"延安诗派,并不是一个纯地域性的诗歌群体,而是一个诗歌流派。它包括了以延安为中心的抗日根据地,以及由此不断向四面推进的解放区的诗人,它是在中国共产党领导下的与工农密切结合的新型的诗歌群体"①。

在文艺为政治服务、为工农兵服务和诗歌大众化与民族化的旗帜之下,李季、阮章竞、张志民和田汉等诗人及其作品成为"延安诗派"的代表。他们以诗歌大众化为特色的创作实践不仅使为政治服务、为工农兵服务的理论得到充实,更与"七月"诗派的诗歌创作一起,充分发挥了文学艺术在争取民族独立的抗日战争和创建中华人民共和国的解放战争中的积极作用。其贡献是不可磨灭的,其功绩是历史性的。

可是,极端的工具论倾向,使得延安诗派在诗歌理论建设和创作实践中往往以政治标准代替艺术标准,诗歌大众化的倾向虽使大量的民间化、民族化因素进入了延安诗派的理论视野和诗歌作品,但是这些民间化、民族化的因素的引入是否真正推动了现代新诗形式建设和精神本体的建设,却是值得探讨的。

正如於可训所言:让今天的研究者百思不得其解的是,"对于一个'后发外生'型的现代化国家来说,民族化本来是它的现代化追求的必经过程和必由之路,但这期间当代诗学的发展,却最终封闭了走向现代化的开放的通道"②。

第三节　延安诗派的"政治学浪漫主义"

战乱频仍的 20 世纪三四十年代,国内诗学"割据",各种诗学主张表现得众说纷纭、色彩斑斓。在这样的情形之下,尤为值得关注的是浪漫主义的发展演变。在时代战争的背景下,浪漫主义诗学的发展方向大致可以划分为延安诗派的政治学浪漫主义和以胡风为代表的"主观战斗精神"的浪漫主义。

---

①　龙泉明. 中国新诗流变论［M］. 北京:人民文学出版社,1999:466.
②　於可训. 当代诗学［M］. 长沙:湖南人民出版社,2000:11.

一、两种浪漫主义的矛盾

当我们的视线回归到那个时代，就会发现延安诗派的政治学浪漫主义和以胡风为代表的"主观战斗精神"的浪漫主义竟然相互抵牾、充满矛盾。诗学旨归的根本性差异是他们之间发生冲突的最主要原因。启蒙是以胡风的"主观论"为代表的"七月派"浪漫主义诗歌的诗学旨归，也以呼唤深陷战争灾难的个体生命和民族生命的觉醒为目的；而以延安诗派为代表的政治学浪漫主义，则是把统一民众的意志、行动以及贯彻抗战政策作为目标。一个期翼个性的唤醒，以此获得经由个人到民族群体的精神强大和独立，一个要求个性的放弃，以便意志统一和融入群体。在共图民族解放和国家独立统一的背景下，这种南辕北辙的诗学倾向就像两个完全不同的物种，虽然在特定的为求生存的情境下双方可以达成暂时的妥协和联合，然而，其相互之间深埋于灵魂深处的差异却无法消除，一旦促成双方妥协的外部条件消失，强势者对弱势者的打击乃至残酷的消灭，将是必然！

早在延安时代，作为民族革命战争领导力量的中国共产党人"了解到浪漫热情可能帮助法国大革命的参加者冲击巴士底狱，但对于在延安时处于低潮的共产党革命来说，只可能造成破坏。当毛泽东发表过他著名的《在延安文艺座谈会上的讲话》之后，20 世纪 20 年代备受吹捧的个人主义和主观主义，在党的眼中开始呈现完全负面的内涵意义"[1]。

可以说，在"讲话"精神指导下形成的延安诗派的政治学浪漫主义所需要的主观性，与具有启蒙主义色彩的胡风的主观性区别极大。"这种主观性不是五四时代那种个体主义的多愁善感，恰恰相反，这种主观性表现为所要求的思想性，即以明确的目的、意识和观念来指引创作。与路翎以至艾青那种冲动性、情绪性的主观性不同，这里的主观性是理知的、实用的、政治的甚至政策的，它高度重视创作中的理性因素，常常是遵循概念来安装故事、剪裁生活、抒写情怀，这是一种理知的主观性"[2]。

从本质上看，以反映论为特色的现实主义诗学就是延安诗派的诗学，只不过这种现实主义因对于理想的近乎"原教旨"的信奉而具有极强的以主观性为表

---

① 李欧梵. 中国现代作家的浪漫一代［M］. 北京：新星出版社，2005：276 - 277.
② 李泽厚. 中国思想史论（下）［M］. 合肥：安徽文艺出版社，1999：1071.

征的倾向，这种主观性被李泽厚概括为"理知的主观性"。但是由这样的主观性生发的激情是不同于早期浪漫主义的，它是包含于"革命现实主义"中的"浪漫"，是政治学的浪漫，它与高尔基代表的苏俄的文艺工具论的观点是一脉相承的。

二、政治学浪漫主义的理论来源

高尔基文艺为政治服务的观点用一般的哲学意义上的认识论替代了文学的审美认识论。他借用马克思的唯物主义认识论的"物质第一"和"物质决定意识"的观点如此推论："在无产阶级建立自己的思想体系之际，他们应该是严格的现实主义者，把自己的结论建立在现实的资料之上，而绝不是从心灵、从个人的经验来摄取思想体系的素材，像个人主义的浪漫主义者所做的那样。……浪漫主义不是一种关于人对世界的严整理论，它也不是一种文学创作理论；凡是把浪漫主义阐释为理论的尝试，总不免或多或少搞不清而且徒劳无功。浪漫主义乃是一种情绪，它其实复杂地而且始终多少模糊地反映出笼罩着过渡时代社会的一切感觉和情绪的色彩。"① 所以，这种浪漫主义并不具备完整理论体系，更不必成为文学的独立审美方法，它仅是一些模糊的情绪与感觉。

以"个人主义的浪漫主义"②"社会性的浪漫主义"③ 为基础，高尔基将浪漫主义划分成了消极的和积极的两类，并对前者进行了否定。"个人主义的浪漫主义""这种思潮的特征是对现实的极端不满，而显然是宁肯弃现实而取幻想与梦想，它企图把个人提到高于社会之上，企图证明个人乃是神秘力量的渊源，赋予个人以神奇的能力"④，所以"个人主义的浪漫主义"是病态的、反动的。而"社会性的浪漫主义……力图加强人的生活意志，在他心中唤起他对现实和现实的一切压迫的反抗"⑤，具有直接改变现实的反抗精神，是进步的、积极的。

高尔基出于政治斗争的需要对浪漫主义的原初之义故意进行了遮蔽。"因为

---

① 高尔基. 俄国文学史［M］. 上海：新文艺出版社，1957.
② 高尔基. 俄国文学史［M］. 上海：新文艺出版社，1957.
③ 高尔基. 俄国文学史［M］. 上海：新文艺出版社，1957.
④ 高尔基. 俄国文学史［M］. 上海：新文艺出版社，1957.
⑤ 高尔基. 俄国文学史［M］. 上海：新文艺出版社，1957.

如若承认浪漫主义是建立于某一哲学、美学体系上独立自存的创作精神或原则的话，那必然会出现与现实主义分庭抗礼的现象，但是客观现实斗争的尖锐与激烈，不能容许无产阶级意识形态有包容多元哲学体系的可能性，所以，首先要否定浪漫主义作为一种精神或思潮的独立资格，把它降格、缩减，定位为‘创作方法’，正是出于这种考虑”[1]。

毛泽东的《讲话》作为延安诗派理论上的纲领性文献，它和高尔基以一般意义上的唯物主义的认识论替代文学的审美认识论是完全一致的，而且都是因为政治斗争的需要而倡导的一种文学理论，我们可以统一地把它归纳为文学的政治学的反映论。而且，这种文学上的政治学的反映论是有思想史上的共同源头的。

考察欧洲思想史，艺术哲学有关“绝对理念”的谱系源自黑格尔。由于黑格尔是在“绝对理念”的思维逻辑之下解读科学、哲学和艺术的，因此他认为“绝对理念”在不同运动阶段的显现就是科学、哲学和艺术，而绝对理念和科学、哲学和艺术之间只是形式发生了变化，在内容上并没有区别。此后，马克思的唯物主义认识继承了黑格尔的思维逻辑，用客观的物质本质代替了主观的“绝对理念”，并以此确定了“物质第一，认识第二”的唯物主义认识论的基础。因此，马克思认为客观物质世界决定人的意识，哲学、科学和艺术只是人们站在不同角度对物质世界的认知。

苏俄时期的无产阶级文艺思想就源于马克思唯物主义认识论对文学艺术的解读。

早先，在苏俄，别林斯基是较早承继黑格尔理论的人之一，关于科学和艺术的区别他曾说：“人们看到，艺术和科学不是同一件东西，却没有看到，它们之间的差别根本不在内容，而在处理特定内容时所用的方法。哲学家以三段论说话，诗人则以形象和图画说话，然而它们说的都是同一件事。”[2] 这段话，完全就是黑格尔观点的马克思主义化。随后，高尔基又进一步完善了别林斯基的理论。他认为，文学艺术与哲学、科学都是以客体为反映对象，它们均源于客观对象在人们头脑中的反映，区别仅在于文学主要是以艺术形象的形式来表现，而哲学和科学主要是以抽象形式来表现。可见，苏俄对黑格尔艺术哲学谱系的

---

①　俞兆平. 中国现代三大文学思潮新论［M］. 北京：人民文学出版社，2006：17-18.

②　别林斯基选集（2）［M］. 北京：时代出版社，1952：428-429.

承传就是以"黑格尔→马克思→别林斯基→高尔基→苏联作家协会筹备委员会"这样一条清晰的线索来显现的。

所以，不管是苏俄的文艺思想还是后世其他任何一种文艺思想，只要它继承了黑格尔艺术哲学的思想，它就会承传类似于"绝对理念"的思维逻辑，在此逻辑之下文学艺术和科学、哲学在表现内容上再无区别，文学和艺术的独立性也就从本质上被解除了。

所以，在苏俄时代，按照黑格尔艺术哲学谱系一如既往的思维逻辑，在以高尔基为代表的革命文艺家眼中，浪漫主义作为一种认识人与社会的哲学体认与美学思潮的资格是完全不存在的，它只能被降格为一种可有可无的从属于"社会主义现实主义"的艺术表现方法。甚至，高尔基连承认"浪漫主义"作为"社会主义现实主义"的附庸都有些勉为其难。因为他说："各位不要因我把浪漫主义这名词应用到无产阶级的心理上面而感到困惑；我使用这个名词——因为没有别的名词好使用——仅仅限于指无产者底崇高的战斗情绪而已。"①

三、延安诗派作为政治学浪漫主义的诗学特点

1942 年毛泽东的《讲话》作为延安解放区大众化文艺运动的理论纲领，与苏俄政治学的浪漫主义理论一样，都是以马克思唯物主义的认识论为根基的，可以看作是马克思主义文艺观与中国革命实际最系统、最全面的一次结合与理论创新，而且对解放区和新中国成立以后的中国大陆文学产生了巨大的影响。所以，在《讲话》理论指导下的延安诗派的诗学色彩和苏俄政治学的浪漫主义也有许多相近之处，并与启蒙主义浪漫诗学有着巨大的差异。归纳起来大致有以下几个方面的特点：

（一）政治和现实的"反映论"倾向

其创作理论是以现实和政治的"反映论"为主的功利诗学，完全抛弃了浪漫主义个性、人道、启蒙的精神内核。它所主张的浪漫主义是政治学的浪漫主义，并被降格为"现实主义的补充"，不具备独立的诗学体系和价值。

（二）主张文学的"他律"

因其工具论色彩，必然要求文学的"他律"，即诗歌首先服务于政治，然后

① 高尔基．俄国文学史高尔基．俄国文学史［M］．上海：新文艺出版社，1957.

才是诗。

（三）提倡公式主义的"主观主义"

这个"主观主义"就是李泽厚所说的"理知的主观性"，它有一种传达符合时代要求的"绝对真理"的主观倾向，或者称之为对作品的"思想性"的要求，也就是以一种明确的目的、意识和代表"绝对真理"的观念来引导创作。因为这样的主观主义和以苏俄为代表的黑格尔艺术哲学谱系如出一辙，所以胡风把这种传达和代表"绝对真理"的倾向戏称为"黑格尔的鬼影"。

第十章

"七月"诗派的启蒙主义诗学和艾青的诗

当战争期到来，以延安诗派为代表的极端工具化诗歌潮流似乎逐步成为战争期诗坛的主流，曾经与革命化的普罗诗派几乎同时出现的纯诗化思潮，一经战争的冲击，便似乎彻底烟消云散。

但是，战争的硝烟并没有真正终止缘起于20世纪二三十年代的纯诗化道路，以象征诗派和现代诗派为代表的纯诗化诗学在"七月"诗派和"九叶"诗派在战争年代的诗歌探索中得到了发展和深化。

"七月"诗派的诗歌意象论实际上是在浪漫主义前提之下对纯诗化诗歌本体的继承。综合胡风、艾青的诗歌理论，"七月"诗派关于诗歌的意象理论可以概括为体验意象论。

对主观拥抱客观的强调，使"七月"派诗学充满了激情飞扬的感性特征。在抗战背景下，诗歌的大众化几乎成为诗坛主潮，强调主观抒情的早期浪漫派诗学退居到了非主流地位，而"七月"派诗歌没有简单地迎合诗歌大众化的潮流趋势，在其"主观论"的诗学主张和创作实践中体现的是"五四"启蒙时代的浪漫主义所包含的个性主义和人道主义的精神内核。从这个角度来说，"七月"诗派是战争期诗歌对现代新诗早期浪漫主义诗学的一次回归和重构。一方面，这种重构因其"主观论"对抒情主体现实生命体验的强调，超越了以《女神》为代表的早期浪漫派过多立足于群体的现实需求的"大我"抒情，避免了概念化的空泛和实用主义的工具论陷阱。另一方面，"七月"诗派更以其诗歌意象理论及与之相关的意象创造实践，实现了对20世纪二三十年代纯诗化诗歌诗潮的合理继承，并以更加成熟的诗艺探索成果超越了以《女神》为代表的早期浪漫主义。

第一节 "主观论"的启蒙主义色彩

检视以胡风"主观论"为代表的"七月"诗派浪漫主义诗学，我们发现"七月"诗派诗学理论具有深厚的哲学底蕴。从表面上看，"七月"派诗歌的表现内容和主题好像和"延安诗学"十分接近。那么，为什么胡风对"延安诗派"否认颇多？两者到底有什么分歧呢？

如果简单地把"七月"诗派和延安诗派的区别定位在诗歌反映现实和政治方面的话，就太过武断了。因为胡风不但不反对诗歌反映现实、关心政治，他还十分地欣赏和热衷于诗歌的社会功用与政治功用。他所反对的是具有"热情离开了生活内容，没有能够体现客观的"① 倾向的主观公式主义。在胡风的眼中，那些只是忠实于主观感觉、印象所及的客观对象的诗人是写实主义者，他们对"主观浮影的描写"② "死样活气的外在形象"③ 抄录不能触及对象的内部，不懂只有深入生活"内在的形象"④ 才能达成水乳交融的主、客体状态。把狂叫与哭泣"照直地吐在纸上"⑤ 是胡风所坚决反对的。他不认同那种不以生活内容为基础的主观主义。胡风作为一位严肃的学者，深知那种脱离客观现实生活的主观主义正是革命诗歌的教训所在。他认为如果要把标语口号写入诗歌，也需包含充满生命体验的激情和意志才行。所以他说道："例如'打倒日本帝国主义'这喊声，只要是被丰满的情绪所拥抱的意志突击的爆发，不用说是可以而且应该在诗里出现的。"⑥

胡风认为出现主观公式主义的主要原因是生活与创作之间的"直入直出"⑦。因为"诗，不是生活激流的本身，而应该是生活激流的浪花。诗首先源于生活，紧连着的是诗人自身的'质'生发出的战斗火花。没有主观战斗精神

---

① 胡风全集（2）[M]．武汉：湖北人民出版社，1999：246.
② 胡风全集（2）[M]．武汉：湖北人民出版社，1999：248.
③ 胡风全集（2）[M]．武汉：湖北人民出版社，1999：248.
④ 胡风全集（2）[M]．武汉：湖北人民出版社，1999：249.
⑤ 胡风全集（2）[M]．武汉：湖北人民出版社，1999：511.
⑥ 胡风全集（2）[M]．武汉：湖北人民出版社，1999：246.
⑦ 胡风全集（2）[M]．武汉：湖北人民出版社，1999：513.

的搏斗，就没有诗。"①

胡风坚定地认为在生活和创作当中诗人这个中间环节绝对不能省略，不明白这一点就不明白诗歌的真谛。"一边是生活'经验'，一边是作品，这中间恰恰抽掉了'经验'生活的作者本人在生活和艺术之间受难的精神！这是艺术家的悲剧。然而在现在却正是一个太普遍了的悲剧。"② 正因如此，客观存在的现实生活并不是诗，没有主观的选择和取舍，就没有艺术作品。鲁迅曾说："我以为感情正烈的时候，不宜作诗，否则锋芒太露，能将'诗美'杀掉。"③ 鲁迅也反对诗歌直接书写情感和大喊大叫，他认为"感情正烈"④ 的时候写的诗太过浮躁凌厉，没有诗美可言。七月诗人庄湧曾被胡风善意地如此批评："当时正在徐州大会战，他寄来了《颂徐州》。作者是一个中学生，很容易被一种激情所征服，但他的激情是被战争概念或政治概念所刺激起的兴奋，并不是从和人民的生活实际相结合的内在要求出发的，所以这里的苦难主义不能不是一种表面的形象。他继续写下去了，有的气概更雄壮，但基调没有大变化。1939 年在重庆，我把他的诗编成一本《突围令》寄往上海出版了，我认为这种空虚的声音可以结束了。"⑤ 可见，胡风对艺术自律是十分强调的，只有如此才能区分诗与非诗的差异，并把握艺术本质（审美）与艺术功能（政治、道德）之间的界限。

要探究胡风反对政治学浪漫主义（主观公式主义）的理由，就要弄清主观公式主义产生的理论基础。为什么胡风把主观公式主义称为"黑格尔的鬼影"⑥ 呢？

胡风毫不客气地将主观公式主义和政治学的浪漫主义称为"黑格尔的鬼影"⑦。他一方面揭示把人当作"绝对理念"的"工具"的黑格尔的谬误，这种被黑格尔当作"工具"的人因不具备生动丰富的生活经验，实际上不是人而是"鬼"⑧；在另一方面，胡风也不赞同费尔巴哈的艺术哲学观，因为费尔巴哈虽

---

① 胡风全集（2）［M］．武汉：湖北人民出版社，1999：513.
② 胡风全集（2）［M］．武汉：湖北人民出版社，1999：523.
③ 鲁迅．两地书［M］．北京：人民文学出版社，1973：84.
④ 鲁迅．两地书［M］．北京：人民文学出版社，1973：84.
⑤ 胡风回忆录［M］．北京：人民文学出版社，1997：107.
⑥ 胡风全集（2）［M］．武汉：湖北人民出版社，1999：557.
⑦ 胡风全集（2）［M］．武汉：湖北人民出版社，1999：557.
⑧ 胡风全集（2）［M］．武汉：湖北人民出版社，1999：558.

然承认人的感性，却把人当成了与周遭世界没有联系和互动的完全孤立的感性①，因为这种孤立的"感性对象"忽略了主观感性、活的能动性和感性个体之间的互动与关联。正因如此，作家应充分发挥其审美活动的创造性，不能把作家看成某种目的的被动工具。在胡风眼里主观公式主义的谬误就在于把作家与诗人当成思想的工具的同时，又把叙事、描写、抒情等当作了工具以图解说思想，所以公式的主观主义表达的只能是浮泛的思想、空洞的情感。胡风说："作家是一个'感性的活动'，不能是让客观对象自流式地装进来的'一个工具'，一个'唯物的'死的容器。"②"从对于客观对象的感受出发，作家得凭着他的战斗要求突进客观对象，和客观对象经过相生相克的搏斗，体验到客观对象的活的本质的内容，这样才能够'把客观对象变成自己的东西'而表现出来。"③ 说到底，胡风所强调的就是"主观战斗精神"，它是胡风始终坚守和捍卫的对象。胡风固执地认为"主观的战斗要求是唯心论"④，这个"唯"法带来了"精神重于一切的道路"⑤，这个"重"法造成了"把艺术创作过程神秘化的倾向"⑥，这个"化"法导致任何东西都应"无条件地"⑦ 抛弃；而且，这一"唯"、一"重"、一"化"，是他甘冒一切"危险"⑧ 都非要保留不可的。由此可见，主体论情感或本体论情感是胡风所代表的"七月"诗派浪漫主义的本质，而"感觉论情感"⑨ 则是"延安诗派"的浪漫主义。

综上所述，胡风的"七月"浪漫主义是以解放个性、张扬主体生命的启蒙主义哲学思想为底蕴，以实践理性为根基的文艺思潮，与"延安诗学"的浪漫主义相比较它具备以下特征：

（一）启蒙主义和实践理性的倾向

"主观论"的核心是对个体"人"的坚守和保留，这也是现代启蒙主义思想的根本所在；"主观论"要求主体对客体的"突进"与"结合"，将人的生命

① 胡风全集（2）［M］. 武汉：湖北人民出版社，1999：559.
② 俞兆平. 中国现代三大文学思潮新论［M］. 北京：人民文学出版社，2006：522.
③ 胡风全集（2）［M］. 武汉：湖北人民出版社，1999：560.
④ 胡风. 论现实主义的路［M］. 上海：泥土社，1951：05.
⑤ 胡风. 论现实主义的路［M］. 上海：泥土社，1951：05.
⑥ 胡风. 论现实主义的路［M］. 上海：泥土社，1951：05.
⑦ 胡风. 论现实主义的路［M］. 上海：泥土社，1951：05.
⑧ 胡风. 论现实主义的路［M］. 上海：泥土社，1951：05.
⑨ 胡风全集（2）［M］. 武汉：湖北人民出版社，1999：556.

活动看成艺术实践活动的必需过程，充分体现了诗歌艺术实践理性的精髓。

（二）主张文学的"自律"

尊重诗歌的艺术规律。"诗必须是诗"，"诗绝不是非诗"，同时"诗的生命不是格律、词藻、行数之类可以赋予的，从某种意义上讲，诗在文字之外，诗在生活之中"①。"一首诗的胜利，不仅是那诗表现的思想的胜利，同时也是那诗的美学的胜利"②。

（三）"主观论"的诗学倾向

1. 体验悲剧论：以民族一员的灵魂体验表现时代的灾难与不幸；以觉醒的个体生命的意志和行动反映一个受辱民族的怒吼与战斗。

2. 自由体形式论：自由张扬主观情感是多彩的自由体形式生发的依据。"艾青体"是"七月"诗派多种自由体探索的代表；"七月"诗派自由体形式探索的艺术成就首推艾青，他是现代文学史上中国自由体新诗的一座高峰。

20世纪40年代以后浪漫主义整体上表现出了多舛的命运，就像一种宿命。

在"五四"前后，尤其是在中国最后一个封建王朝清朝崩溃之后的相当一段时间内，"启蒙"本是文坛、诗坛的主流之一，但是在中国20世纪三四十年代的战争期，特别是在解放区，在救亡图存、人民解放的战争背景下，实际上"启蒙"已经退守到了非主流的民间地位。"七月"诗派特别是胡风对这种民间化的启蒙立场的坚持可算是中国新诗现代化建设的一件幸事，因为这种立场带来了"七月"诗派在"人的文学"方向上对新诗现代精神本体的坚守，但是，这种坚守也决定了胡风以及一大部分"七月"诗人在后来的某段特定历史时期的不幸。

1948年胡风曾在其著作《论现实主义的路》的扉页引用一段《神曲》之中的话语："谁知道哪一方面有较平坦的山坡，可以不用双翼而攀登上去么？我跑到一个沼泽里面，芦苇和污泥拌住我，我跌倒了，我看见我的血在地上流成了一个湖。"③ 由此可见，敏感而又骄傲的胡风对己身的"异端性"似乎早有感知，但他却固执地坚守着这份执着，犹如扑火赴死的飞蛾，壮烈并带有一种神圣的色彩和意味。

---

① 绿原. 百色花·序［A］. 百色花［M］. 北京：人民文学出版社，1981：3.
② 艾青. 诗论［M］. 北京：人民文学出版社，1953.
③ 胡风. 论现实主义的路［M］. 上海：泥土社，1951：05.

所谓"异端"，主要是源自精神的异端。

任何文学史实际上都是一部思想史。不管后人怎样去描述它，它都将如恒古荒原上的河道一样，一成不变地昭示着曾经真实的过往。

第二节　胡风、艾青诗论比较观

和胡风一样，艾青的诗论同样也在抗战时代产生，并和"七月"诗派发生了联系。

艾青是"七月"诗派的首席诗人，绿原就曾毫不遮掩地肯定了艾青的引领地位："本集的作者们作为这个传统的自觉的追随者，始终欣然承认，他们大多数人是在艾青的影响下成长起来的。"① 同时，艾青也是"七月"诗派十分杰出的理论家，他的《诗论》"是'五四'以来我国第一部全面、系统研究新诗的专著，不仅在写作方法上独树一帜，而且在内容的丰富与思考的深邃上也是此前少见的。"②

艾青和胡风这两位对现代新诗有着重要影响的人物，都属于"七月"派。就像路翎的小说与胡风理论的关系一样，艾青与胡风之间也是相互印证的关系；胡风理论强有力地影响了艾青的诗论，同时，艾青的创作和诗论也对胡风的理论有着补充、完善的作用。事实也是如此，"七月"诗派的理论旗帜是胡风的"主观论"，"吹响芦笛的诗人"艾青则是"七月"诗派在创作方面的代表。

一、二者相互影响的原因

比较艾青、胡风诗歌理论的前提是二者要有相互影响的可能性。

首先，艾青、胡风有着深厚的友谊，而且文学交往也十分密切。艾青刚刚进入诗坛，就受到胡风的高度重视，并以《吹芦笛的诗人》高度评价艾青的诗歌，"这是艾青步入诗坛之后第一篇正式评论他的文字，它对艾青的诗歌创作，'起了很好的作用'"③。两人至此之后建立的友谊十分深厚。此后胡风在其主编

---

① 绿原．白色花·序［A］．白色花［M］．北京：人民文学出版社，1981：2.
② 周红兴．艾青的跋涉［M］．北京：文化艺术出版社，1988：204.
③ 严家炎．教训：学术领域应该"费厄泼赖"［J］．文学评论，1988（5）.

的《七月》杂志上发表了艾青的大量诗歌作品。

艾青曾这样回忆当年与胡风的交往："他（胡风）来，总是静静地坐着，看见我的桌子上有诗稿，就拿起来自己读，读完了就带走发表。"① 可见胡风对艾青诗歌的极度欣赏，也可看出两人当时的友谊。抗战期间，艾青与胡风无论是艺术还是生活方面的交往均很频繁。

两者非同一般的关系，决定了他们相互影响的可能性。

艾青诗歌的理论集中表现在其理论著作《诗论》之中，该书形成时期为抗战时期，正是艾青诗歌艺术的成熟期，这一时期也同样是胡风理论形成的重要时期。此间胡风明确提出了他的"主观论"的一些重要理论主张。细读胡风为艾青所写的评论《吹芦笛的诗人》和艾青的《诗论》，他们相互之间的影响也确实得到了证明。

比如，他们都曾先后论及诗人与苦难。胡风说："在'山雨欲来风满楼'的时代里，诗应该能够唱出一代底痛苦，悲哀，愤怒，挣扎，和欲求，应该能够丰润地被人生养育而后丰润地养育人生……"② 而艾青则说："在这苦难被我们所熟悉，幸福被我们所陌生的时代，好像只有把苦难喊叫出来是最幸福的事；因为我们知道哑巴是比我们更苦的。"③ "属于这伟大和独特的时代的诗人，必须以最大的宽度献身给时代，以自己每个日子的苦难像是那些传教士之领受迫害一样的自然，以自己的诚挚的心沉浸在万人的悲欢、憎爱与愿望之中。"④ 胡风要求诗人歌唱时代的悲哀、痛苦、挣扎，并用来滋养人生⑤；艾青则要诗人将时代苦难呼喊出来，像传教士一样去领受世人的痛苦，在体验世人悲欢憎爱与愿望中获得灵魂的升华。他们关于诗人与苦难的言说虽角度有异，意思却相近，话语说出，一前一后涉及同样的话题和一致的意见，其中的相互影响是不言而喻的。

更重要的是，胡风在《吹芦笛的诗人》中关于现实苦难与诗人的关系，是在艾青的诗歌启发下得出的结论，他据此发现了诗人主观欲求与客观现实生活

---

① 艾青. 思念与田间 [A]. 艾青全集（5）. 石家庄：花山文艺出版社，1991：327.
② 胡风. 吹芦笛的诗人 [A]. 胡风评论集（上）[C]. 北京：人民文学出版社，1984：416.
③ 艾青. 诗论 [A]. 艾青全集（3）[M]. 石家庄：花山文艺出版社，1991：42.
④ 艾青. 诗论 [A]. 艾青全集（3）[M]. 石家庄：花山文艺出版社，1991：68.
⑤ 胡风全集（2）[M]. 武汉：湖北人民出版社，1999：454.

的互动关系，他确乎从艾青的创作中为他的"主观论"找到了实践技术上的强有力支持。

其次，艾青曾以"诗论掇拾"① 的形式在胡风主编的《七月》上发表了自己关于诗歌理论的一系列见解，而"诗论掇拾"就是艾青《诗论》的雏形。同时，《七月》能够发表"诗论掇拾"，也说明了胡风对艾青见解的认可。

最后，由于两者诗论均产生在抗战阶段，其历史和文化的语境是完全相同的；而且他们都倾向于进步的"左翼"文学，在认同诗歌的社会功用的同时都看重诗歌的审美本质。这样，相同的时代文化语境和相近的文学追求导致这两个有着深厚友谊的诗人和理论家在诗歌见解上相互渗透与影响就再自然不过了。

二、关于诗歌本质认知的异同

（一）相同之处

胡风曾如此谈及诗歌本质："诗是作者在客观生活中接触到了客观的形象，得到了心底跳动，于是，通过这客观的形象来表现作者自己的情绪体验。"② 艾青也给诗歌下过一个定义："诗是诗人对外界所引起的感觉，注入了思想感情，而凝结为形象，终于被表现出来的一种'完成'的艺术。"③

对于诗歌的本质，他们共同强调的有两个方面，一是创作主体对客观事物的主观体验，二是以形象来表达主观情感。这两者实际上均强调了主观与客观的融合。两者的不同点仅仅在于，胡风重视表达主体情绪，艾青强调情感要与艺术形式相统一。

由此也可看出作为理论家的胡风和身为诗人的艾青之间的差异。前者可能因过分强调主观情感而忽视了艺术的表达，他关于主观和客观的融合有时可能只是停留在理论上，对怎样融合却缺少经验；而后者就更注重强烈情感的表达技巧，更注重以技巧控制情感，并以此使情感的表达符合诗艺的要求。所以艾青曾这样强调诗艺对情感的控制："尽可能地紧密与简缩，——像炸弹用无比坚

① 1938 年 7 月 1 日出版的《七月》第 3 集第 5 期上发表了艾青《诗论掇拾》13 条，1939 年 8 月出版的《七月》第 4 集第 2 期又刊载了艾青的《诗论掇拾》28 条。
② 胡风. 略观战争以来的诗 [A]. 胡风评论集（中）[C]. 北京：人民文学出版社，1984：53.
③ 艾青. 诗论 [A]. 艾青全集（3 卷）[M]. 石家庄：花山文艺出版社，1991：3.

硬的外壳包住暴躁的炸药"，"不要故意铺张，——像那些没有道德的商人，在一磅牛奶里冲进一磅开水。"①

另外，胡风和艾青都认同"为人生"的诗学观念。以此为基础，诗人的人格力量是他们共同强调的。

在胡风看来，艺术要"为人生"，诗人的真诚就是必需的，所以"有志于做诗人者须得同时有志于做一个真正的人，无愧于是一个人的人，才有可能在人字上面加上'诗'这一个形容性的字，一个真正的诗人决不能有'轻佻地'走近诗的事情。"② 其观点与刘熙载关于"诗品出于人品"③ 的见解一脉相承。艾青也有类似观点："一首诗是一个人格，必须使它崇高与完整。……到世界上来，首先我们是人，再呢，我们写着诗。"④ 可见，在胡风和艾青看来，诗人的人格力量比诗更为重要。在此基础上，诗人的社会责任担当也是他们共同强调的。关于这一点，胡风认为："在现实主义的道路上，是为人生而文艺，而不是为文艺而人生……现实主义者底第一义的任务是参加战斗，用他的文艺活动，用他的行动全部。"⑤ 艾青同样认为："我们写诗，是作为一个悲苦的种族争取解放、摆脱枷锁的歌手而写诗。"⑥ 诗人的天职就是要投身现实斗争，参与改造社会人生，这是他们的共同观点。

关于诗歌的创作，主观精神的能动作用都是胡风与艾青所强调的。

胡风曾说："在现实生活上，对于客观事物的理解和发现需要主观精神的突击；在诗的创造过程上，客观事物只有通过和主观精神的燃烧才能够使杂质成灰，使精英更亮，而凝成浑然的艺术生命。"⑦ "文学底路，现实主义的文学底路，一向是，将来也永远是要求情绪的饱满的。没有情绪，作者将不能突入对象里面，没有情绪，作者更不能把他所要传达的对象在形象上、在感觉上、在

---

① 艾青. 诗论［A］. 艾青全集（3 卷）［M］. 石家庄：花山文艺出版社，1991：11 – 12.

② 胡风. 关于人与诗［A］. 关于第二义的诗人［A］. 胡风评论集（中）［C］. 北京：人民文学出版社社，1984.

③ 刘熙载. 艺概·艺概［A］. 艺概［M］. 上海：上海古籍出版社，1978.

④ 艾青. 诗论［A］. 艾青全集（3 卷）［M］. 石家庄：花山文艺出版社，1991：10.

⑤ 胡风. 论战争期的一个战斗的文艺形式［A］. 胡风评论集（中）［C］. 北京：人民文学出版社，1984.

⑥ 艾青. 我对于目前文艺上几个问题的意见［A］.《艾青全集》（5）［M］. 石家庄：花山文艺出版社，1991.

⑦ 胡风. 关于题材［A］. 关于"技巧"［A］，关于接受遗产［A］. 胡风评论集（中）［C］. 北京：人民文学出版社，1984：362.

主观与客观的融合上表现出来。"① 艾青也非常重视主观情感在创作过程的燃烧："他必须把自己的全部感应去感应那对象，他必须用社会学的、经济学的钢锤去锤炼那对象，他必须为那对象在自己心里起火，把自己的情感燃烧起来，再拿这火去熔化那对象，使它能在那激动着皮链与钢轮的机器——写作——里凝结一种形态，最后再交付一个严酷而冷静的技师——美学去检验，如此完成了出品。"② 应该说，在发挥主观精神的能动性上，胡风对艾青的影响比较大。作为一位优秀的诗人，他总是满盈着激荡的情感，其更多的是在用自己的创作实践强调情绪饱满的理论。因此胡风高度赞扬其诗作："在艾青那里，他始终抱着一种激情，用这激情去迫近人生；不论他底激情脱不了知识分子的伤感（这在他的若干短诗和两首长诗《向太阳》《火把》里面表现得最明显），也不论他底激情到不得不隐伏的时候就更显出焦躁的纹路（如像他底对于自然或动物的歌唱），但这激情却正是他底生命。"③

关于创作中的主体性的发挥，他们都强调"怎样写"的问题。胡风在《论战争期的一个战斗的文艺形式》中说："不论在什么场合，文艺底问题不仅仅是'写什么'，同时也是和'怎样写'一同存在。"④ 艾青的看法几乎完全一致："问题不在于你写什么，而是在你怎样写，在你怎样看世界，在你从怎样的角度看世界，在你以怎样的姿态去拥抱世界……"⑤ 实质上他们都是以"怎样写"来强调作家的主体精神的能动作用在创作中的重要性。他们都认为知道"怎样写"，就抓住了在创作中发挥作家主体性作用的关键。

因为对诗歌审美本质的坚守和对主观战斗精神的强调，胡风和艾青都反对主观公式主义和客观主义。

胡风认为，主观主义就是"热情离开了生活内容，没有能够体现客观的主

① 胡风. 论战争期的一个战斗的文艺形式 [A]. 胡风评论集（中）[C]. 北京：人民文学出版社，1984：19.
② 艾青. 诗论 [A]. 艾青全集（3）[M]. 石家庄：花山文艺出版社，1991：21.
③ 胡风. 关于风格（其一）[A]. 胡风评论集（中）[C]. 北京：人民文学出版社，1984：352.
④ 胡风. 论战争期的一个战斗的文艺形式 [A]. 胡风评论集（中）[C]. 北京：人民文学出版社，1984：20.
⑤ 艾青. 诗论 [A]. 艾青全集（3）[M]. 石家庄：花山文艺出版社，1991：21 - 22.

观"①，而客观主义就是"生活形象吞没了思想内容，奴从地对待现实，离开了主观的客观"②，所以胡风认为主观公式主义和客观主义这两个"新文艺运动里面的根深蒂固的障碍，战争以来，由于政治任务底过于急迫，也由于作家自己的过于兴奋，不但延续，而且更加滋长了。"③ 艾青也同样对主观公式主义和客观主义进行过批评。他对客观主义是这样说的："'摄影主义'是个好名词，这大概是由于想象的贫弱，对于题材的取舍的没有能力所造成的现象。浮面的描写，失去作者的主观；事象的推移，不伴随着作者的心理的推移，这样的诗也就算在新写实主义的作品里，该是令人费解的吧。"④ 在谈及主观公式主义时，艾青则是如此批评："不是从生活去寻找他们创作的题材与语言，却只是从一些流行的读物上去寻找他们的创造的题材与语言"⑤，主观公式主义者在表面光彩的诗句里装载的"却是一些伪装的情感，和仅只是一些流行的概念的思想"⑥。艾青和胡风的区别几乎只是没有冠以主观主义的概念罢了。

胡风和艾青除了围绕诗歌本质认知的上述相同点之外，在诸如主观与客观、形式与内容的关系上，在生活、题材、语言、独创性等方面，两人都存在着许多相同或相近的观点和看法。而且，在艾青、胡风的诗论中诸如"受难""搏斗""征服""思想力""热情""注入""融合""燃烧""熔炉"，等等，都是他们在阐述诗歌理论和创作体会时最热衷使用的词语。

（二）差异性

如前所述，胡风与艾青之间在理论上的密切关联和相互影响确实是存在的。胡风的理论更多的是为"七月"诗派建立了一套基本的原则，艾青更多的则是以丰富的创作经验，从不同的角度，在更具体的领域对胡风的理论起

---

① 胡风．民族战争与新文艺传统［A］．胡风评论集（中）［C］．北京：人民文学出版社，1984：143.

② 胡风．民族战争与新文艺传统［A］．胡风评论集（中）［C］．北京：人民文学出版社，1984：145.

③ 胡风．民族战争与新文艺传统［A］．胡风评论集（中）［C］．北京：人民文学出版社，1984：78.

④ 胡风．民族战争与新文艺传统［A］．胡风评论集（中）［C］．北京：人民文学出版社，1984：20.

⑤ 艾青．论抗战以来的中国新诗［A］．艾青全集（3）［M］．石家庄：花山文艺出版社，1991：171－172.

⑥ 艾青．论抗战以来的中国新诗［A］．艾青全集（3）［M］．石家庄：花山文艺出版社，1991：171－172.

到丰富与发展的作用。当然，他们在诗歌上不同的体验，导致他们存在不同的理论创见。

1. 关于诗歌艺术的"美"

关于文艺的真、善、美，胡风对其中的"美"就很少谈及，而艾青对于美却十分重视，将其放到了与真和善同等重要的位置。他说："我们的诗神是驾着纯金的三轮马车，在生活的旷野上驰骋的。那三个轮子，闪射着同等的光芒，以同样庄严的隆隆声震响着的，就是真、善、美。……一首诗必须把真、善、美，如此和洽地融合在一起，如此自然地调协在一起，它们三者不相抵触而又互相因使自己提高而提高了另外的二种——以至于完全。"①

艾青甚至把"美"放到了"真"与"善"之上，"一首诗的胜利，不仅是它所表现的思想的胜利，同时也是它的美学的胜利。——而后者，竟常被理论家们所忽略。"②"不要把'美'放逐到娼妇的地位，赎还她，使她为人类正在努力着的事业而勤奋地服役吧。"③

虽然艾青也曾说："宁可失败于艺术，却不要失败于思想；宁可服役于一个适合于这时代的善的观念，却不要妥协于艺术。"④ 但笔者认为，这实际上表现了作为进步诗人的艾青试图调和工具性与艺术性的矛盾。在一个强调文学功利性的战争年代，艾青作为一个真正的诗人，一直在试图捍卫诗歌艺术的本体性，当"善"成为第一义的东西压倒"美"的时候，每一个艺术家都会有一种挥之不去的矛盾和痛苦。艾青曾说："对一个献身给人类改造事业的诗人的诗，强调了对他的艺术的关心而忽视了他的内容，或者肯定他的艺术而否定他的内容，这是对于诗人的最大的亵渎。"⑤ 因此艺术与内容的统一才是艾青所追求的理想境界。

2. 关于诗歌的技巧和形象

胡风对于诗歌的技巧的态度是比较极端的，他反对技巧，思想性和战斗性是他所强调的。他说："我诅咒'技巧'这个词语，我害怕'学习技巧'这一类说法，以至我觉得一些'技巧论'的诗论家势必非毒害了诗以及诞生诗、拥

---

① 艾青. 诗论 [A]. 艾青全集 (3) [M]. 石家庄：花山文艺出版社，1991：10.
② 艾青. 诗论 [A]. 艾青全集 (3) [M]. 石家庄：花山文艺出版社，1991：40.
③ 艾青. 诗论 [A]. 艾青全集 (3) [M]. 石家庄：花山文艺出版社，1991：16.
④ 艾青. 诗论 [A]. 艾青全集 (3) [M]. 石家庄：花山文艺出版社，1991：44.
⑤ 艾青. 诗论 [A]. 艾青全集 (3) [M]. 石家庄：花山文艺出版社，1991：29.

抱诗的人生不止的。"① 这显然是过激之论。

相反地，艾青对诗歌的技巧问题则非常重视。艾青认为："在艺术生产的历史里，技术一样是发展生产的主要因素之一；而技术的发达，常常和人类全部的生产发生着关系是无疑的。我们必须重视技术，有如一切生产部门里技术之被重视一样；为了完成我们一个情感思想的建造，我们必须很丰裕地运用我们的技术，更应该无限地提高和推广我们的技术。"② 在一些关联主观思想情感和诗歌创作艺术的理论阐释中，胡风的偏执和粗疏是比较常见的。在艾青的诗论里，往往比较注重诗情与诗艺的平衡调和，很少有胡风似的偏执和粗疏。这既能表现他们在诗歌理论上的区别，也可看出他们性格上的显著差异。

对于诗歌的形象性胡风的态度也是否定的，他说："既然诗底生命在形象，那么，轻轻地转动一下，就会迷迷糊糊地达到形象就是诗的结果。而诗人的主观精神呢？诗人对人生的战斗欲求呢？诗人对于人生的献身情热呢？""'形象化'的理论恰好反而加强了诗人底主观能动精神底衰退……'诗的形象化'这用语本身含有毒素"。③

在艾青看来，诗歌艺术的形象是万万不可丢弃的。"一首诗里面，没有新鲜，没有色调，没有光彩，没有形象——艺术的生命在哪里呢？"④ "形象是文学艺术的开始……形象孵育了一切艺术手法：意象、象征、想象、联想……使宇宙万物在诗人的眼前互相呼应。"⑤

总之，艾青与胡风的诗论既密切相关，又各有优长。他们曾共同对抗战诗歌，特别是"七月"派诗歌发生过巨大的影响。

---

① 胡风．关于题材［A］．关于"技巧"［A］．关于接受遗产［A］．胡风评论集（中）［C］．北京：人民文学出版社，1984.
② 艾青．诗论［A］．艾青全集（3）［M］．石家庄：花山文艺出版社，1991：31.
③ 胡风．关于"诗的形象化"［A］．胡风评论集（中）［C］．北京：人民文学出版社，1984：367 – 372.
④ 艾青．诗论掇拾（一）［A］．艾青全集（3）［M］．石家庄：花山文艺出版社，1991：48.
⑤ 艾青．诗论［A］．艾青全集（3）［M］．石家庄：花山文艺出版社，1991：33.

第三节 艾青诗歌综论

对于艾青来说，中国"诗坛泰斗"这个称呼最早源于智利大诗人聂鲁达对他的评价。如今这一评价已然成为人们的共识。艾青作为中国诗坛"泰斗"级的伟大诗人，他的存在是超流派的。所以，有人在 1987 年编选中国新诗十大流派诗人及其作品时，面对艾青的流派归属就犯难了，于是拍电报征求艾青的意见。艾青表示自己也不清楚自己该属哪一派，还写了一篇题为《我算是哪一流？哪一派》的文章。

但是，他与"七月"诗派的关系却是毋庸置疑的，而且这种关系已是文学史研究界的共识。从钱理群、冯光廉、孔范今到吴宏聪、范伯群、温儒敏等人主编的有关"中国现代文学史"，以及其他的文学史教材，几乎都或直接或间接地认定了"七月"诗派与艾青的关系。

当然，艾青的价值重点绝不仅仅在于他与"七月"诗派的关系。艾青的价值重点在于，他不但以其诗作实践了他独具特色的诗歌理论，而且在其诗歌作品中将象征主义、现实主义的创作因素与浪漫主义的创作方法融合在一起，以充满诗美诗趣的诗歌意象创建了极具个性色彩的、无可取代的精神王国。

艾青的诗歌创作以象征主义的美学观为出发点，将个体生命的价值和黑暗年代的民族悲剧及其反抗斗争相结合，把时代的趋势和民族的未来转化为诗行，在追求和表现艺术的恒久价值的过程中，以其卓越的诗歌理论和超凡的诗艺实践实现了自己的审美理想。

一、艾青诗的意象系统

具有特定审美理想的诗人会被客观世界中的某一类特殊事物引发强烈的刺激，从而形成该诗人个性化的审美敏感区域。随着诗人创作行为的发生，这个审美敏感区就会逐步变成一个意象不断生成的繁荣区域。而且有的诗人可能不止一个审美敏感区，其意象繁荣区域也不止一个。对于某一个审美敏感区域来说，审美刺激应该是从区域中心点向周边播射的，并在播射过程中形成一个意象繁荣区域，而意象繁荣区自然就形成了一个由相对分散的周边意象群向中心意象逐步汇聚的意象系列。在中国古代诗人里就有屈原以香草美人为中心的意象系列、李白以月亮中心的意象系列。

针对上述美学问题艾青早有论述："每个诗人有他自己的诗神———惠特曼和着他的诗神散步在工业的美丽坚的民众里/叶赛宁的诗神驾着雪橇追赶着镰刀形的月亮……/凡尔哈仑的诗神则彷徨在佛拉芒特的原野，又忙乱地出入于大都市的银行，交易所，大商场；又在烦嚣的夜街上，象石块般滚过……"①

而艾青则以其诗歌创作开发出了以都市、江海、土地和太阳为代表的四大意象，四大意象的衍射不但形成了四个完整的意象系列，四大意象系列的相互交叉又构成了一个复杂的网状结构，这是一个以四大意象为基础构建起来的意象系统。其中，都市、江海意象是诗人忧郁气质和反叛个性的双重象征，土地、太阳的意象则是艾青经由个人生命体验生发而成的民族忧患意识和救赎意志的象征。

（一）都市与江海意象群：忧郁的诗人和革命的暴乱者

艾青曾因父母迷信，出生不久即被抛离家庭，被寄养在贫苦农妇大叶荷家里；成年之后又曾留学法国学画。幼年的寄养经历造就了艾青反叛和忧郁的气质；留学法国，使他在绘画专业上向诸如梵高、莫内、德加、毕加索等现代派画家吸取养分的同时，在诗歌方面也接触到了波特莱尔、兰波、维尔哈伦、叶赛宁等现代派诗人；留法使艾青深受象征的现代艺术的影响和浸染。艾青虽然一方面并"不隐讳"曾经"受了象征主义的影响"②，但另一方面又"不喜欢象征主义"③，希望与之划清界限。联系艾青的诗歌作品，象征主义的忧郁、感伤对艾青的影响确实是明显的。这种影响，当然也与艾青天生忧郁、敏感的气质与象征主义忧郁、感伤的品质十分契合相关。

诗人叛逆、忧郁的气质和象征主义的结合为其诗作中的都市意象群和江海意象群的生成奠定了基础。艾青诗歌里最为稳定的意象群就是都市意象群和江海意象群，在艾青不同时期的诗歌里这两个意象群是最稳定的，也是出现频率最高的。

---

① 艾青. 诗人论 [A]. 诗论 [M]. 北京：人民文学出版社，1980：08.
② 艾青. 诗人论 [A]. 诗论 [M]. 北京：人民文学出版社，1980：08.
③ 艾青. 为了胜利——三年创作的一个报告 [J]. 抗战文艺，1940，7 (1).

1. 都市意象群

都市意象是西方象征主义诗人和现代派诗人笔下十分常见的意象，所以如此，主要是基于西方诗人对资本主义时期人欲横流的都市本质的认知和表现。都市意象群在艾青早年诗歌中也十分常见，这显然与他留法时期受到西方现代主义诗潮的影响有关。与西方诗人一样，早年艾青笔下的都市是资本主义罪恶和腐朽堕落的象征。他的笔下都市中心意象包括巴黎、维也纳、马赛、慕尼黑、大上海等，而由都市意象派生而出的表现都市生活的商业、工业、女人、艺术、交通、国家机器等一系列意象，则与大都市的中心意象一起构成了艾青笔下富有特色的都市意象群。艾青通过都市系列意象的描绘表现了他对资本主义体制下的大都市的态度。一方面，资本主义的大都会被艾青比喻成纯情的公主、美丽的姑娘、多情的少妇；另一方面，她们又一个个都沦落为涂脂抹粉、披散长发、剥落粉红衣裙、裸露惑人肉体的风尘女子。据此，艾青将这些资本主义统治下的大都市描绘成了灯红酒绿、肉欲横流的大妓院。

在艾青的笔下，虽能看到资本主义所曾创造的令人惊艳的辉煌的艺术和极度丰富的物质财富，但是因为权欲、物欲对人的异化，都市之人变成了被物质驱使的囚徒，大机器和流水线把工厂锻造成了一座座集中营，从城市到国家因欲望的统治堕落为暗无天日的地狱。

艾青早年描写的异国都市，充斥着忧郁色彩。透过惑乱、陌生的都市意象，我们既能体会到艾青他乡游子的孤独和异国生活的隔膜，也能感受到诗人面对极端异化的现代文明的忧虑。

2. 江海意象群

在艾青的诗歌当中，以江海为中心的意象包括了礁石、浪涛、航船等。这些意象本身富有水的变化、动荡、强横的特征，永无休止的运动属性使其不甘静止和逃避，它们总是在奔流、冲撞、跳跃之中挑战任何阻拦和束缚。江海系列意象在艾青的诗歌当中就是抗争、追求和无畏的精神象征。

《黑鳗》是艾青的一首叙事诗。作品以民间传说的口吻叙述了"放开小船走大洋"的主人公陈全，在寻找仙岛的过程中不幸陷入黑浪山渔王的魔掌沦为奴隶，之后在黑浪山与黑鳗相恋，因遭渔王嫉妒被投进监狱，后因渔王暴虐激起了黑浪山渔民的反抗，陈全、黑鳗最终获得了幸福。这是一个追求自由幸福的感人故事。

《礁石》是艾青后期一首脍炙人口的诗歌。"礁石"是在苦难中追求理想的形象，它坚忍刚毅，周身布满了被鞭笞的痕迹，虽历经苦痛却有追求的自信和欢乐，象征了诗人的人格。

"黑鳗""礁石"属于江海意象，它们在两首诗歌中的意蕴，完全符合艾青诗歌江海系列意象的隐喻规律，这规律即是以江海意象暗示受难者和救世者的苦难与拼搏。

江海意象群和都市意象群一样，在艾青早期诗歌创作中就已然形成。《大堰河——我的保姆》《透明的夜》《芦笛》等著名诗篇是艾青 1932 年后写于监狱中的诗歌，这些诗歌中不但有密集出现的江海意象群和都市意象群，新的意象群的构建也已经开始。

（二）土地意象和太阳意象："人之子"的忧郁和逐日救赎的象征

1936 年出版的诗集《大堰河》，因意象饱满明快，情感真挚深沉，同时又洋溢着清新的气息和泥土的芳香而被当时的文坛所熟知。

艾青回国之后，在诗歌创作上开始探索属于自己的创作道路，并逐渐形成了自己的风格。他的诗歌，往往十分注重对内心深沉的情感和鲜活的现实生活的传达与表现，并以饱满的象征性形象将二者凝结在一起，使其诗歌以丰富充实的形象超越了中国诗歌会的空洞喊叫，更以坚实凝厚的现实生活内容超越了现代派诗人的纤弱与狭小。站在现代诗歌发展进程的视角，艾青的诗歌创作既融合了从普罗诗歌以来的革命化、大众化诗歌关切现实、注重诗歌的现实功能的长处，又继承了自"新月"、象征到现代三派追求诗艺审美本质的纯诗传统。关于诗歌外在的艺术形式，因艾青对象征主义和现代派的艺术渊源的承传，其诗又与 20 世纪 20 年代中期至 30 年代中后期的注重诗艺技巧探索的纯诗传统取得了一种天然的契合。

艾青 1932 年至抗战爆发前的诗作主要发表于《现代》与《新诗》两个杂志。有研究者因艾青的诗歌艺术特点及其与《现代》《新诗》杂志的关系，而将艾青 20 世纪 30 年代前期的创作归并为现代派。

抗日战争的到来触发了艾青的创作激情，因战争而生的对生命苦难的体验及对民族救赎之心与艾青的忧郁气质和反叛品格奇妙地结合到了一起。他以诗人的敏感和对正义的狂热，毫不犹豫地把自己的诗融入"七月"诗派，并全身心地投入响彻华夏的"抗战大合唱"之中。此后，艾青迅速地成长为"七月"

派诗歌的领唱诗人。在诗神新的歌唱背景之下，其诗中早期的都市意象群、江海意象群自发地开始了转化。

《黎明》《太阳》《春》和《复活的土地》是其首先创作的一组咏唱光明、歌颂斗争与反抗的诗歌，之后结集到《旷野》第二辑中。在他随抗日艺术队奔赴北方的时候，他又以北方生活为题材创作了一组以战争为中心的诗，包括《雪落在中国的土地上》《乞丐》《北方》《补衣妇》《手推车》，等等，1939 年以《北方》为名结集出版。此期他创作、发表的长诗有《吹号者》《向太阳》和《火把》，等等。艾青此期的创作不但标志着其诗艺的成熟，在他的诗歌作品中也形成了另外两个特色鲜明的意象群，即"土地"意象群和"太阳"意象群。

1. "土地"意象群

由土地延伸而出的旷野、池沼、煤、农民、祖国、民族等均属土地意象群中的关联意象。对这片代表着国家和民族的古老土地的爱恋，是艾青土地意象群最常表现的意蕴之一，艾青如此吟唱他对以土地为代表的母亲的热爱："为什么我的眼里常含泪水？/因为我对这土地爱得深沉。"① 这种表现对土地母亲的热爱的诗歌指向实际上自《大堰河——我的保姆》一诗便已开始不断地生发。《大堰河——我的保姆》表达的是艾青对这个名叫大叶荷的农民养母的赤子的诚挚爱意。这种对土地的热爱与歌颂不是惯常的田园牧歌似的，在艾青对这片土地的苦难与满目疮痍的现实状态的正面表现当中，他的歌唱满溢着苦难与悲剧的色彩。所以艾青常常这样歌唱："雪落在中国的土地上/寒冷在封锁着中国呀……"② "在北方/乞丐伸着永不缩回的手"③，"枯死的林木/与低矮的住房/稀疏地，阴郁地/散布在灰暗的天幕下"④，"在广大的灰白里显露出的/到处是一片土黄，暗赭，/与焦茶的颜色的混合啊……"⑤

正如诗人所言："和着雾、雨、风、雪，占据了大地的是被帝国主义和封建地主搜刮空了的贫穷。"⑥

---

① 艾青. 我爱这土地［Z］. 艾青诗选［M］. 北京：人民文学出版社，1984.
② 艾青. 雪落在中国的土地上［Z］. 艾青诗选［M］. 北京：人民文学出版社，1984.
③ 艾青. 乞丐［Z］. 艾青诗选［M］. 北京：人民文学出版社，1984.
④ 艾青. 北方［Z］. 艾青诗选［M］. 北京：人民文学出版社，1984.
⑤ 艾青. 旷野［Z］. 艾青诗选［M］. 北京：人民文学出版社，1984.
⑥ 艾青. 为了胜利——三年创作的一个报告［J］. 抗战文艺. 1940，7（1）.

正因这样的歌唱，抗战时期艾青式的忧郁最终升华形成。

诗人"眼里常含着泪水"并不单凭其"对这土地爱得深沉"。面对人类的战争，忧郁的抒情主人公以"人类之子"的形象出现在诗歌当中，这使艾青的忧郁具备了一种更加博大的人道情怀，因为这情怀当中有着对整个人类的、跨越种族的战争忧患，这种博大的情怀与忧患是其诗忧郁风格不可或缺的一个有机组成部分。正因如此，艾青才有资格被称为一个真正的、伟大的诗人。他曾立言愿做一个基督似的受难者①。忧患的艾青，他的泪水是为全人类的苦难而流，他的忧郁全因那宿命般的邪恶战争而生。

所以艾青的忧郁虽源于对这片土地和与之相关的对国家、民族的挚爱与关切，却又超越了这个层面。但是，仅仅看到艾青的忧郁的话，对艾青的理解仍旧是不完整的。艾青在表现苦难和忧郁的同时，还描写了这片苦难土地的生机和美，因为这生机和美正是源于她所养育的人民不屈的抗争和反抗。所以艾青的诗作中才有了这样的歌唱："饥馑的大地/朝向阴暗的天/伸出乞援的/颤抖着的两臂"②，"我们的曾经死了的大地/在明朗的天空下/已经复活了！/——苦难也已成为记忆/在它温热的胸膛里/重新旋流着的/将是战斗者的血液"③，"手推车/以唯一的轮子/发出使阴暗的天穹痉挛的尖音"④。

2. "太阳"意象群

沿着艾青诗歌的忧郁和反抗意志继续探索，其诗歌的另一意象群便会自然地呈现在我们面前，这一核心意象群就是"太阳"意象群。

这个以"太阳"为中心的意象群寄托着诗人的理想和对之矢志不移的追求。除了"太阳"之外，该意象群还包含了一切与之相关的子意象，包括火焰、光明、黎明、春天、生命，等等。

《太阳》一诗可看作"太阳"意象的典型代表：

> 从远古的墓茔
>
> 从黑暗的年代

---

① 艾青. 诗人论［A］. 诗论［M］. 北京：人民文学出版社，1980：08.
② 艾青. 雪落在中国的土地上［Z］. 艾青诗选［M］. 北京：人民文学出版社，1984.
③ 艾青. 复活的土地［Z］. 艾青诗选［M］. 北京：人民文学出版社，1984.
④ 艾青. 手推车［Z］. 艾青诗选［M］. 北京：人民文学出版社，1984.

从人类死亡之流的那边

震惊沉睡的山脉

若火轮飞旋于沙丘之上

太阳向我滚来……

它以难掩的光芒

使生命呼吸

使高树繁枝向它舞蹈

使河流带着狂歌奔向它去

当它来时，我听见

冬蛰的虫蛹转动于地下

群众在旷场上高声说话

城市从远方

用电力与钢铁召唤它

于是我的心胸

被火焰之手撕开

陈腐的灵魂

搁弃在河畔

我乃有对于人类再生之确信①

　　滚滚而来的"若火轮飞旋于沙丘之上"②的太阳光明而热烈，她让世间所有生命生长、欢呼——"使生命呼吸/使高树繁枝向它舞蹈/使河流带着狂歌奔向它去"③，并使生命得以新生——"我的心胸/被火焰之手撕开/陈腐的灵魂/搁弃在河畔"④。这里的"太阳"正是人类新生的原动力的象征。

---

① 艾青．太阳［Z］．艾青诗选［M］．北京：人民文学出版社，1984.
② 艾青．太阳［Z］．艾青诗选［M］．北京：人民文学出版社，1984.
③ 艾青．太阳［Z］．艾青诗选［M］．北京：人民文学出版社，1984.
④ 艾青．太阳［Z］．艾青诗选［M］．北京：人民文学出版社，1984.

在艾青的诗歌当中，与雄伟壮丽的太阳意象相伴随的是国人的觉醒和呼号，是民族战斗的生命之歌。代表着光明的太阳，在国家与民族的抗争之中，是华夏民族阳刚之气的凝聚。

正如唐弢所言："世界上歌颂太阳的次数之多，没有一个人超过艾青。"①

在古代中国有"夸父逐日"的神话和祭祀日神的仪式；在西方，则有盗火救民的传说。在人类历史的早期，光明崇拜、太阳崇拜是一个世界现象。但是，追求光明的结局却都是悲剧的。

"夸父不量力，欲追日影，逐之于隅谷之际，渴欲得饮，赴饮河渭，河渭不足，将走，北饮大泽，未至，道渴而死。"② 同样，普罗米修斯为人类盗火之后，也被宙斯以铁链锁在高加索山上，终日忍受饥饿、风吹日晒、永不入眠和恶鹰啄食肝脏的痛苦。

艾青的一些与太阳意象相关的诗歌，其情节模式与抒情结构可以从上述中外远古神话中找到原型。

《向太阳》是艾青创作于抗战时期的一首代表作。诗歌的最后以追求光明的主人公心甘情愿地"在光明的际会中死去"为结局，既表现了诗人对追求光明必有牺牲的觉悟，也让读者看到了中国古代神话原型在艾青诗歌中的再现。

总之，从以"土地"为代表的苦难、抗争走向以"太阳"为代表的光明、追求，构成了艾青抗战时期的两个相互关联的主题，这两个主题有如两个交替变奏的乐章，展现了艾青诗歌的壮丽与辉煌。

二、艾青诗的死亡意识

文学对于死亡的话题，似乎比之于人类所有学科和其他精神领域都更加情有独钟。在时间的限量上，走向死亡是个体的人的最终归宿。文学作为人学肩负着对人类生命的终极关怀，它对于生命的书写更多地偏向于对个体人的生命过程与归宿的关注。正因文学对生存意义的关注，才使文学更加倾向于探寻人的生命存在与生命终结。

---

① 唐弢. 新版序言［A］. 丁玲作品欣赏［M］. 南宁：广西教育出版社，1990：24.
② 夸父逐日［A］. 袁珂，周明. 中国神话资料选编［C］. 成都：四川省社科院出版社，1985：60.

人能看到生命的短暂和极限是因为死亡，也因死亡人才会有恐惧、有遗憾，这是历史上绝大多数人的心理。无论从古典到现代，还是由中国到域外，仔细翻阅其文学历程均可发现，其中无不蕴含着极其浓重的死亡情结。

诗人艾青在 20 世纪三四十年代对死亡的书写非常丰富。《煤的对话》是艾青写于 1937 年的诗歌：

> 你住在哪里？
> 我住在万年的深山里
> 我住在万年的岩石里
> 你的年纪——
> 我的年纪比山的更大
> 比岩石的更大
> 你从什么时候开始沉默的？
> 从恐龙统治了森林的年代
> 从地壳第一次震动的年代
> 你已死在过深的怨愤里了么？
> 死？不，不，我还活着——
> 请给我以火，请给我以火！①

全诗用没有任何雕饰的平易的口语写成。诗歌正是用这种极度朴实的口语式对话，以煤象征中华民族坚韧的生命力和永不屈服的反抗力量。这煤虽被埋没万年而不死，这煤忍受万年寂寞与苦难而从未放弃希望和理想，乃至于只要给它以火，其滚滚流溢的生命之光便能喷薄而出。诗中的"煤"已不是自然界的原生形态，它已被艾青赋予了如中华民族一般坚韧不屈的精神力量，正是这样的精神赋予，使全诗在朴实的对话里闪射出打动人心的诗意力量。

艾青曾说："诗人必须比一般人更具体地把握事物的外形与本质……诗人使各种分离着的事物寻找形象的联系。"② 在联想、拟人的共同作用之下，《煤的

---

① 艾青．煤的对话［A］．艾青诗全编［M］．北京：人民文学出版社，2003：07．
② 艾青．形象［A］．诗论［M］．北京：人民文学出版社，1980：08．

对话》一诗把煤的形象与长久地背负苦难的中华民族联系起来。以"煤"象征中华民族经受千百年的苦难而不灭，但逢新的契机，便会在涤荡旧世界的冲天大火中涅槃重生。全诗包含了诗人对中华民族苦难与新生的体验：死亡般沉默并不代表民族生命的终结，在死一般沉默的外表下潜藏着民族强大的生命力和追求新生的意志，旧的一切已在沉默中死去，而新生的力量已在沉默中酝酿。对于艾青来说，这是一种以死向生的体验，对于诗歌创作来讲，这更是一种"以死写生的死亡超越意识"。

其实，像《吹号者》《一个拿撒勒人的死》《死地》《复活的土地》《死难者的画像》《他死在第二次》《太阳》《火把》《死亡的纪念碑》等，这一系列创作于20世纪三四十年代的诗歌中都有对死亡体验的书写。这些诗歌同样也贯穿"以死写生的死亡超越意识"。面对20世纪三四十年代的国家民族灾难，艾青曾以诗人的担当做出这样的概括："我们是悲苦的种族之最悲苦的一代，多少岁月积累下来的耻辱与愤恨，都将在我们这代来清算。我们是担载了历史的多种使命的。"① 因在直面死亡而思考死亡的意义，所以艾青诗所表现的死亡得以超越个人性与物理性的范畴，并因走向死的反面而赢得了生存的普遍意义与永恒的价值。

艾青的诗歌总是能够从不同的角度展现死亡的超越性。艾青1932年因举办画展入狱，并在狱中患上肺结核，生命垂危，他写下了《病监》一诗，表现了抒情主体于病重之中面对死亡的情形②。1933年，艾青写成了题名为《一个拿撒勒人的死》的叙事长诗，该诗长达150多行，诗人借《圣经》中耶稣因被犹大出卖并被钉死于十字架上的题材，塑造了一个因煽动百姓抗拒赋税而被恺撒当局以匪徒和叛乱的罪名逮捕杀害的"人之子"耶稣的形象。诗歌以耶稣爱的遗言为中心：

> 荣耀将归于那遭难的人之子的
> 不要悲哀，不要懊丧！
> 我将孤单地回到那
> 我所来的地方。

---

① 艾青. 诗与宣传［A］. 诗论［M］. 北京：人民文学出版社，1980：08.
② 艾青. 病监［Z］. 艾青诗全编［M］. 北京：人民文学出版社，2003：07.

一切都将更变

世界呵

也要受到森严的审判

帝王将受谴责

盲者，病者，贫困的人们

将找到他们自己的天国。

朋友们，请信我

凭着我的预言生活去，

看明天

这片广大的土地

和所有一切属于生命的幸福

将从恺撒的手里

归还到那

以血汗灌溉过它的人们的！①

面对死亡"人之子"从容平静，为民族群体他选择了牺牲，并坚信"胜利呵总是属于我的/……/荣耀将归于那遭难的人之子"②。诗歌表现了对圣者的颂扬和对丑恶世界的愤慨，也表达了对不被理解的英雄的伤痛和惋惜。诗中的"人之子"正是现实中国反抗侵略、拯救民族危亡的民族英雄的象征，故而艾青曾满怀崇敬地说："有英雄么？/有的，他们最坚决的以自己的命运给万人担待痛苦/他们的灵魂代替万人受着整个世界给予的绞刑。"③《一个拿撒勒人的死》饱含着抒情主体为民族献身的英雄情怀的体验，所以该诗也是对诗人愿意随时为国家民族献身的赤子之心的自况。

1936 年是抗日民族解放战争即将到来的时期，获释出狱的艾青因预感到即将到来的时代风暴，在写下《煤的对话》的同时，还创作了《生命》《笑》《春》等诗，并以不同的抒情角度体现了对于死亡的超越。艾青唱道："用自己

---

① 艾青. 一个拿撒勒人的死［Z］. 艾青诗全编［M］. 北京：人民文学出版社，2003：07.

② 艾青. 一个拿撒勒人的死［Z］. 艾青诗全编［M］. 北京：人民文学出版社，2003：07.

③ 艾青. 诗与时代［A］. 诗论［M］. 北京：人民文学出版社，1980：08.

的悲惨的灰白/去衬映出新生的跃动的鲜红"①；为后来者"安谧而又舒展的笑"，英雄们"甘愿为那笑而捐躯"②……

抗日战争爆发后艾青对民族危亡时刻的时代召唤进行了敏锐而及时的回应："诗人和革命者，同样是悲天悯人者，而且他们又同样把这种悲天悯人的思想化为行动的人——每个大时代来临的时候，他们必携手如兄弟……个人的痛苦与欢乐，必须融合在时代的痛苦与欢乐里；时代的痛苦与欢乐也必须糅合在个人的痛苦与欢乐中……为全体而斗争：个人只有不离叛全体时才发生了力量。"③所以艾青在《时代》中宣称要"从我的肉体直到我的灵魂"全部"交付给"时代，要让"时代的马蹄……踩过我的胸膛"④。艾青认为在民族危亡的苦难时刻勇敢地面对死亡本应是必然的选择，所以"对于这民族解放的战争，诗人是应该交付出最真挚的爱和最大的创作雄心的。为了这样，我们应该羞愧于浮泛的叫喊，无力的叫喊"⑤。

诗人在《吹号者》中展现了一个英雄的"殉道"式的死亡，在《他死在第二次中》诗人则描绘了一位甘愿献身神圣战争的战士慷慨悲壮的死……所有这些死，已然超越日常死亡的界限——为替民众受难而亡、为民族国家不灭而死——虽死犹生！这样的死亡已经转化为天地间至纯、至真、至善、至美的精神的化身。

因为珍惜生命而歌颂死亡，因为反抗灾难、期待和平与民族新生而歌颂死亡。所以艾青抚胸祈愿："……但愿爱人散步在道上不会躺着饿殍，但愿账薄和算盘都将放在博物馆，但愿监狱都将改成动物园，但愿勤劳的都将得到幸福，但愿人民是国家真正的主人。"⑥当然，艾青也深知摧残生命的现实的残酷，唯有英勇牺牲和无畏的斗争才能换取美好的未来，"在我们生活着的岁月，应该勇猛地向暴君、寄生者、伪君子们射击。——因为这些东西存在着一天，人类就受难着一天……一切都为了将来，一切都为了将来大家能好好地活，就是目前受苦、战争、饥饿以至于死亡，都为了实现一个始终闪耀在大家心里的理想"⑦。

---

① 艾青. 生命［Z］. 艾青诗全编［M］. 北京：人民文学出版社，2003：07.
② 艾青. 笑［Z］. 艾青诗全编［M］. 北京：人民文学出版社，2003：07.
③ 艾青. 诗与时代［A］. 诗论［M］. 北京：人民文学出版社，1980：08.
④ 艾青. 时代艾青诗全编［M］. 北京：人民文学出版社，2003：07.
⑤ 艾青. 诗与时代［A］. 诗论［M］. 北京：人民文学出版社，1980：08.
⑥ 艾青. 诗与时代［A］. 诗论［M］. 北京：人民文学出版社，1980：08.
⑦ 艾青. 诗与时代［A］. 诗论［M］. 北京：人民文学出版社，1980：08.

　　人类童年时代的英雄史诗几乎都有原始的英雄主义崇尚牺牲、赞美死亡的价值观：英雄的价值不是以成败而论的，所有英雄存在的价值重点在于他对责任与死亡的态度。在这样的价值观之下，英雄的死亡从来都不是简单的死，而是一种新生。因为英雄的死已经转化为护佑整个族群生机勃勃地走向未来的力量，也只有这样的死才会使人类超越死亡的力量；而英雄将会在后人的敬仰和赞美中获得永生。

第十一章

现代、现实与传统之间："九叶"诗派的诗学掘进

1937 年至 1945 年前后，因战争的影响，纯诗化的诗学方向已然不是诗坛的主流。1937 年 7 月以后，汇合聚集于 1937 年 7 月创办的《七月》杂志而得名的"七月"诗派和兴起于 1942 年延安文艺整风之后的"延安诗派"在整个诗坛的影响极大，面向现实和战争的诗歌是整个抗战时期当之无愧的主潮。但是"九叶"诗派却因其意象诗学和"新诗现代化"理论，展现出了与这个主潮完全迥异的诗学追求。该诗派虽也关注战争与现实，却仍坚持通过对 20 世纪 20 年代中期至 30 年代中后期现代主义的继承来探索新诗的表现形式。"九叶"诗派的诗学追求，无疑丰富了战争期诗学追求的维度，并在自己的诗学尝试中取得了令后人无法忽视的成就。

曾经的"九叶"诗人是彼此分散的，直至杭约赫 1948 年创办《中国新诗》之后，才有了统一的阵地。"九叶"诗人早在 1938 年 1 月长沙临时大学迁往昆明并入国立西南联合大学期间，就已开始创作活动，其中辛笛、陈敬容的创作更是早在抗战之前就已开始。而且，1981 年以前人们一直称呼这九位诗人代表的诗歌流派为"现代诗派"和"新现代诗派"，直到 1981 年江苏人民出版社出版 20 世纪 40 年代九人诗集《九叶集》，"九叶"诗派这个名称才得以确定。

大多数"九叶"诗人均为抗战时期的大学生，是一群具有强烈的社会历史责任感和文学追求的青年，他们都不满黑暗现实、反对内战、追求光明，对未来怀着热烈的憧憬和理想。

第一节 对现实的亲和与新诗现代化的理论

如前所述，"九叶"诗派是抗战诗坛的一个特例。它既不像"七月"诗派

和延安诗派那般注重诗歌的现实功用和工具性，也不像20世纪二三十年代纯诗化诗人群那样局限于纯粹内心的世界而钻进诗艺追求的象牙塔。一方面，他们因为关注战争期战争现实和民间生活，而使其诗歌的表现视野较之20世纪二三十年代的现代诗派更加开阔；另一方面，他们又因对于现代主义"纯诗"艺术的坚守，使其在表现战争与现实的时候倾向于内心体验的表述而较少表现直接的战争，在诗艺追求上也明显地区别于浪漫主义和现实主义。因此，我们既可以把"九叶"诗派看作是纯诗化追求与战争时代的融合，也可以把它看作是纯诗化追求在战争年代的余绪。

"扎根现实"是"九叶"诗派和战争期诗坛主潮的契合点。他们走出从"新月"诗派、象征诗派到现代诗派的"象牙之塔"，把诅咒黑暗、渴望光明的时代情绪用诗歌的方式忠实地传达出来。

更重要的是，当诗坛的大多数人因抗战的需要而把诗歌建设的主要目标集中在宣传抗战、服务抗战的方向之上的时候，大众化、民歌化、口语化甚至是纯工具化已经不可避免地变成了战争期诗坛的主流趋势，西方和中国古典的诗学因素也已经从正统与庙堂的身份滑落到了边缘化、民间化的位置。而"九叶"诗派却以其独辟蹊径的非主流的"边缘化"诗学追求，把战争期诗歌的现代化建设推进了一大步。

首先，因为"九叶"诗派在艺术上自觉地追求现代派与现实主义的结合，西方后期象征诗派和现代诗派的里尔克、艾略特、奥登等人是其重点关注和吸收的对象。其次，"九叶"派诗人更创造性地把以中国古典诗词为代表的东方诗歌重感性形象的传统与西方诗歌注重理性探索的传统结合起来。在此基础上，他们以意象的感性、知性体验的融合为核心，创造了独属于"九叶"诗派的意象诗学理论（比较有代表性的包括唐湜、袁可嘉关于意象与诗质的统一论、"能""知"合一的意象升华论、意象凝合论、意象结构论、意象沉潜论、意象凝定论），并以意象诗学为中心以较有价值的创新范畴与命题构建了"九叶"诗派的理论体系。其理论建设成果为中国现代意象诗学体系构建提供了一个可资借鉴的系统性轮廓。

"九叶"诗派的诗歌追求在理论建设和创作实践上均呈现出别具一格的"综合性"特征，这是其在借鉴西方现代主义的同时还包容现实主义、继承古典诗词所致。"九叶"所要求的诗歌新倾向"必是现实、象征、玄学的综合传统"①，他们拒绝主观的自我表现，面对和把握现实人生；于杜绝情感宣泄似的直抒的同时要求理智的感性显现；在避免传统的主观抒情的同时追求表现上的客观性与间接性。

"九叶"诗派的"综合性"的特质充分展示了其诗歌追求的开阔性与"现代性"，与"七月"诗派相较，"九叶"诗派显然不同于"七月"诗派调动主观激情的主、客融合。"九叶"诗派多了一些现代主义的知性而冷静的诗美倾向。然而，两者在要求表现现实和挖掘内心相统一上是比较接近的。

面对时代的烽火与硝烟，"九叶"诗人对战争虽有抒写或歌唱，但他们对战争的表现更多是侧面的，不如"七月"派诗人那么直接。他们对战争的书写和感受往往表现出兴奋和痛苦相交织的状态；他们大都不形情于色，更加擅长悠远的沉思，或将战争体验潜藏内心，或以现实生活折射战祸的深重。正如诗人穆旦在其诗作《在防空洞里的抒情诗》所表现的那样，诗人虽避开了正面战争的表现，但从躲避空袭的生活场景的角度却能更加深刻地表达诗人对战争年代民族命运的思考。杜运燮的讽刺诗《追物价的人》则用反讽的手法表现物价飞涨的现实和普通百姓的生活困难。

所以，尽管"九叶"诗人的作品往往并不正面表现战争，其面向黑暗现实的心灵体验的表现和挖掘却显得更加深邃和厚实。

20世纪40年代，唐湜、袁可嘉的意象诗学在"九叶"派诗人现代诗学的建构中是十分重要的命题，他们在现代意象诗学方面所做的理论探索也最具有现代性意义。以下是他们所作的六个方面的探索：

第一是意象与诗质的统一。

具体来说就是探讨诗歌的意象与诗性内质的不可分性。唐湜说："意象当然不是装饰品，它与诗质的关联不是一种外形的类似，而应该是一种内在精神的感应与融合……意象时常会廓清或者确定诗的意义，而且与意义常常结合得不可分离"②，统一的意象和意义"也正是意义所以超越修辞学中比喻的二元性的缘故，意义的化入意象正是庄子在《齐物论》里所说的那个'类与不类，相与

---

① 袁可嘉．新诗戏剧化［A］．诗创造（第12集）［M］．上海：星群出版公司，1984．
② 唐湜．论意象［A］．新意度集［M］．北京：生活·读书·新知三联书店，1990：09．

为类，则与彼无以异'的境界。"① 也即是说，意象构造的最高境界就是凝合一切对立因素。他还认为意象与意之间"常是一种内在的平衡又凝合的相互关联，从一个生命点燃起另一个生命，甚至无数个生命，一种相互关照，从深心里跃出来的感应，又重合在一个生命的焦点。在最纯真的诗里，手段与目的，意义与意象之间的划分实在并不是十分必要的。"② 意象与诗的交融是意象"启发力"③ 的深度和广度的体现。

第二是意象"能""知"合一的升华。

在象征主义超验的"应和论"影响之下，20 世纪 30 年代的象征诗派和现代诗派更加注重直觉和主观的超验感受，强调感觉与情绪的挖掘，强调意象在心理、暗示方面的作用。"九叶"诗派则更注重意象中的诗意体验的表达，在意象表现中既包含情绪，又寄寓思考，把意象当作知情合一的载体。

唐湜认为"意象就是最清醒的意志（mind）与最虔诚的灵魂（heart）互为表里的凝合。"

唐湜认为诗歌要避开直接的抒情，因为那样只能造就直觉意象；诗歌需要的是以间接的表现和客观的暗示来创造智性意象。"由灵魂发出的意象是自然的潜意识的突起，是浪漫蒂克的主观情感的高涌，由心智出发的无形意象则是自觉意识的深沉表现。"④ 成熟的智性意象是由心智发出的成熟的意象，并拥有质的充实和凝定，又有无限延伸的广阔空间。充实和凝定代表的是尖锐和坚定，无限的延伸决定于想象力和心胸。

唐湜把意象的发展分为以下三个阶段：直觉意象→智性意象→直觉和智性的凝合。

"自然的基础与自觉的方向、潜意识的'能'与'知'的完整结合，思想突破直觉的平面后向更高的和谐和更深的沉潜，更大更深的直觉与雄伟的意志的发展。在那里，无分人我，无分彼此，主观与客观，直接的申诉与间接的传达，一切一切都完全凝合无间，无所区别也无所间隔。"⑤ 所以感官的摹写和内

---

① 唐湜. 论意象［A］. 新意度集［M］. 北京：生活·读书·新知三联书店，1990：09.
② 唐湜. 论意象［A］. 新意度集［M］. 北京：生活·读书·新知三联书店，1990：09.
③ 唐湜. 论意象［A］. 新意度集［M］. 北京：生活·读书·新知三联书店，1990：09.
④ 唐湜. 论意象［A］. 新意度集［M］. 北京：生活·读书·新知三联书店，1990：09.
⑤ 唐湜. 论意象［A］. 新意度集［M］. 北京：生活·读书·新知三联书店，1990：09.

心情绪的简单投射都不是"由意识与匠心的烛照"① 构成的意象。意志凝合灵魂而构成的意象才是诗歌之最高审美标准，因为这样的意象能够达到主体和客体、理性和感性、抽象和具象之间的统一。

"九叶"诗派"能""知"合一的意象升华，既不同于纯诗理论的超验体验，又与"七月"诗派激情激荡的浪漫诗学有所区别。

第三是意象凝合论。

"九叶"诗派针对20世纪20年代象征诗派因象征意象的孤立散漫导致诗艺呈现晦涩与恍惚，反对只顾意象细节和意象的个体效果，主张"象征的森林正是意象的相互呼唤，相互应和，组成了全体的音响"②。意象和意境的统一，必然以意义和意象的关联、诗质跟意象的融合为前提。意义与意象的统一是意象和意境合一的手段。

唐湜试图以意象、主体、客体三者之关系阐释其意象融合的理论："意象的存在一方面是由于诗人对客观世界的真切体验，一种无痕迹的契合；另一方面又是客观世界在诗人心里的凝聚，万物皆备于我。"③ 刘勰关于"诗人感兴，触物圆览，物虽胡越，合则肝胆"④ 的诗论正与唐湜的美学理想相映成趣。

在唐湜看来，意象、主体、客体三者的完全熔炼是诗歌的最高境界，"艺术的一个最高理想是凝合一切对应因素，如声音、色彩与意义，形象与思想，形式与内容，韵律与意境，现实与联想为一个和谐的生命"。

第四是意象的结构论。

意象的结构包括意象本身的结构与意象间的结构。

意象结构论主要是由袁可嘉提出来的，他认为构造诗歌意象要以间接性为原则，"间接性的表现在于意象比喻的特殊构造法则：玄学、象征及现代诗人在十分厌恶浪漫派意象比喻的空洞含糊之余，认为只有发现表面极不相关而实质有类似事物的意象才能准确地，真实地，且有效地表现自己；根据这个原则所产生的意象便都有惊人的离奇，新鲜和惊人的准确，丰富；一方面它从新奇取得刺激读者的能力，使读者在突然的棒击下提高注意力的集中，也即是使他进

---

① 唐湜 . 论意象 ［A］. 新意度集 ［M］. 北京：生活·读书·新知三联书店，1990：09.

② 唐湜 . 论意象 ［A］. 新意度集 ［M］. 北京：生活·读书·新知三联书店，1990：09.

③ 唐湜 . 论意象 ［A］. 新意度集 ［M］. 北京：生活·读书·新知三联书店，1990：09.

④ 刘勰 . 物色 ［A］. 文心雕龙 ［M］. 北京：华文出版社，2007：12.

人更有利地接受诗歌效果的状态，一方面在他稍稍恢复平衡以后使他焕然于意象及其所代表的事物的确定不移，及因情感思想强烈结合所赢得的复杂意义。"① 他的所谓间接性原则，从接受美学的角度展示了具有特殊审美作用的诗歌意象隐喻的特殊构造法则。

另外，"间接性的表现存在于作者通过想象逻辑对于全诗结构的注意"② 的原则、"诗想象有综合能力"③ 的观点、"诗是象征的行动"④ 的观点大致可算袁可嘉关于间接性意象结构的主要观点。

虽然袁可嘉对于什么是意象的结构并未具体说明，但他的意象结构主张主要就是讲意象之间的调和。

第五是意象的凝定论。

在"九叶"诗派以前对意象的凝定的追求就已开始，只是"九叶"派诗人的追求更加理论化和系统化，也更加自觉。

在《论意象的凝定》中唐湜阐释了意象的凝定："真正的诗，却应该由浮动的音乐走向凝定的建筑，由光芒焕发的浪漫主义走向坚定凝实的古典主义。这是一切诚挚的诗人的道路。"⑤ 诗歌要用一种发自内心的力量和坚韧"向意象的凝定的方向走去，才会如闻一多、朱自清两位先生所期待的，步入成熟而丰饶的'中年'"⑥。"无限的音乐的海凝定于意象的'姿'"⑦，就是里尔克的《献给奥尔菲斯的十四行》《杜伊诺哀歌》所展现的美。里尔克的《天鹅》就是生命由生入死的有着雕像般凝定的意象画。而冯至的《十四行集》是"成熟的黄昏的沉思"⑧。诗人唐祁与莫洛的诗作也有一种意象凝定之后的高大、深沉、丰厚的建筑般的力量。所以"一个诚挚的诗人，他的凝定的'姿'必定会有无数的思想与生命的触手伸向前前后后"⑨。

① 袁可嘉. 新诗现代化的再分析 [J]. 大公报·星期文艺，1947 - 03 - 30：25.
② 袁可嘉. 新诗现代化的再分析 [J]. 大公报·星期文艺，1947 - 03 - 30：25.
③ 袁可嘉. 新诗现代化——新传统的寻求 [A]. 论新诗现代化 [M]. 北京：生活·读书·新知三联书店，1988：3.
④ 袁可嘉. 对诗的迷信 [J]. 文学杂志，1947 年，2 (11).
⑤ 唐湜. 论意象的凝定 [M]. 北京：生活·读书·新知三联书店，1990.
⑥ 唐湜. 论意象 [A]. 新意度集 [M]. 北京：生活·读书·新知三联书店，1990.
⑦ 唐湜. 论意象的凝定 [M]. 北京：生活·读书·新知三联书店，1990.
⑧ 唐湜. 论意象的凝定 [M]. 北京：生活·读书·新知三联书店，1990.
⑨ 唐湜. 论意象的凝定 [M]. 北京：生活·读书·新知三联书店，1990.

"九叶"诗派理论家借鉴艾略特的诗学观念，以其诗歌理论和诗歌批评提出了一整套中国"新诗现代化"理论。袁可嘉和唐湜是该派在新诗现代化理论探索上取得突破性成就的代表。"九叶"诗派的理论探索，深化了我国文学与西方现代派文学的交流与融合。

孙玉石先生说："20世纪40年代中国新诗进入了一个成熟的季节……这个过程是在对于二三十年代中国现代主义诗歌的发展和对艾略特、里尔克、奥登等西方现代主义诗人进行自觉的反思和选择中完成的。30年代诗歌发展中出现的纯诗化与大众化两极分化的现象引起了他们的双重不满。艾略特主张的艺术家的责任感要求诗人的个人热情同他所宣传的社会思想和感情之间的'和谐'，这一美学原则自然引起了他们的共鸣。"① 这段论述清晰地指出，经过"九叶"诗人的最后努力，中国诗坛形成了自"五四"以来的"第一个最大的现代性冲击波"②。

第二节　以穆旦为代表的"九叶"派诗歌

穆旦（1918—1977），原名查良铮，著名诗人、翻译家，与金庸（查良镛）是同族兄弟。曾用笔名梁真。籍贯为浙江海宁人。1918年出生于天津。在南开中学读书时少年时代的穆旦就对文学兴趣浓厚，并开始写诗。1935年入清华大学外文系学习。抗日战争期间，随校辗转长沙、昆明等地，并有大量诗作在香港《大公报》副刊、昆明《文聚》上发表，成长为知名青年诗人。1940年，毕业于西南联大并留校任教。

1942年年轻的穆旦加入"中国远征军"投身抗日，经历了缅甸战场极其惨烈悲怆的战斗；穆旦在滇缅大撤退中随军退入野人山原始丛林，经五个月的生死历险，最终逃出野人山，奔赴印度集结地。这一段从军经历给穆旦打下了终生不灭的印记。

1949年穆旦赴美国芝加哥大学留学，在英国文学系学习，并于1952年获文

---

① 孙玉石. 中国现代主义诗歌潮流的回顾与评价［A］. 中国现代诗歌艺术［M］. 北京：人民文学出版社，1992：246.

② 孙玉石. 中国现代主义诗潮史论［M］. 北京：北京大学出版社，1993：197.

学硕士学位。1953 年深怀爱国热情的穆旦携妻子周与良（著名生物学家）回国，担任南开大学外文系副教授。

穆旦从 1954 年至"文革"期间连续遭受不公正待遇，1954 年被打成"反党小集团"成员，1958 年又被打成"历史反革命"；先后被强迫劳动、判处"三年管制"、劳改、蹲牛棚等。

1977 年穆旦因心脏病突发去世。

从 20 世纪 50 年代起，穆旦虽命运多舛、长夜孤灯，却仍以坚韧的毅力从事翻译外国诗歌作品及文学理论论著的工作。他所翻译的很多译本均有较大的影响。2005 年 10 月《穆旦译文集》8 卷本由人民文学出版社出版。艰苦灾难岁月里的翻译工作奠定了穆旦作为中国当代著名翻译家的地位。

20 世纪 40 年代，穆旦出版过《探险者》《穆旦诗集（1939—1945）》和《旗》三部个人诗集。他的诗歌将西方现代主义和中国诗歌传统相结合，整体诗风富于象征的寓意和心灵的思辨，是"九叶"诗派重要的代表诗人。

穆旦一生与诗相依，并不多产，而且一生都很寂寞。1981 年《九叶集》出版后，穆旦被看成"九叶"诗派最具个性的诗人和中国"现代主义"诗歌的代表者，从此开始被新诗研究界所重视。20 世纪 80 年代至今，穆旦与英美现代主义诗歌的共性被研究者讨论得更多，穆旦的诗歌甚至被当成了从西方移植的现代主义诗歌的"标准件"。

事实上，穆旦是一个有着深厚学养的学者型的诗人，由于他既出生于书香门第，自身又对西方文化长期浸淫，相较于一般的中国诗人，他对中、西诗学源流的了解要深刻得多。因此，他的诗歌在突出的"现代"诗风的背后，也潜藏着中国传统文化和现代文化特定背景的影响。王佐良作为穆旦的同窗好友，1946 年曾如此评价穆旦："他一方面最善于表达中国知识分子的受折磨而又折磨人的心情，另一方面他的最好的品质却全然是非中国的。"① 王佐良的这句话较为公允、客观地指出了穆旦诗歌所具有的、特定时代的、知识分子的精神特质。

穆旦是"九叶"诗派诗人里现代主义倾向最为浓厚的一位，现实意识和荒原意识是他的诗歌中奇异对应的两面。在他的诗歌中，如果说现实意识源于对时代、社会、生活的关注和感受的话，其诗歌的"荒原"意识则一方面源于艾

---

① 王家新. 穆旦与"中国化"［J］. 诗探索，2006，3.

略特的影响，另一方面也源于诗人对中国旧时代黑暗现实背景之下心灵荒原的审视和关注。

总之，不论穆旦生前寂寞、身后轰动，也不论其诗歌创作的成与败，就其诗歌在中、西诗学与中国现代文化相互渗透相互融合方面，及其在 20 世纪 40 年代诗坛的代表性而言，他必定是一个既典型又独特的存在，也是现代新诗几十年发展进程中的一个不可忽视的存在。

一、穆旦诗歌中的现实意识

在"九叶"诗派诗人中，穆旦诗的哲理的沉思和智性特征更为突出，其诗强大的张力形成于蕴含于其中的多种力量的紧张对峙和冲突，包孕着深刻的痛苦，在他的诗中传统的单纯意象组合被多重复杂的构思所取代，而晦涩的语言又使其诗具有了一种陌生化的美感……也许正是这一切才使人们感受到了穆旦诗歌更为浓重的现代味，所以唐湜才说其诗"有着最鲜明的现代诗风……最深沉的哲理内涵……流派风格最浓烈"①。但是，较之于同样受到西方现代主义影响的中国早期象征诗派和现代诗派的诗歌作品，穆旦的诗歌在具有关注心灵的现代主义倾向的同时，更显示了强烈的反映现实的意识。

艾青针对穆旦和"九叶"诗人反映现实的特点曾说："他们接受了新诗的现实主义的传统，采取欧美现代派的表现技巧，刻画了经过战争大动乱之后的社会现象。"② 唐湜作为"九叶"派的理论家和诗人同样认为穆旦的诗"拥抱了历史的呼吸，拥抱了悲壮的'山河交铸'"③。袁可嘉也曾说："九位作者作为爱国的知识分子，站在人民的立场，向往民主自由，写出了一些忧时伤世、反映多方面生活和斗争的诗篇。"④ 这些论述虽然角度不同，却都证实了穆旦诗歌的现实意识。

穆旦也认为诗歌要反映现实："一个深刻的诗人的诗是和现实相结合的。他的概念或感觉都必须植根于他的社会生活的土壤中。……我是特别主张要写出

① 唐湜．九叶在闪光［A］．新文学史料［C］．1989，4．
② 艾青．中国新诗六十年［J］．文艺研究，1980，5．
③ 唐湜．新意度集［M］．北京：生活·读书·新知三联书店，1990：14．
④ 袁可嘉．九叶集·序［A］．九叶集［M］．南京：江苏人民出版社，1981．

时代意义的内容。"① 这说明他自己对诗歌植根现实、结合现实、表现时代的要求是非常直接的。同时，穆旦对现代主义的创新和吸收，也是十分突出的，诗人认为表现时代的精神"首先要把自我扩充到时代那么大，然后再写自我……这样的作品就成了时代的作品"②。他十分强调内容与生活的密切联系："写诗，主要当然是内容，而内容又来自对生活的体会（不一般化）。……一和生活有距离，作品就毁了。"③

从抗战到 1948 年穆旦赴美前一共十年时间，他的诗歌创作也主要集中在这十年当中。其诗歌的内容可分为着重表现现实的与表现内心的两类。但即使是表现内心的诗歌，在现代主义注重潜意识的心灵探索的外表之下也潜藏着与客观现实生活的密切联系。

有人说穆旦的诗歌里有两股激流在流淌，一股是现实生活，另一股是内心的探索和体验，事实上也是如此，只不过在其诗歌之中这两股激流却是相互交织、不可分离的。

穆旦的诗总是把对现实的表现依托在自己对社会、人生的体验之上。

《野兽》是穆旦作于 1937 年 11 月的一首诗歌：

> 黑夜里叫出了野性的呼喊，
> 是谁，谁嗤咬它受了创伤？
> 在坚实的肉里那些深深的
> 血的沟渠，血的沟渠，灌溉了
> 翻白的花，在青铜样的皮上！
> 是多大的奇迹，从紫色的血泊中
> 它抖身，它站立，它跃起，
> 风在鞭挞它痛楚的喘息。

---

① 穆旦.《丘特切夫诗选》译后记［A］. 丘特切夫诗选［M］. 穆旦，译. 北京：外国文学出版社，1985.

② 穆旦《丘特切夫诗选》译后记［A］. 丘特切夫诗选［M］. 穆旦，译. 北京：外国文学出版社，1985.

③ 杜运燮. 穆旦诗选·后记［A］. 穆旦诗选［M］. 杜运燮，编. 北京：人民文学出版社，1986.

> 然而，那是一团猛烈的火焰，
>
> 是对死亡蕴积的野性的凶残，
>
> 在狂暴的原野和荆棘的山谷里，
>
> 像一阵怒涛绞着无边的海浪，
>
> 它拧起全身的力。
>
> 在黑暗中，随着一声凄厉的号叫，
>
> 它是以如星的锐利的眼睛，
>
> 射出那可怕的复仇的光芒。①

诗歌着力描写了虽受伤流血，却仍要力行复仇的"野兽"形象。那在死亡的压力之下蕴藉的野性的复仇之火，那重创之下与疯狂相伴的抖身、站立、跃起、号叫和如星子般明亮的锐利之眼……这"野兽"不仅是抗战时代民族精神的写照，更融入了诗人在民族灾难中个人内心激烈奋发的爱国炽情。

另外，《合唱》《赞美》《旗》和《森林之魅——祭胡康河上的白骨》四个作品可算是抗战题材的四重奏。这些作品既有对民族抗战精神的体现，也有对代表民族反抗意志的"一个民族已经起来"的愤呼，更有对领袖、人民和牺牲者的颂扬与祭奠。

穆旦反映抗战的作品甚至涉及了世界反法西斯战场。如《轰炸东京》就表现了诗人站在世界反法西斯战争的高度对盟军轰炸东京的态度——"炸毁它，我们的伤口才得以合拢"②，"每个死亡的轰炸/都为我们受苦的父老爆开欢欣"③。

另外，在穆旦侧重探索心理历程的作品中，也有具有现实精神的作品。例如，表现知识分子如何挣脱个人的空虚走向充实的《从空虚到现实》；强调战士也需要情感和感性的《一个战士需要温柔的时候》，等等。

二、穆旦诗歌中的荒原意识

穆旦和"九叶"诗派多数诗人的诗歌常常以现代主义的审美方式和创作方

---

① 穆旦. 野兽［Z］. 穆旦诗选（杜运燮编）［M］. 北京：人民文学出版社，1986.

② 穆旦. 轰炸东京［Z］. 穆旦诗选（杜运燮编）［M］. 北京：人民文学出版社，1986.

③ 穆旦. 轰炸东京［Z］. 穆旦诗选（杜运燮编）［M］. 北京：人民文学出版社，1986.

法，表达面对黑暗现实的生命困惑，表现出强烈的"荒原"意识和生命意识。因而，穆旦的许多诗歌具有欧美现代主义诗歌的艺术特征。

因受艾略特影响，穆旦及"九叶"诗人的部分诗歌具有突出的荒原意识。

所谓"荒原意识"，缘起于对艾略特的长诗《荒原》主题的概括，正如袁可嘉所说：《荒原》"揭露了现代西方世界的没落腐朽和大战后迷茫一代的悲观情绪，……但他这种揭露是从一个虔诚的宗教徒的角度去进行的，主要是关于丧失了宗教信仰的现代人在人性方面的缺陷"[1]，也就是说以艾略特为代表的西方现代主义文学的"荒原意识"其实就是西方现代社会在资本主义工业文明冲击之下出现的，它是指旧的社会秩序和既有世界观、道德观、价值观崩溃后，新的秩序和新的世界观、道德观、价值观又尚未建立的所谓"时代空场感"。"九叶"诗派在艾略特《荒原》的影响之下，其诗歌之所以会产生类似的荒原意识，全因战争背景下的黑暗现实给诗人造成了冷寂、荒凉、死寂、绝望的心灵感受，以及由此产生的对自身生命的反思和对时代的诘问。

"九叶"诗人中，穆旦在荒原意识的影响之下所产生的内心斗争和痛苦、悲哀相较于其他"九叶"诗人，要显得更加激烈。有人说"穆旦是一个充满对旧时代愤怒的诗人，他的诗以写矛盾和压抑痛苦为主"。[2]

穆旦诗歌的荒原意识常常表现为人与社会的矛盾。比如《出发》表现的就是在特定的战争时代的特殊空间里，社会给人制造丰富的物质、机遇和思想，却又在僵化、被动的接受中抽空了所有的意义，并给人以丰富的痛苦，穆旦笔下现代社会的特征。

穆旦的一些诗歌也和西方现代主义诗歌一样表达着对都市文明的批判。在他的笔下，物欲对人的异化、扭曲和毁灭是常见的主题；现代都市中，人在物质的挤压之下所表现出的渺小、挣扎和服从体现了现代人的迷惘。因此，在穆旦的部分诗歌中，都市是一片荒原。

穆旦也常表现人与环境的矛盾。很多时候，穆旦的诗歌即使写到乡村，也如另一片死气沉沉的荒原："荒草，颓墙，空洞的茅屋，/无言倒下的树，凌乱

---

① 袁可嘉. 半个世纪的脚印——袁可嘉诗文选［M］. 北京：人民文学出版社，1994：10.

② 杜运燮，袁可嘉，周与良. 一个民族已经起来：怀念诗人、翻译家穆旦［M］. 南京：江苏人民出版社，1987.

的死寂……/流云在高空无意停伫，春归的乌鸦/用力的聒噪，绕着空场子飞翔。"①

当然，由于所面临的文化背景与社会背景和艾略特为代表的西方现代主义诗人有着巨大的差距，穆旦与"九叶"诗人的荒原意识又与艾略特的荒原意识存在着本质的差别。

因为中、西方荒原意识产生的时代背景的区别，蕴含于穆旦诗歌中的现实意识和"荒原"意识，既表现了现代性与写实性的融合，也反映出"九叶"诗派所生长的历史背景和西方现代主义的差异。半殖民地半封建的中国社会和现代资本主义社会的不同背景，或许能为人们探究类似于"九叶"诗派这样具有"中国特色现代主义"倾向的诗歌流派为什么会以理想主义的精神本质区别于西方现代主义诗歌流派非理性主义的精神内核，找到较为可靠的依据。

穆旦诗作中的荒原意识主要有以下四个方面的内容：

第一，人与人的关系意识。

关于人与人的关系，穆旦集中表现其自私、残酷、冷漠、相互欺诈的一面。

第二，人与自然的关系。

在西方现代主义诗歌中自然只是人的意识的象征，不再是独立的自在之物，因此自然是丑的、恶的。穆旦却完全相反，其诗中的自然都是真实的存在，自然在穆旦笔下要么是代表灰色现实的写实自然，要么是美好和谐的浪漫自然。而且穆旦更多是对大自然的美丽进行歌颂，并抒写对自然的喜爱，追求人与自然的和谐境界。

第三，生命意识。

生命意识在穆旦诗中表现极为突出。"穆旦也许是中国能给万物以生命的同化作用的抒情诗人之一。"② 穆旦的一些诗歌常会歌咏生命的强大力量（如《野兽》《春》）；而他的另一些诗歌则又表现了生命的焦灼感——他希望生命"活下去，在这片危险的土地上，活在成群死亡的降临中"，"希望、幻灭，希望，再活下去"！③

另外，对青春的歌咏（如《在旷野上》等诗）和对生的意义与死的价值的

---

① 穆旦. 荒村 [Z]. 穆旦诗选（杜运燮编）[M]. 北京：人民文学出版社，1986.

② 唐湜. 新意度集 [M]. 北京：生活·读书·新知三联书店，1990：14.

③ 穆旦. 活下去 [Z]. 穆旦诗选（杜运燮编）[M]. 北京：人民文学出版社，1986.

思考（如《玫瑰之歌》《森林之魅》等诗）也是穆旦诗歌的表现内容。

第四，自我意识。

可以说，穆旦全部诗作的起点是穆旦的自我意识。穆旦的自我意识的特点有如下几个方面：

其一，复杂性。其诗中的主体"我"不是现实主义和浪漫主义的，也不是给人民发出黎明通知的先知先觉的"七月"派似的，更不像以诗歌大众化的方式大力宣传革命抗战的延安诗派似的，这个主体就是一个中国的普通现代知识分子。

这样的"自我"既复杂又真实，既光明积极又阴暗消极。穆旦拒绝在诗中隐藏自我，他总是在诗中直面自我的弱点与痛苦，探究自我人格复杂的、混乱的和非理性的部分。

其二，矛盾性。诗歌的主体"我"永远处于自我矛盾中，经受剧烈的心灵斗争，永难和谐。他既寻求平衡，以理性约束、克服感性，又时时感到感性、冲动比理性更具诱惑力。

其三，否定性。其诗歌的主体既否定外在现实也怀疑自我内心，总是不自觉地发现和拷问自身。

其四，蜕变性。总体上穆旦诗中的主体"我"最终会表现出从自我的怀疑、否定、孤立残缺、空虚绝望到走向自我肯定、自我完成、自我充实的蜕变的结局。而且其蜕变有向内自省和向外求索两条途径。这个蜕变就是追求希望和圆满，与西方现代主义不同。或许由此出发，联系穆旦及"九叶"诗人所处的时代背景，我们已经开始触摸到穆旦诗歌中的理想主义本质和与西方现代主义精神内核的区别。

主要参考文献

一、学术专著

1. 朱自清. 新诗杂话 ［M］. 上海：作家书屋，1947.

2. 朱光潜. 诗论 ［M］. 重庆：国民图书出版社，1943.

3. 李广田. 诗的艺术 ［M］. 上海：开明书店，1948.

4. 唐湜. 新意度集 ［M］. 北京：生活·读书·新知三联书店，1990.

5. 刘西渭. 咀华集 ［M］. 广州：花城出版社，1984.

6. 梁宗岱. 诗与真 ［A］. 诗与真二集 ［M］. 北京：外国文学出版社，1984.

7. 袁可嘉. 论新诗现代化 ［M］. 北京：生活·读书·新知三联书店，1988.

8. 李怡. 中国现代新诗与古典诗歌传统 ［M］. 重庆：西南师范大学出版社，1994.

9. 张桃洲. 现代汉语的诗性空间：新诗话语研究 ［M］. 北京：北京大学出版社，2005.

10. 龙泉明. 中国新诗的现代性 ［M］. 武汉：武汉大学出版社，2005.

11. 魏天元. 新诗现代性追求的矛盾与演进（九十年诗论研究）［M］. 武汉：湖北教育出版社，2006.

12. 赵金钟. 中国新诗的现代性与民间性 ［M］. 宁夏：宁夏人民出版社，2007.

13. 刘继业. 新诗大众化和纯诗化 ［M］. 北京：北京大学出版社，2008.

14. 颜同林. 方言与中国现代新诗 ［M］. 北京：中国社会科学出版

社，2008.

15. 张松建．现代诗的再出发［M］．北京：北京大学出版社，2009.

16. 陈仲义．现代诗：接受响应论［M］．北京：中国社会科学出版社，2018.

17. 林毓生．中国意识的危机："五四"时期激烈的反传统主义［M］．穆善培，译．贵阳：贵州人民出版社，1986.

18. 叶维廉．中国诗学［M］．北京：生活·读书·新知三联书店，1992.

19. 奚密．现代汉诗：1917 年以来的理论与实践［M］．宋炳辉，译．2008.

二、学术论文

1. 陈旭光．中西诗歌从对立走向融合——论 20 世纪中国现代主义诗歌的"诗学革命"［J］．北京大学学报（哲学社会科学版），2005（5）.

2. 萧映．"新诗现代化"诗学体系的滥觞——谈 20 世纪 40 年代中国现代主义诗论［J］．广东教育学院学报，2002（8）.

3. 周晓凤．现代汉语的现代性与现代新诗的现代化［J］．西南师范大学学报（人文社会科学版），2005（5）.

4. 章亚昕．反思二十世纪新诗发展的历程［J］．文艺研究，2005（8）.

5. 陶丽萍．梁实秋的诗学理想与新诗现代性的构建［J］．学术论坛，2005（11）.

6. 赵金钟．中国新诗民间化运动略论［J］．文艺理论与评论，2006（4）.

7. 吕进．新诗现代化与形式建设［J］．重庆教育学院学报，2006（2）.

8. 潘颂德．论臧克家的新诗形式美学观［J］．西南大学学报（人文社会科学版），2006（1）.

9. 王钟陵．20 世纪建立新的诗美本体的曲折进程［J］．社会科学战线，2006（4）.

10. 吴井泉．40 年代中国现代新诗体建设的理论透视——基于民族化和现代化的视角［J］．北方论丛，2007（2）.

11. 罗振亚．20 年代象征诗派艺术形态论［J］．黑龙江社会科学，2006（4）.

12. 许霆．百年中国现代诗学史的叙述——兼论中国现代文学史的若干叙述问题［J］．文艺理论研究，2006（3）．

13. 王家新．从古典的诗意到现代的诗性［J］．中国现代文学研究丛刊，2007（5）．

14. 吕进．新诗现代化与形式建设［J］．重庆教育学院学报，2006（3）．

15. 张立群．论"纯诗化写作"与中国新诗［J］．海南师范学院学报（社会科学版），2006（3）．

16. 胡彦来．略论梁宗岱的诗歌批评［J］．文学教育，2008（8）．

17. 游友基．九叶诗派的"玄学"主张及特征［J］．福建师范大学学报（哲学社会科学版），2007（5）．

18. 张萍．歌谣的"诗性"与新诗的"民间化"［J］．赤峰学院学报（科学教育版），2011（1）．

19. 李祖德．本质建构与历史实践：新诗"变常"略辨——兼谈新诗"诗体重建"与"精神重建"［J］．西南大学学报（社会科学版），2010（6）．

20. 郑娟．论现代新诗民间化的弊端与启示［J］．徐州工程学院学报（社会科学版），2011（4）．

21. 赵黎明．"自然"之辩与新诗现代化的两种路径［J］．浙江学刊，2011（6）．

22. 张立群．论中国新诗的"现代性"问题［J］．文艺评论，2012（3）．

23. 熊辉．翻译诗歌与中国新诗现代性的发生［J］．中南大学学报（社会科学版），2013（2）．

24. 景莹．歌谣性质讨论与新诗现代性追求的实践意义（1917—1937）［J］．社会科学家，2012（11）．

25. 王珂．新诗现代性建设要突出一大问题［J］．创作与评论，2015（4）．

26. 王珂．新诗现代性建设的九大诗题［J］．广东社会科学，2016（3）．

后 记

20世纪70年代末80年代初中期，中华大地刚刚度过"十年浩劫"。那是一个严寒消退、万物回春的时代；思想解放、改革开放让每一个中国人可以再次透过敞开的国门眺望远方！这一时期近似于"中国的第二个五四时期"，到处充斥着色彩斑斓的梦想！而我，正是有幸在这样一个时代成长起来的人。更有幸的是，1984年，我在那个高考如同"千军万马过独木桥"的时代考上了位于全国政治文化中心的北京师范大学！

在我的记忆里，诗歌从大学时代开始就是我追逐的一个梦。

80年代初中期正是"新诗潮"兴起之时。在北师大的时光，恰逢其时的我一方面如饥似渴地读书、读诗，另一方面也写下了一堆泛着稚气的现代诗。那时我的梦想就是做一个诗人，而且是要流浪的那种。

多年以后，我才知道，正是那些不成样子的诗歌让我跻身80年代北师大"校园诗人"之列。也正是大学时代学诗、写诗的经历，使我从此与现代诗歌结下了不解之缘。

大学毕业至今，虽因工作、家庭原因诸多琐事缠身，我却从未中断这份缘。初时，还是延续大学时期的写诗爱好。到后来，我慢慢地发现：这个世界写诗的人居然比读诗的人还要多了，诗坛似乎以一种诡异的方式开始了新一轮的"诗歌大众化"，而诗歌却再也不是原来的样子。于是，我开始反思：是我落伍了，还是诗歌真的走上了一条与过去完全不同的新的道路？

在这种情形下，我开始对诗歌理论有了兴趣。虽然我的理论学习成果并不多，但却学得很认真。回头看去，我发现从20世纪90年代末到现在，我所写的所有理论文章都和诗歌有关。由于我坚信"读史可以通今"，我的那些理论习作虽然寥寥无几，也未必有什么新鲜的见地，但也多少体现了我的坚持和对诗的尊重。

2013 年我申报的与本书同名的国家社科基金课题意外获批，并被立项为 2013 年度国家社科基金"一般项目"。时年不才已是 47 岁差一点点，在理论上也有了一点儿积累，倒是可以借此机会写一部稍像样一点的所谓专著了。这对我原来是一件好事，我也开始专心写作。不出意外的话，课题完全可以在三年内结项。然而，2016 年至 2019 年我却因严重的心脏疾病不得不长期休养，课题最终结项时间推迟到了 2019 年。课题的写作虽多有曲折，所幸最终还是如愿完成了。

由于 2013 年申报课题时，所列经费使用项目并未包含成果出版费用，所以 2019 年结项至今课题成果一直没有机会出版成书。而现在这本书就是以业已结项的课题内容为蓝本的，对我来说，也算了却了一桩心愿。

最后，特对光明日报出版社将我的书稿纳入《光明社科文库》表示感谢，因为该社的垂青才使我有机会将课题成果出版。感谢贵阳学院科技处对本书出版费用的慷慨资助，如果没有学校的关心和支持，这本不像样的书是绝难成功付梓的！